Nossos Dias Infinitos

Claire Fuller

Nossos Dias Infinitos

Copyright © Claire Fuller, 2015
Publicado pela primeira vez na Grã-Bretanha em 2015 pela Fig Tree, um selo da Penguin Books
Título original em inglês: *Our Endless Numbered Days*

Tradução: Carolina Selvatici
Revisão: Ricardo Franzin
Capa (adaptação da capa original): Luana Botelho
Diagramação: SGuerra Design
Acompanhamento Editorial: Laura Bacellar

Essa é uma obra de ficção. Nomes, personagens, lugares, organizações e situações são produtos da imaginação da autora ou usados como ficção. Qualquer semelhança com fatos reais é mera coincidência.

Todos os direitos reservados. Proibida a reprodução, no todo ou em partes, através de quaisquer meios.

Dados Internacionais de Catalogação na Publicação (CIP)

F965n Fuller, Claire

Nossos dias infinitos / Claire Fuller; Tradução Carolina Selvatici. – São Paulo : Editora Morro Branco, 2016.
336 p.; 14x21cm .
ISBN: 978-85-92795-02-3

1. Literatura inglesa – Romance. 2. Ficção inglesa. I. Selvatici, Carolina. II. Título.

CDD 823

Todos os direitos desta edição reservados à:
EDITORA MORRO BRANCO
Alameda Campinas 463, cj. 21.
01404-000 – São Paulo, SP – Brasil
Telefone (11) 3373-8168
www.editoramorrobranco.com.br

Impresso no Brasil
2016

Para Tim, India e Henry

1.

Highgate, Londres, novembro de 1985

Hoje de manhã encontrei uma fotografia em preto e branco de meu pai, no fundo de uma gaveta. Ele não parecia um mentiroso. Minha mãe, Ute, retirou as outras fotos dele dos álbuns que mantém na última prateleira da estante e reposicionou todas as imagens do resto da família e de mim quando bebê para preencher os vazios. O porta-retratos com a foto do casamento deles, que costumava ficar sobre a lareira, também desapareceu.

Atrás da foto, Ute escreveu *James und seine Busenfreunde mit Oliver, 1976*, em sua letra regular. Foi a última fotografia tirada de meu pai. Ele parecia chocantemente jovem e saudável, o rosto tão liso e branco quanto um seixo de rio. Devia ter 26 anos, nove a mais do que tenho hoje.

Quando a analisei mais de perto, vi que a foto não incluía apenas meu pai e seus amigos, mas também Ute e uma mancha borrada que devia ser eu. Foi tirada na sala de estar, onde eu estava. Agora, o grande piano fica na outra ponta do cômodo, ao lado das portas de ferro que levam ao jardim de inverno e ao quintal. Na foto, o piano ficava em frente às três grandes janelas que dão para a rua. Elas estavam abertas e as cortinas, congeladas em meio a um voo provocado pela brisa de verão. Ver meu pai em nossa antiga vida me deixou zonza, como se o piso estivesse se movendo sob meus pés. Tive que me sentar.

Depois de alguns instantes, fui até o piano e, pela primeira vez desde que voltei para casa, toquei-o, passando os dedos suavemente pela superfície polida. Era muito menor do que eu me lembrava e tinha manchas causadas por muitos anos de sol. Achei que o instrumento era a coisa mais linda que já tinha visto. Saber que o sol havia brilhado, o piano tinha sido tocado e as pessoas haviam vivido e respirado enquanto eu estivera desaparecida ajudou a me acalmar.

Olhei para a foto em minha mão. Ao piano, meu pai estava inclinado para a frente, o braço esquerdo esticado languidamente enquanto a mão direita brincava com as teclas. Fiquei surpresa ao vê-lo sentado ali. Não me lembro de tê-lo visto ao piano nem de tê-lo ouvido tocando, apesar de, é claro, ter sido ele quem me ensinou a tocar. Não, o piano sempre foi o instrumento de Ute.

– O escritor segura a caneta e as palavras fluem. Eu toco o piano e minha música surge – diz ela, com suas vogais alemãs rígidas.

Naquele dia, naquele ínfimo instante, meu pai estava estranhamente relaxado e bonito, com seus cabelos longos e seu rosto fino, enquanto Ute, em uma saia na altura dos tornozelos e uma blusa branca de mangas bufantes, saía do quadro como se tivesse sentido o cheiro de comida queimando. Ela segurava minha mão e tinha o rosto voltado para o lado, mas algo em sua postura a fazia parecer incomodada, irritada por ter sido pega perto de nós. Ute sempre teve um corpo bonito

– musculoso, com uma boa estrutura óssea –, mas engordou nos últimos nove anos. Seu rosto está mais largo do que me lembrava e seus dedos se tornaram tão inchados que a aliança ficou presa neles. Ao telefone, ela diz aos amigos que ganhou peso por causa da agonia que viveu por tantos anos, e que comia para fazê-la passar. Mas, tarde da noite, quando não consigo dormir e desço silenciosamente para o primeiro andar, no escuro, vejo-a comendo na cozinha, o rosto iluminado pela luz da geladeira. Olhando para a fotografia, me dei conta de que era a única que já vira em que nós três estávamos juntos.

Hoje, dois meses depois que voltei para casa, Ute se sentiu confiante o suficiente para me deixar sozinha por meia hora e levar Oskar para o clube de escoteiros. Então, com um dos ouvidos atento ao som da porta se abrindo e de Ute voltando, vasculhei as outras gavetas da escrivaninha. Foi fácil deixar de lado canetas, blocos de anotação, etiquetas de bagagem, catálogos de eletrodomésticos poupadores de tempo e chaveiros na forma de prédios europeus – a Torre Eiffel enganchada ao Palácio de Buckingham. Na última gaveta, encontrei a lupa. Ajoelhei-me sobre o tapete, que não era mais o mesmo da foto – quando ele havia sido trocado? –, e coloquei a lupa sobre a imagem de meu pai, mas fiquei decepcionada ao perceber que ampliá-lo não me mostrava nada de novo. Seus dedos não estavam cruzados, os cantos de sua boca não estavam voltados para cima, não havia nenhuma tatuagem secreta que eu não vira.

Concentrei-me, em seguida, nos cinco homens à frente dele e analisei cada um, da esquerda para a direita. Três deles estavam espremidos no sofá de couro, enquanto outro havia se sentado no braço do sofá, com as mãos atrás da cabeça. Todos usavam barbas fartas e cabelos compridos. Nenhum deles sorria. Pareciam-se tanto uns com os outros que poderiam ser irmãos, mas eu sabia que não eram. Confiantes, relaxados, maduros – como cristãos recém-convertidos, eles diziam para a câmera: "Vimos o futuro e uma tragédia está por vir, mas fomos salvos". Eram integrantes dos Refugiados do Norte de Londres. Todo mês, eles se encontravam em nossa casa e discutiam e debatiam estratégias para sobreviver ao fim do mundo.

Reconheci imediatamente o quinto homem, Oliver Hannington, apesar de fazer muitos anos que não o via. A câmera o havia registrado esparramado em uma poltrona, as pernas, em calças boca de sino, penduradas sobre um dos braços do móvel. Um fio de fumaça espiralava através de seus cabelos louros, já que a mão que apoiava seu queixo também segurava um cigarro. Como meu pai, ele não usava barba, mas sorria de maneira a sugerir que achava tudo aquilo ridículo, como se quisesse que a posteridade soubesse que ele não estava realmente interessado nos planos do grupo para a autossuficiência e a constituição de reservas. Ele podia ter sido um espião infiltrado ou um jornalista disfarçado, interessado em produzir reportagens que um dia exporia a todos, ou um escritor que, depois das reuniões, ia para casa e incluía todos aqueles personagens loucos em um romance cômico. Mesmo naquele instante, seu rosto forte e autoconfiante parecia exótico e estrangeiro. Americano.

Então percebi que outra pessoa havia estado na sala: o fotógrafo. Posicionei-me onde a pessoa que segurava a câmera havia ficado e, prendendo o canto da fotografia com os lábios, formei uma moldura quadrada com as mãos e os dedos. O ângulo estava errado. Ele ou ela devia ser muito mais alto que eu. Pus a lupa de volta na gaveta e me surpreendi ao me sentar na banqueta do piano. Ergui a tampa, encantada com a série de teclas brancas regulares, similares a dentes polidos. Coloquei a mão direita sobre elas – tão suaves e frias –, onde a de meu pai havia estado. Inclinei-me para a esquerda, estendi o braço sobre o piano e algo se remexeu em mim, um arrepio nervoso dentro do estômago. Encarei a fotografia, ainda em minha mão. O rosto de meu pai me encarou de volta, tão inocente que ele *devia mesmo* ser culpado. Voltei à escrivaninha, peguei a tesoura do porta-lápis e fiz um corte em torno do rosto de meu pai até ele se tornar uma pequena verruga cinza na ponta do meu dedo. Tomando cuidado para não deixá-lo cair nem perdê-lo sob os móveis, de onde seria sugado pelo aspirador de Ute, e com os olhos fixos em sua cabeça, pus a tesoura sob o vestido e cortei o tecido sedoso do meu sutiã. As duas taças que davam coceira e me irritavam caíram e meu corpo ganhou a liberdade que sempre tivera. Pus meu pai sob o seio direito, deixando que minha pele quente o grudasse em meu corpo. Sabia que, se ele estivesse ali, tudo ficaria bem e eu poderia me lembrar.

2.

No mês em que a fotografia foi tirada, meu pai transformara nosso porão em um abrigo nuclear. Não sei se ele havia discutido seus planos com Oliver Hannington naquele mês de junho, mas os dois ficavam muito tempo no jardim ensolarado, conversando, fumando e rindo.

No meio da noite, a música de Ute, melancólica e ritmada, passeava pelos cômodos de nossa casa. Eu rolava na cama sob o lençol, a pele grudenta de suor, e a imaginava ao piano, no escuro, com os olhos fechados, o corpo balançando levemente, encantada com suas próprias melodias. Por vezes, eu continuava a ouvi-las, mesmo depois de ela ter fechado o instrumento e ido para a cama. Meu pai também não dormia bem, mas acho que eram suas listas que o mantinham acordado. Imaginava-o pegando o bloco de papel e o toco de lápis que mantinha sob o travesseiro. Sem acender a luz, ele escrevia: *1. Lista geral (3 pessoas)* e sublinhava estas palavras:

Fósforos, velas
Rádio, pilhas
Papel e lápis
Gerador, lanterna
Garrafas d'água

Pasta de dente
Chaleira, potes
Panelas, corda e barbante
Algodão, agulhas
Pederneira
Areia
Papel higiênico, desinfetante
Balde com tampa

As listas pareciam poesias, embora a letra com que eram escritas fosse uma versão juvenil dos frenéticos rabiscos posteriores de meu pai. Muitas vezes, as palavras se encavalavam, já que ele as havia escrito no escuro, ou apareciam agrupadas, como se na cabeça dele brigassem por espaço. Outras listas escorregavam pela folha quando ele caía no sono no meio do processo. Todas referiam-se ao abrigo nuclear: itens essenciais que manteriam sua família viva sob o solo durante dias ou talvez semanas.

Em algum dos momentos que havia passado no jardim com Oliver Hannington, meu pai decidiu construir o abrigo para quatro pessoas. Ele tinha começado a incluir o amigo no cálculo da quantidade de facas e garfos, pequenas xícaras, lençóis, sabão, comida, até no número de rolos de papel higiênico. Eu ficava sentada na escada, ouvindo Ute e ele na cozinha, enquanto ele trabalhava em seus planos.

– Se você vai fazer essa bagunça, então devia ser só para nós três – reclamou ela. O barulho de papéis sendo reunidos pôde ser ouvido. – Não gosto da ideia de Oliver ser incluído. Ele não é da família.

— Uma pessoa a mais não faz diferença. De qualquer maneira, beliches triplos não existem — disse meu pai. Eu o ouvia desenhar enquanto falava.

— Não quero o Oliver lá embaixo. Não quero esse cara na minha casa — afirmou Ute. O barulho do lápis riscando o papel parou. — Ele está "encantando" essa família. Isso me dá "arrépius".

— Enfeitiçando e arrepios — retificou meu pai, rindo.

— Arrepios! Está bem, arrepios! — Ute não gostava de ser corrigida. — Preferiria que esse homem não ficasse na minha casa.

— Essa é sempre a questão, não é? A sua casa. — Meu pai havia erguido a voz.

— Foi o meu dinheiro que pagou por ela.

De onde estava na escada, ouvi uma cadeira ser arrastada.

— Ah, claro, vamos rezar pelo dinheiro da família Bischoff, que financia a famosa pianista. E, por favor, meu Deus, não nos deixe esquecer do quanto ela trabalha duro — disse meu pai. Eu podia imaginá-lo fazendo uma reverência, as mãos unidas.

— Eu pelo menos tenho profissão. E o que você faz, James? Fica no jardim o dia inteiro com seu amigo americano perigoso.

— O Oliver não tem nada de perigoso.

— Tem alguma coisa errada com ele, mas você não quer ver. Ele só está aqui para causar problemas.

Ute saiu da cozinha batendo os pés e foi até a sala de estar. Eu subi um degrau, com medo de ser descoberta.

— Do que vai adiantar tocar piano se o mundo acabar? — gritou meu pai para ela.

– E para que vão servir vinte latas de apresuntado? Me diga! – berrou Ute de volta.

Ouvi o barulho de madeiras se chocando quando ela ergueu a tampa do instrumento. Então, Ute tocou apenas um acorde grave menor com ambas as mãos. As notas esvaneceram e ela gritou:

– A Peggy nunca vai comer apresuntado.

Apesar de ninguém estar me vendo, tapei a boca com a mão e sorri. Então, ela tocou a *Sonata número 7* de Prokofiev rápida e furiosamente. Imaginei seus dedos passando no marfim como garras.

– Não estava chovendo quando Noé construiu a arca – berrou meu pai.

Mais tarde, depois que eu havia voltado para a cama, o som da briga e do piano terminara, mas pude ouvir outros ruídos, que pareciam quase de dor – apesar de, mesmo aos oito anos, eu saber que significavam outra coisa.

Havia uma lista que mencionava apresuntado. Tinha sido intitulada "5. Alimentos etc.". Sob o título, meu pai havia escrito: "Quinze calorias por quilo corporal, quatro litros de água por dia, meio tubo de pasta de dente por mês". E depois:

35 garrafas de 1,5l de água
10 tubos de pasta de dente
20 latas de canja de galinha
35 latas de feijões assados
20 latas de apresuntado
Ovos secos

Farinha
Fermento
Sal
Açúcar
Café
Biscoitos
Geleia
Lentilhas
Feijão
Arroz

Os itens variavam, como se meu pai estivesse brincando sozinho de "Fui à loja e comprei..." – o apresuntado lembrava presunto, que o fazia pensar em ovos, que o levava a panquecas e farinha.

No porão, ele colocou um novo piso de concreto, reforçou as paredes com aço e instalou baterias que podiam ser recarregadas por meio de uma bicicleta ergométrica, pedalada duas horas por dia. Acomodou duas bocas de fogão, alimentadas por um botijão de gás, e construiu alcovas para os beliches – que foram aparelhados com colchões, travesseiros, lençóis e cobertores. Uma mesa e quatro cadeiras de melamina branca foram colocadas no centro do cômodo. As paredes foram cobertas com prateleiras, que meu pai encheu de comida e galões d'água, utensílios de cozinha, jogos e livros.

Ute se recusava a ajudar. Quando eu voltava da escola, ela dizia que havia passado o dia todo praticando piano enquanto "seu pai estava brincando no porão". Reclamava que seus dedos estavam duros por falta de cuidado, seus pulsos doíam e o fato de ter que se abaixar para cuidar de mim havia afetado sua postura ao piano. Eu não questionava por que ela vinha tocando mais do que de costume. Quando emergia do porão, com o rosto vermelho e as costas nuas suadas, meu pai parecia prestes a desmaiar. Tomava água da pia da cozinha: punha toda a cabeça sob a torneira e depois sacudia o cabelo como um cachorro, tentando fazer com que Ute e eu achássemos graça. Mas ela apenas revirava os olhos e voltava para o piano.

Sempre que meu pai chamava os integrantes dos Refugiados do Norte de Londres para se reunirem em nossa casa, permitia que eu abrisse a porta e levasse a meia dúzia de homens cabeludos e animados até a sala de estar de Ute. Eu gostava de quando nossa casa ficava repleta de pessoas e vozes e, até ser mandada para a cama, não saía de perto deles, tentando acompanhar as discussões sobre possibilidades estatísticas, causas e resultados de uma coisa que chamavam de "maldito apocalipse". Se não fossem os "vermelhos", que lançariam uma bomba nuclear para destruir Londres e avisariam apenas alguns minutos antes, seria a água poluída por pesticidas ou o colapso da economia mundial e as ruas tomadas por saqueadores famintos. Apesar de Oliver dizer que os britânicos estavam tão atrasados em relação aos americanos que, quando o cataclismo acontecesse, todos nós ainda estaríamos de pijama, enquanto eles, acordados havia horas, estariam protegendo suas casas e famílias, meu pai tinha orgulho por seu grupo ser um dos primeiros – ou talvez o primeiro – a discutir o sobrevivencialismo na Inglaterra. Já Ute criticava o fato de não poder praticar piano enquanto aqueles homens ficavam lá esparramados, bebendo e fumando sem parar até muito tarde da noite. Meu pai adorava discutir e conhecia bem aquele assunto. Depois que o álcool havia fluído por algumas horas e todos os itens da pauta haviam sido debatidos, as reuniões deixavam de ser debates bem organizados e se transformavam em brigas, e a voz de meu pai se erguia sobre todas as outras.

O barulho me fazia jogar os lençóis para longe e descer escondida a escada, descalça, para observá-los da porta da sala de estar, onde o cheiro de corpos quentes, uísque e cigarros pairava até mim. Lembro-me de meu pai inclinado para a frente, batendo no joelho, ou apagando o cigarro e fazendo fagulhas voarem do cinzeiro para abrir buracos no tapete ou queimar o piso de madeira. Então, ele se erguia com as mãos fechadas e os braços retesados na lateral do corpo, como se resistisse ao impulso de lançar os punhos contra o primeiro homem que se levantasse para discordar dele.

Eles não esperavam que os outros terminassem de falar. Não era um debate. Como nas listas de meu pai, os homens gritavam enquanto outros falavam, interrompendo e incomodando.

– Escute o que estou falando, vai ser um desastre natural: um *tsunami*, uma inundação ou um terremoto. Para que vai servir seu abrigo, James, quando você e sua família forem enterrados vivos?

Parada no corredor, estremeci ao pensar nessa possibilidade. Minhas mãos se fecharam e segurei um gemido.

– Uma inundação? Seria ótimo se tivéssemos uma inundação agora.

– Você viu aqueles coitados do terremoto na Itália? Milhares morreram.

A fala do homem saiu enrolada e ele segurou a cabeça entre as mãos. Achei que talvez sua mãe fosse italiana.

– É o governo que vai nos decepcionar. Não espere que o James Callaghan venha bater à sua porta para trazer um copo d'água quando os reservatórios secarem.

– Ele vai estar ocupado demais com a inflação para perceber que os russos explodiram a gente.

– Meu primo tem um amigo na BBC que disse que eles estão produzindo filmes informativos sobre como fazer abrigos particulares em casa. É só questão de tempo até a bomba ser lançada.

Um homem de barba grisalha disse:

– São um bando de idiotas. Não vão ter nada para comer e, se tiverem, o exército vai confiscar. Para que fazer isso?

Um pouco de baba ficou presa nos pelos do seu queixo e tive que desviar o olhar.

– Não estarei em Londres quando a bomba for lançada. Você pode ficar, James, preso no seu calabouço, mas eu vou embora. Vou para Borders, na Escócia, a algum lugar isolado, seguro.

– E você vai comer o quê? – perguntou meu pai. – Como vai sobreviver? Como vai chegar lá com todos os outros idiotas que sairão da cidade também? O trânsito vai ficar parado e, se você conseguir chegar ao interior, todo mundo, inclusive sua mãe e o gato dela, terá ido para lá também. E você se considera um refugiado? É nas cidades que a lei e a ordem vão ser restauradas primeiro. Não numa comuna no norte do País de Gales.

De trás da porta, fui tomada de orgulho pelo que meu pai dizia.

– Todas essas provisões de emergência que você tem no porão são exatamente isso – disse outro homem. – O que vai fazer quando acabarem? Você não tem nem um rifle de ar comprimido.

– Dane-se, me dê uma bela faca e um machado e vou ficar bem – respondeu meu pai.

Os ingleses continuaram discutindo até que uma voz americana os interrompeu:

– Sabe qual é seu problema, James? Você é britânico demais. E vocês, vocês estão todos vivendo na Idade Média, escondidos em porões, indo para o interior como se estivessem indo para um piquenique no domingo. E ainda se dzem refugiados. O mundo já está avançando sem vocês. Ainda nem entenderam o que é ser sobrevivencialista. E, James, esqueça o porão. Você precisa de um local isolado.

A maneira como ele falou foi autoritária, presumia que todos prestavam atenção. Os outros homens, até mesmo meu pai, ficaram em silêncio. Oliver Hannington se balançava na poltrona de costas para mim, enquanto os outros olhavam pela janela ou para a porta. Lembrei-me de minha sala de aula, quando o Sr. Harding dizia algo que nenhum de nós entendia. Ele ficava de pé por alguns minutos, esperando que alguém erguesse a mão e perguntasse o que aquilo queria dizer, até que o silêncio ficava tão pesado e incômodo que acabávamos olhando para qualquer lugar, menos uns para os outros e para ele. Era uma estratégia elaborada para ver quem desistiria primeiro. Noventa por cento das vezes Becky dizia alguma bobagem, para que a turma pudesse rir de alívio e vergonha, e o Sr. Harding sorria.

Inesperadamente, Ute apareceu, vinda da cozinha, andando da maneira que fazia quando sabia que alguém a observava: toda quadril e cintura. Seu cabelo estava preso em um coque bagunçado atrás da cabeça e ela usava seu *kaftan* favorito, que fluía em torno das pernas musculosas. Todos os homens presentes, inclusive meu pai e Oliver Hannington, entenderam que ela poderia ter dado a volta e passado pelo corredor. Ninguém nunca descreveu Ute como bonita – todos usavam palavras como vistosa, impressionante, singular. Ela era uma mulher que exigia respeito e, portanto, os homens se controlaram. Os que estavam em pé se sentaram e os sentados se ajeitaram no sofá. Até Oliver Hannington virou a cabeça. Todos começaram a prestar atenção em seus cigarros, puseram a mão sob as pontas acesas e procuraram cinzeiros. Ute suspirou: uma inspiração rápida, uma expansão das costelas e um lento exalar. Ela censurou os homens enquanto passava por eles até chegar diante de mim e se ajoelhar. Pela primeira vez, meu pai e seus amigos se viraram e me viram.

– Vocês acordaram minha Peggy com esse papo sobre desastre – disse Ute, fazendo carinho em meu cabelo.

Mesmo na época, eu sabia que ela só fazia aquilo porque havia outras pessoas observando. Ela pegou minha mão para me levar para meu quarto. Resisti, esforçando-me para ouvir quem romperia o silêncio.

– Nada de mau vai acontecer, *Liebchen* – arrulhou Ute.

– E o que é um local isolado para você? – Foi meu pai que se rendeu primeiro.

Uma pausa se fez e Oliver Hannington viu que todos esperavam sua resposta.
– Uma cabaninha na floresta – disse, rindo, apesar de eu não ter achado aquilo engraçado.
– E como a gente vai encontrar um troço desses? – perguntou um dos homens do sofá.

Então, Oliver Hannington se virou para mim, bateu com o indicador na lateral do nariz e me lançou uma piscadela. Sob o brilho da atenção dele, deixei que Ute me puxasse pela mão até a cama.

Quando o trabalho no abrigo estava terminando, meu pai passou a me treinar. Começou como uma brincadeira para ele – uma maneira de se exibir para o amigo. Comprou um apito prateado, que pendurou no pescoço com um pedaço de barbante, e me deu uma mochila de lona com faixas e fivelas de couro. Os bolsos laterais eram bordados com pétalas azuis e folhas verdes.

O sinal dele eram três apitos fortes, dados do pé da escada. Ute também não ligava a mínima para isso. Ela ficava na cama, com a cabeça coberta pelo lençol, ou continuava tocando piano e abria a tampa do instrumento para que o som reverberasse por toda a casa. Os apitos, que podiam soar a qualquer momento antes de minha hora de dormir, eram o sinal para que eu arrumasse a mochila. Eu corria pela casa, reunindo coisas de uma lista que meu pai me fizera decorar. Jogava a mochila nas costas e descia a escada a tempo de ouvir um irritado *Estudo Revolucionário* de Chopin. Meu pai ficava olhando para a frente, o apito ainda na boca e as mãos unidas atrás das costas, enquanto eu dava a volta no corrimão correndo, a mochila balançando.

Corria pela escada do porão, descendo dois degraus de cada vez, e pulava os últimos três. No abrigo, sabia que tinha quatro minutos para desfazer a mochila antes que meu pai apitasse outra vez. Eu puxava a cadeira na ponta da mesa, de frente para a escada, e, da mochila, tirava uma pilha de roupas – calcinhas, macacões jeans, calças, camisas de chita, casaco, short, camisola. Então, tomando cuidado para não desdobrá-las, colocava-as na mesa. Minha mão voltava à mochila para pegar a peça seguinte, como um gancho em uma máquina cheia de bichos de pelúcia. Dali saía meu pente, que era posto paralelo à mesa, sobre a camisola; à esquerda, ficava uma luneta; a escova e a pasta de dente eram postas uma ao lado da outra sobre as roupas e, depois, minha boneca, Phyllis, com seus olhos pintados e sua roupa de marinheiro, ia ao lado de tudo. Com um último gesto apressado eu tirava o gorro de lã azul e o enfiava na cabeça. Apesar do calor, luvas da mesma cor deviam ser postas depois e, quando tudo estivesse perfeitamente alinhado na mesa e a mochila vazia, eu devia ficar sentada em silêncio, com as mãos nas pernas, olhando para a frente, na direção do fogão. Então, o apito soava outra vez e uma animação nervosa me percorria enquanto meu pai descia a escada para fazer a revista. Às vezes, ele ajeitava o pente ou passava Phyllis para o outro lado das roupas.

– Muito bom, muito bom – dizia ele, como se fosse uma inspeção no exército. – Descansar.

Em seguida, meu pai lançava uma piscadela para mim e eu sabia que tinha sido aprovada.

Na última vez em que eu e meu pai fizemos esse exercício, Ute e Oliver Hannington foram convidados para nos assistir. Ela, claro, recusou o convite. Achou que era algo inútil e infantil. No entanto, Oliver Hannington foi e estava apoiado na parede atrás do meu pai quando ele soou o apito três vezes. Ute estava na sala de estar, tocando a *Marcha Fúnebre* de Chopin. De início, tudo deu certo. Reuni todos os itens e desci ambas as escadas correndo, mas cometi um erro ao espalhar as coisas, ou talvez meu pai, em sua animação, tenha soado o apito rápido demais. O tempo acabou e as luvas não estavam em minhas mãos quando os dois desceram a escada do porão. Com o coração acelerado, enfiei as luvas sob as pernas. Elas fizeram minha pele coçar no ponto em que o short acabava. Tinha decepcionado meu pai. Não havia sido rápida o bastante. As luvas ficaram úmidas sob minhas coxas. O líquido quente correu pela cadeira e se acumulou no linóleo branco embaixo de mim. Meu pai gritou. Oliver Hannington, parado atrás de mim, riu. E eu chorei.

Ute desceu correndo para o porão, pegou-me no colo e me deixou enterrar o rosto em seu ombro enquanto me levava para longe "daqueles homens horríveis". Mas, como os créditos finais de um filme, minha lembrança da cena acaba quando sou resgatada.

Não consigo me lembrar de Oliver Hannington apoiado com seu jeito indiferente contra as prateleiras do porão, com um sorriso irônico nos lábios, depois que fiz xixi nas calças, apesar de ter certeza de que ele fez isso. Já imaginei essa cena, mas não o vi tirar o cigarro da boca e soprar a fumaça para cima, onde percorreria o teto baixo. E não notei como o rosto do meu pai ficou vermelho quando o decepcionei na frente do seu amigo.

3.

No fim de junho, Ute voltou ao trabalho. Não sei se ela havia simplesmente se cansado de ficar em casa conosco ou se ansiava por um público mais atencioso. Não foi porque precisava do dinheiro. "O mundo me quer", ela gostava de dizer. Talvez estivesse certa. Ute havia sido uma pianista famosa – não era daquelas de segunda classe que fazem parte de orquestras de terceira classe. Ute Bischoff, aos dezoito anos, havia sido a vencedora mais jovem da Competição Internacional de Piano Frédéric Chopin.

Nas tardes de chuva, eu gostava de me sentar no chão da sala de jantar e tirar os discos dela do aparador. Nunca pensei em ouvi-los. Em vez disso, ouvia meu disco do filme *Quando o coração bate mais forte* milhares de vezes até decorá-lo e examinava as capas de papelão dos LPs de Ute nos mínimos detalhes: Ute sentada ao piano, Ute fazendo uma reverência no palco, Ute de vestido longo e com um sorriso que eu não reconhecia.

Em 1962, ela havia tocado sob a batuta de Leonard Bernstein no concerto de abertura da temporada na sede da Orquestra Filarmônica de Nova York.

– O Leonard foi *ein Liebchen* – dizia ela. – Primeiro, ele me deu um beijo e *depois* beijou a Jackie Kennedy.

Ute era elogiada e celebrada. Era bonita e jovem. Quando tinha 25 anos e estava em uma turnê pela Inglaterra, conheceu meu pai. Ele era o virador de partituras substituto, oito anos mais novo que ela.

Para nós três, o encontro dos dois havia se transformado em uma daquelas histórias que toda família tem – sempre repetida e constantemente embelezada. Meu pai nem deveria estar no concerto dela. Ele era o bilheteiro e cobria o turno de alguém quando o virador de páginas costumeiro de Ute tropeçou em uma corda nos bastidores e bateu o nariz no contrapeso. Meu pai, que nunca tinha sido enjoado, estava enxugando o sangue do piso com um pano quando o diretor de palco puxou a manga da camisa dele e perguntou, desesperado, se ele sabia ler música.

– Eu admiti que sabia – dizia meu pai.

– Mas esse foi o grande problema – afirmava Ute. – Meus viradores de partitura têm que ficar me observando, não lendo a música. Fiquem atentos ao meu aceno de cabeça, eu peço.

– Eu não consegui. Estava impressionado com você.

– O bobo deve ter virado a página antes da hora e virou duas de uma vez – dizia Ute, sorrindo. – Foi um desastre.

– Escrevi um bilhete pedindo desculpas.

– E aí você chamou meu pai para ir até o camarim – completava eu.

– Então convidei seu pai para ir até o camarim – repetia Ute.

– E ela me deu uma aula sobre como virar páginas – afirmava meu pai.

E ele e Ute riam.

– Um menino tão lindo e inteligente – dizia ela, pondo uma das mãos no rosto dele. – Como eu poderia não ter me apaixonado por ele?

Mas isso era quando eu tinha cinco ou seis anos. Aos oito, quando pedia para ouvir a história, Ute respondia:
— Ah, você não vai querer ouvir essa história chata de novo.
Para o público e os críticos, o relacionamento dela com James Hillcoat era um escândalo. Ute estava no auge da carreira e havia desistido de tudo por amor a um garoto de dezessete anos. Eles se casaram no ano seguinte, assim que a lei permitiu.

No dia em que o abrigo antibombas ficou pronto, Oliver Hannington foi embora e, quando voltei da escola, Ute também havia partido para uma turnê na Alemanha sobre a qual eu nada sabia. Encontrei meu pai deitado no sofá, os olhos vidrados, encarando o teto. Comi cereal no jantar e fiquei acordada até a tela da TV ficar embaçada diante de mim.

Na manhã seguinte, meu pai entrou em meu quarto antes que me levantasse e disse que eu não precisava ir para a escola.
— Dane-se a escola.
A risada dele foi alta demais e percebi que ele fingia estar feliz para o meu bem. Nós dois queríamos que Ute estivesse em casa, bufando diante de uma pia cheia de louça, fazendo as camas com suspiros altos ou até batendo deliberadamente no piano, mas nenhum de nós disse isso.
— Para que ficar numa sala de aula quando o sol está brilhando e há tantas coisas para aprender aqui em casa? — perguntou meu pai.
Sem que dissesse, entendi que ele não queria ficar sozinho. Montamos uma barraca triangular para duas pessoas na

ponta do jardim, bem onde a grama seca dava lugar a arbustos e árvores cobertas de hera. À noite, tínhamos que entrar nela com os pés primeiro. De manhã, as cordas estavam já frouxas e o topo da barraca murchava até ficar a apenas centímetros de nossos corpos.

Nossa casa – um imóvel branco e grande como um transatlântico – ficava isolada no topo de uma leve colina. O jardim, que descia o declive, havia sido cultivado muito antes de nossa família ter se mudado para lá, mas meus pais não tomavam conta dele e o que provavelmente haviam sido espaços separados e bem mantidos agora se misturavam uns aos outros. Um balanço ficava próximo à casa, na varanda de tijolos – que vinha se desintegrando à medida que o musgo e o serpilho prosperavam. Os tijolos começavam a se misturar ao gramado que os invadia, por isso não era mais possível ver onde um acabava e outro começava. Sob o sol daquele verão, a grama praticamente havia desaparecido do centro do gramado, destruída por nossos pés, restando murcha e amarelada nas laterais. Meu pai fez projetos para cultivar uma horta – diagramas escalonados da distância entre as fileiras de cenouras e feijões-da-espanha e do ângulo do sol em horas específicas do dia. Ele disse que tinha cultivado rabanetes quando criança, raízes apimentadas do tamanho de seu polegar, e queria me ajudar a fazer igual, mas apenas demarcou a área que imaginara, depois distraindo-se tanto que nem chegou a pôr uma estaca no chão.

No fundo do jardim, amontoados de línguas-de-vaca e dentes-de-leão haviam fincado raízes, suas flores macias espalhando sementes ao menor sopro do vento. Um pé de amora selvagem dominava todas as outras plantas, lançando ramos espinhosos como guardas avançados no ar, cada um com centenas de sementes dentro de botões. E, enquanto isso, sob os canteiros bagunçados repletos de flores, a planta traiçoeira mandava mensageiros secretos, que reapareciam já na varanda em pequenos tufos sem flores. O fundo do jardim era um lugar selvagem e aventuroso para uma criança de oito anos, já que, após a cerca emaranhada, havia o cemitério. Os arbustos cheirosos davam lugar a árvores enormes, cercadas por heras que se enroscavam por todo o tronco até as folhas. Meu pai e eu passávamos por entre a urtiga, os braços acima da cabeça para evitar arranhões. A luz do dia sob as árvores era preguiçosa e o ar estava sempre fresco

Percorríamos caminhos estreitos até o cemitério dilapidado que levava a um lindo sabugueiro, uma área coberta por uma pequena-angélica que havia encontrado sol para crescer e a melhor árvore para escalar. Eu conseguia ficar de pé no galho mais baixo dela e meu pai me ajudava a subir até o primeiro entroncamento, de onde os galhos, todos da grossura da cintura dele, curvavam-se para cima e depois para fora. Com as pernas penduradas, nós nos arrastávamos por um deles, eu primeiro, meu pai logo depois, até que pudéssemos observar os túmulos abaixo de nós entre as folhas brilhantes. Meu pai dizia que o nome daquela árvore era Árvore Magnífica.

O cemitério era fechado ao público – a falta de financiamento havia fechado seus portões no ano anterior. Ficávamos sozinhos com as raposas e corujas. Nenhum visitante, nem pessoa de luto aparecia; então, nós os inventávamos.

Apontávamos um turista de camisa havaiana ao lado de sua mulher gritona.

— Meu Deus — dizia meu pai em um falsete com sotaque americano. — Olhe só para aquele anjinho. Não é a coisa mais linda do mundo?

Um dia, balançamos as pernas sobre um enterro imaginário.

— Sshh, a viúva está vindo — sussurrou meu pai. — Ela está assoando o nariz em um lenço de renda. Que coisa trágica ela ter perdido o marido tão cedo...

— Mas bem atrás dela estão as gêmeas más — completei —, usando vestidos pretos idênticos.

— E lá está o sobrinho horroroso, aquele com o bigode sujo de ovo. Tudo que ele quer é o dinheiro do tio.

Meu pai esfregou as mãos.

— A viúva está jogando uma flor no caixão.

— Um ramo de miosótis — acrescentou meu pai. — O sobrinho está se esgueirando por trás dela. Cuidado! Ela vai cair no túmulo!

Ele agarrou minha cintura e fingiu que ia me derrubar do galho. Berrei, minha voz soando entre os mausoléus de pedra e túmulos que nos cercavam.

Embora devesse estar na escola, o jardim se tornou nossa casa e o cemitério, nosso jardim. Às vezes, eu pensava em minha melhor amiga, Becky, e no que ela estaria fazendo em aula, mas não muito. Às vezes, entrávamos na casa para "colher provisões" e, às quartas-feiras à noite, para assistir a *Survivors* na TV. Não nos preocupávamos em lavar roupa nem em trocá-la. A única regra que seguíamos era escovar os dentes de manhã e à noite, usando a água que levávamos para o acampamento em um balde.

– Há quatro bilhões de pessoas no planeta e menos de três bilhões têm escova de dente – dizia meu pai, balançando a cabeça.

O sol não sumia, então passávamos nossos dias colhendo frutas e caçando. Minhas costas e ombros se queimaram, encheram-se de bolhas, descascaram e tornaram-se bronzeados, enquanto eu aprendia que plantas do norte de Londres podiam ser ingeridas.

Meu pai me ensinou a capturar e cozinhar esquilos e coelhos, mostrou-me quais cogumelos eram venenosos e onde colher os comestíveis, como cogumelos-de-frango, chanterelles e míscaros, e aprendi a fazer sopa de alho selvagem. Um dia, arrancamos galhos de urtiga e os secamos ao sol. Depois, sentados na ponta de um túmulo, eu o vi retirar a parte externa da planta e trançar o que alguns minutos antes haviam sido folhas. Eu o imitei porque ele dizia que a melhor maneira de aprender era fazendo sozinha as coisas, mas, apesar de ter dedos pequenos, a corda que produzi ficou desajeitada e malformada. Mesmo assim, fizemos forcas com elas e as amarramos no galho que havíamos encostado a uma árvore.

– O esquilo é uma criatura preguiçosa – disse meu pai. – O que é um esquilo?

– Uma criatura preguiçosa – respondi.

– Ele sempre prefere o caminho que dá menos trabalho – afirmou ele. – O que o esquilo faz?

– Prefere o caminho que dá menos trabalho.

– E o que isso significa? – Ele esperou minha resposta, mas não falei nada. – Significa que ele vai correr alegremente por este galho e ficar com a cabeça presa na forca – disse meu pai. – Na verdade, ele vai correr alegremente por este galho, passar por cima dos amigos mortos, e ainda assim prender a cabeça na forca.

Quando fomos ver a armadilha no dia seguinte, dois pequenos cadáveres pendiam do galho, balançando para a frente e para trás com o peso dos próprios corpos. Não ousei desviar o olhar. Meu pai os desamarrou e guardou as forcas no bolso para que pudéssemos usá-las "da próxima vez". Naquela noite, ele tentou me ensinar a escalpelá-los, mas, quando a faca atingiu o primeiro pescoço, falei que não achava que tínhamos lenha suficiente e que eu devia ir pegar mais. Quando terminou, ele espetou os animais sem pele em uma vareta que havia afiado, cozinhamos os dois no fogo e os comemos com alhos selvagens e raízes de bardana cozidas. Demorei para comer o meu: o esquilo se parecia demais com o animal que havia sido e tinha o sabor de um frango deixado fora da geladeira por tempo demais.

Não pensávamos no que estávamos fazendo no jardim. Só planejávamos a refeição seguinte: como encontrá-la, como matá-la e como cozinhá-la. Acho que teria preferido comer cereal com leite em frente à TV, mas entrei na aventura sem fazer perguntas.

Meu pai escavou pedras do jardim com uma espátula e construiu uma fogueira no meio da terra revirada, perto da nossa barraca. Amarramos cordas em nossos ombros e arrastamos a metade de um tronco de árvore caído por entre os túmulos até o jardim, para termos um lugar para nos sentar. Pegar cadeiras de casa teria sido trapacear. Cavamos um buraco em um canteiro empoeirado e fizemos um túmulo raso para os ossos e as peles dos animais que comíamos. Meu pai me ensinou a fazer uma mecha, usando uma camisa que me pediu para buscar no armário dele, dentro de casa. De acordo com as regras do meu pai, isso não era trapacear. Trouxe-a ainda no cabide de metal e ele cortou o algodão em pedaços com uma faca. Disse que, se estivéssemos perto de um rio, o cabide teria sido perfeito para fazer anzóis e poderíamos comer trufa defumada no jantar. Toda noite, eu acendia a fogueira com a pederneira que meu pai sempre carregava com ele, lançando as faíscas em uma mecha e depois transferindo o fogo para os galhos secos que havíamos recolhido.

– Nunca desperdice um palito de fósforo se puder acender a fogueira com uma pederneira – dizia ele.

Depois que tínhamos comido e eu havia escovado os dentes, sentávamo-nos no tronco e meu pai me contava histórias sobre caçadas e a vida na floresta.

– Muito tempo atrás, numa terra chamada Hampshire – disse ele –, havia uma família que morava em *die Hütte*. Eles viviam com o que plantavam e ninguém nunca dava ordens a eles.

– O que é uma *Hütte*? – perguntei.

– Um lugar mágico e secreto na floresta – explicou meu pai com voz embargada. – Nossa pequena cabana, com paredes e piso de madeira e venezianas de madeira nas janelas. – A voz dele soou profunda e suave e me embalou. – Na floresta, podemos colher frutinhas doces o ano todo, chanterelles se

espalham como tapetes amarelos sob as árvores e, no fundo do vale, há um rio, um lindo *Fluss* sinuoso, cheio de peixes brilhantes, então, quando estamos com fome e precisamos jantar, basta mergulhar as mãos na água e tirar três deles. Um para cada um de nós – disse ele, enquanto eu me aconchegava em seu corpo. – Eu, você e a *Mutti*.
– Ela gosta de peixe?
– Acho que sim. Vai poder perguntar a ela logo.
– Quando ela voltar da Alemanha. – Eu estava quase dormindo.
– Daqui a exatamente duas semanas e três dias. – Sua voz soou feliz.
– Não é muito tempo, é?
– Não, não falta muito para termos a *Mutti* de volta.
– E o que tem mais na *Hütte*, papai?
Eu não queria que a conversa acabasse.
– Há um fogão para nos manter aquecidos nas longas noites de inverno e um piano para a *Mutti* tocar.
– A gente pode ir para lá, papai? – Bocejei.
– Talvez – respondeu ele enquanto eu fechava os olhos.
Ele me carregou para a barraca e me cobriu, meu corpo moreno de sol e sujeira, mas meus dentes limpos.
– Como a gente chega lá?
– Não sei direito, Peggy. Mas vou descobrir.

4.

Na manhã seguinte, Oliver Hannington estava sentado no balanço próximo à casa quando voltamos do cemitério carregando vários esquilos e uma cesta de pequena-angélica. O sol estava alto atrás dele, seu rosto escondido pela sombra. Ele se balançava para a frente e para trás, tentando soprar a fumaça do cigarro através de um buraco que eu havia aberto na parte de cima semanas antes, quando estava lutando contra piratas, usando o balanço como deque. Quando Oliver conseguiu, nuvens de fumaça cinzenta subiram como o alerta de um índio que se comunica por sinais.

– Oi – disse Oliver, ainda olhando para cima.

No colo, ele tinha um folheto preto e branco, e, apesar de estar de cabeça para baixo, consegui reconhecer o desenho de um homem usando colete e carregando um grande machado. No topo da página estava escrito O SOBREVIVENTE. Oliver parou de tentar soprar a fumaça e olhou para a gente.

– Meeeeeu Deeeeeus – disse, alongando as vogais das palavras.

De repente, lembrei-me das minhas roupas sujas e do cabelo que não havia lavado e, ao olhar para meu pai, percebi que sua barba havia crescido enquanto morávamos no jardim.

– Estávamos brincando um pouco na floresta. A Peggy queria ver como era dormir ao ar livre – disse meu pai. – Na verdade, eu estava começando a achar que era hora de tomar um banho.

Ele me entregou os esquilos, que estavam amarrados pelas caudas, e sentou ao lado de Oliver, que se afastou.

– Meu Deus – repetiu Oliver. – Você realmente precisa de um banho. E o que você tem aí, menininha? – Ele sorriu com seus dentes brancos certinhos e fez um sinal para que me aproximasse e ele pudesse olhar a cesta que estava pendurada em meu braço. – Ótimo. Espinafre cultivado pelos mortos. – Ele riu.

Eu não sabia explicar por quê, mas mesmo naquela época tinha consciência de que Oliver Hannington era perigoso.

– Leve os esquilos para o acampamento, Peggy, e vá lá dentro se lavar – pediu meu pai.

Era a primeira vez em duas semanas que ele me dava aquela ordem. Levei os animais até a fogueira, joguei-os no chão, depois subi o jardim até o balanço, onde meu pai e Oliver se balançavam e riam. Meu pai pegou um cigarro do maço aberto que Oliver oferecera a ele e o acendeu usando um fósforo. Uma sensação de irritação ficou presa em minha garganta, sufocando-me.

– Papai, você não devia fumar – disse, parando na frente deles.

– Papai – imitou Oliver em um sotaque inglês esganiçado –, você não devia fumar.

Ele riu e exalou a fumaça pelas narinas, como um dragão.

– Vá tomar banho – repetiu meu pai, franzindo a testa.

No banheiro, tampei o ralo da banheira e, para me tranquilizar, recitei falas de *Quando o coração bate mais forte*. Em voz alta, falei:

– Prepare a água quente, Sra. Viney.

Sem a resposta ou a risada cansada de Ute, minha voz soou vazia e patética. Sentei-me na beirada da banheira enquanto ela se enchia e chorei enquanto entrava na água. Quando mergulhei nela, o único barulho que ouvi foi o zumbido do sangue em minha cabeça. Não entendia por que meu pai tinha ficado mais parecido com alguém responsável quando havíamos voltado ao jardim, mas sabia que isso havia acontecido e percebia que tinha algo a ver com Oliver. Quando voltei à superfície, imaginei o amigo do meu pai caindo de costas do balanço e batendo a cabeça em uma pedra, o sangue encharcando a terra, ou pensei em preparar um ensopado de esquilo para ele e dizer que era frango. Ele o engoliria e um dos pequenos ossos ficaria preso em sua garganta e o sufocaria. Pela primeira vez desde que ela havia ido embora, eu queria Ute. Queria que estivesse sentada na beirada da banheira, reclamando que eu estava demorando demais. Queria poder implorar que ela imitasse a mãe de *Quando o coração bate mais forte* até que ela cedesse e dissesse: "Você nunca, nunca, nunca deve pedir coisas a estranhos. Sempre se lembre disso, está bem?". E eu queria poder rir porque as palavras soavam engraçadas no sotaque alemão dela. Sozinha, lavei-me e tirei a tampa do ralo, deixando um rastro de sabão na banheira, que não limpei. Vesti-me no meu quarto e me inclinei para fora da janela, por cima do jardim de inverno.

Podia ver os joelhos e as panturrilhas do meu pai, peludas e morenas, os sapatos apoiados sobre o chão empoeirado. As pernas de Oliver cobertas por uma calça jeans, na outra ponta do balanço, estavam esparramadas, da maneira como alguns homens se sentam. Enquanto eu observava, meu pai abriu as pernas também.

– Já terminei – gritei em uma voz tão cheia de ressentimento que tenho certeza de que meu pai notou.

Oliver se levantou e se espreguiçou.

– Adoraria uma chuveirada. É tão quente neste país! Por que os ingleses só tomam banho de banheira?

Ele puxou a parte da frente da camisa e vi alguns de seus pelos louros em constraste com o peito moreno.

– Bem, eu vou primeiro – disse meu pai.

Ele empurrou Oliver e correu pelo pátio em direção à casa. Oliver soltou uma exclamação alegre, jogou o cigarro no canteiro e correu atrás do meu pai. Eu os vi correrem pelo jardim de inverno e os ouvi entrarem na sala de estar e perseguirem um ao outro na escada, rindo e soltando palavrões. Fiquei no meu quarto enquanto eles corriam e tropeçavam até Oliver derrubar meu pai, pular por cima dele até o banheiro e trancar a porta. Meu pai veio ao meu quarto, ofegante, sorrindo. Ele se sentou num canto da minha cama.

– Vai ser bom dormir em um colchão de verdade, com lençóis, não é, Peggy? – perguntou.

Dei de ombros.

– Vamos, vai ser divertido ter o Oliver por perto. Você vai ver.

Ele me deu um empurrãozinho, fez cosquinhas em mim, depois pegou um travesseiro e o bateu em minha cabeça, fazendo-me cair para trás, rindo. Eu peguei outro travesseiro e pensei em bater nele, mas ele já tinha se levantado e estava saindo do quarto. Eu o ouvi bater na porta do banheiro.

– Não demore – gritou para Oliver, antes de entrar em seu quarto.

Deitei-me de costas na cama e pus o travesseiro sobre minha cabeça, fazendo a casa ficar em silêncio, como se não houvesse ninguém lá, como se toda a vida humana tivesse desaparecido em um segundo. Imaginei os ramos de amoreira continuando a se estender até a parte mais alta do jardim e chegando à casa, arrastando-se, como um exército, por sob as portas. A hera que crescia na parede exterior também entraria na casa e se espalharia como uma mancha verde pelo teto. E o loureiro que existia no jardim da frente estenderia longos dedos de raiz tenazes até a sala de estar, erguendo e quebrando o piso. Desejei poder dormir, encolhida em meio às plantas, e não acordar durante cem anos.

Eu estava sufocando sob o travesseiro. Depois de um tempo, joguei-o longe e corri pela escada até o jardim. Oliver havia deixado o folheto no balanço. Peguei-o e fui até o fundo do jardim, onde as brasas da fogueira ainda estavam acesas. Segurei uma ponta do papel contra uma brasa, soprei até que pegasse fogo, depois deitei a folha no chão para que fosse lambida pelas chamas e se transformasse em flocos negros. Olhei para os esquilos. Estavam onde eu os havia deixado, ao lado do fogo. Podiam ser dois homens em miniatura, tomando sol um ao lado do outro, deitados de costas, com as barrigas brancas à mostra. Dei um chute neles com o dedão do pé e pensei em como demoraria horas para o jantar ficar pronto.

Nosso acampamento foi abandonado quando Oliver chegou. Voltamos para a casa sem discussão. Fazíamos torradas com o pão branco fatiado que meu pai comprava, junto com os cigarros de Oliver, na loja da esquina, ou aquecíamos tortas de carne e latas de ervilha que pegávamos das prateleiras do abrigo. Todos os dias, o sol tirava mais cor da barraca que havíamos deixado desabar no jardim e o solo que a rodeava secava e se abria em pequenas ravinas.

Na terceira tarde da visita de Oliver, a campainha tocou. Eu estava comendo cereal à mesa da cozinha e observando duas moscas voarem em círculo no calor pesado. Toda vez que se esbarravam, as duas zumbiam uma para a outra, irritadas. Tive que desgrudar minhas pernas para me levantar da cadeira, por isso, Oliver, com apenas uma toalha laranja em torno da cintura, chegou à porta antes de mim. Fiquei esperando no fim do corredor para ver quem era o visitante.

– Oi – disse Oliver de uma maneira que atiçou minha curiosidade e me fez querer ver através do corpo dele.

– Ah – disse a pessoa. – Oi. – A voz de uma menina hesitou. – A Peggy está?

– Entre – pediu Oliver, antes de se virar para a casa e berrar: – Peggy!

Vi Becky parada à porta ao mesmo tempo que Oliver me viu parada perto da cozinha.

– Você tem visita – gritou ele. – Entre, entre – disse para Becky.

Oliver manteve a porta aberta e ela passou por ele de olhos arregalados, sorrindo, mas olhando tudo, menos o desconhecido seminu que estava em minha casa. Oliver a seguiu até a cozinha e se aproximou da pia.

– Meninas, vocês querem água?

Ele encheu um copo para si e ficamos paradas observando seu pomo de adão se mexer enquanto ele a bebia. Oliver voltou a encher o copo e o estendeu para nós, mas Becky, quebrando o feitiço que nos havia tomado, agarrou minha mão e me puxou de volta pelo corredor até meu quarto.

– Quem é aquele? – perguntou, jogando-se na cama.

– É só um amigo do meu pai, o Oliver Hannington. – Coloquei a cabeça para fora da janela para tentar respirar ar fresco. – Ele está ficando aqui em casa um tempinho.

– Ele é igual ao Hutch.

– Quem é Hutch?

– Você sabe – disse Becky. – O louro do *Starsky & Hutch*. Ela tirou os sapatos, ergueu o bumbum e começou a mexer as pernas como se andasse de bicicleta. A saia da escola caiu em volta de sua cintura, revelando uma calcinha azul-clara. Vê-la se exercitando me deixou com mais calor.

– Bom, onde você esteve? Vai ter que pegar muita coisa atrasada.

– Como assim? Eu estava aqui.

– O Sr. Harding não para de me perguntar onde você está. Estamos trabalhando ângulos retos. Eu disse que não sabia, que talvez você estivesse doente. Você esteve doente?

– Na verdade, não – respondi.

Do jardim, ouvimos Oliver gritar algo sobre gelo. Becky se arrastou pela cama até o carpete e deixou que suas pernas caíssem atrás dela. Nós duas nos agachamos sob a janela e observamos Oliver esparramado no balanço, lendo um livro. Ele havia dobrado a capa do livro para trás para poder segurá-lo com uma das mãos e trocado a toalha por um short.

– Bom, é melhor você ir amanhã – disse Becky. – É o último dia de aula.

No jardim, meu pai apareceu com dois copos cheios de um líquido laranja. Entregou um deles para Oliver e os dois brindaram.

– Vou levar o Buckaroo – afirmou Becky.

De manhã, vesti a saia cinza, a blusa branca e o blazer, fiz um almoço para mim e fui para a escola. Todos já estavam em suas mesas quando cheguei. O Sr. Harding me observou por cima dos óculos, mas não fez nenhum comentário quando me sentei.

– Que jogo você trouxe? – sussurrou Becky.

– Pega-varetas – respondi, e ela assentiu, aprovando.

O Sr. Harding deve ter escrito um bilhete na pauta porque, quando estávamos abrindo os jogos, a Sra. Cass, secretária da escola, apareceu e disse que o diretor queria falar comigo. Eu já esperava por isso e, de qualquer maneira, estava envergonhada por saber que o jogo que havia trazido não tinha a maioria das varetas.

– E então, Peggy Hillcoat, onde você esteve? – perguntou a Sra. Cass enquanto me fazia marchar pelo corredor, que cheirava a suor e sola de tênis. Ela não esperou uma resposta. – Liguei para sua casa pelo menos quatro vezes nas últimas duas semanas, tentando falar com você ou com sua mãe. Até fui lá um dia, e você não mora exatamente no caminho da minha casa.

Dobramos o corredor, onde o cheiro não estava tão forte e o piso era um carpete verde e espesso, indicando que nos aproximávamos de autoridades.

– Você não pode tirar férias quando quiser, sabia? Está numa fria, mocinha.

Ela pediu que eu me sentasse em uma das cadeiras confortáveis à porta da sala do diretor. O tecido continha rasgos e manchas de anos de problemas com alunos e professores. Através da porta de vidro fumê, vi rapidamente o diretor beber chá em uma xícara, fazendo-me esperar até ser chamada.

– Soube pelo Sr. Harding que você faltou a duas semanas de aula sem que sua mãe informasse à escola – disse o diretor depois que me chamou.

– Ela morreu – respondi, sem planejar nada.

– A sua mãe? – perguntou o diretor.

Suas sobrancelhas se ergueram e baixaram freneticamente, e ele conseguiu parecer tão desesperado quanto surpreso. Apertou um botão na mesa, que acionou uma campainha no escritório do outro lado do corredor.

– Ela morreu num acidente de carro, na Alemanha – disse eu aos dois quando a Sra. Cass atendeu o chamado do diretor.

– Meu Deus! – exclamou a Sra. Cass, cobrindo a boca com uma das mãos. – A Ute, não. Ah, não, a Ute não. – Olhou em volta e para trás, como se quisesse se sentar, mas se distraiu e disse: – Coitadinha de você...

Ela me abraçou com força, pressionando-me contra seu peito macio, depois me levou de volta à cadeira e trouxe uma xícara de chá forte e quente sobre um pires, como se eu tivesse acabado de ficar sabendo do acidente, e não ela.

Pela porta, o diretor afirmou:

– Mas nós teríamos ficado sabendo. Ela não é aquela pianista famosa?

A resposta da Sra. Cass foi baixa demais para que eu ouvisse, mas envolveu vários arquejos, movimentos de cabeça e mãos unidas.

Quando terminei o chá, ela me levou de volta para a sala, a mão em meu ombro, tanto me incentivando a andar quanto me fazendo carinho. Chamou o Sr. Harding em um canto e trocou sussurros com ele. O tédio no rosto do professor sumiu para dar lugar ao choque e, depois, a uma cara enrugada de pena quando olhou para mim, que esperava em frente à turma.

Na primeira fileira, Becky balbuciou:

– O que você disse?

Tentei balbuciar de volta:

– Disse que ela morreu num acidente de carro.

Mas as palavras "acidente de carro" eram difíceis de entender quando não ditas em voz alta. Rose Chapman deu um cutucão em Becky e se inclinou na direção dela, que, em um sussurro, traduziu minhas palavras como:

– A Ella morreu com os dentes!

O sussurro se espalhou de grupo em grupo entre as crianças reunidas em torno de bolinhas de gude, pinos e dados. O Sr. Harding disse que eu podia ir embora. Guardei o pega-varetas e fui.

Em casa, via pouco meu pai e Oliver. Um dia, eles foram até a rua principal da cidade e trouxeram peixe e batatas fritas, que puseram em pratos e comeram com garfos e facas na mesa de jantar. Oliver pegou os talheres com cabos de marfim e as taças de cristal Spiegelau de Ute do aparador para servir o vinho tinto que haviam comprado na loja de bebidas.

– Saúde! *Prost*! *Der Bunderpost*! – gritou meu pai.

Ambos soltaram uma risada bêbada enquanto o cristal tilintava. Carreguei meu jantar ainda enrolado em jornal até a sala de estar e comi na frente da TV. Fui para a cama logo depois. Fiquei deitada de olhos fechados, mas o sono não veio e tive medo de ter me esquecido de como dormir. Murmurei a música-tema de *Quando o coração bate mais forte* e imaginei que Ute estava no andar de baixo, dominando o piano, enquanto meu pai folheava o jornal à mesa da cozinha. Tudo e todos onde deviam estar. Mas ainda estava acordada quando meu pai e Oliver tropeçaram escada acima, gritando boa-noite um para o outro.

Quando os dois não estavam rindo, estavam discutindo. Como todas as janelas da casa ficavam abertas para deixar a brisa entrar, eu ouvia a gritaria deles em qualquer cômodo que estivesse. Parecia uma reunião de sobrevivencialistas para dois – as verdadeiras haviam sido suspensas durante o verão. Aparentemente, até sobrevivencialistas tiravam férias. Tentava ignorá-los, mas acabava me esforçando para entender cada palavra. Meu pai gritava mais alto, perdia o controle primeiro; a voz de Oliver se mantinha arrastada, regular e comedida, e cortava a fúria da outra voz. As brigas pareciam ser sempre iguais, voltavam sempre aos mesmos assuntos: o melhor local para se esconder, a cidade *versus* o interior, equipamentos, armas, facas... O barulho subia num crescendo, então uma porta era batida, a chama de um fósforo aparecia, um cigarro era aceso na escuridão do jardim e, no dia seguinte, tudo era esquecido.

Uma noite, ouvi um barulho no corredor e levei alguns instantes para perceber que era o telefone. Quando atendi, Ute estava do outro lado da linha.

– *Liebchen*, é a *Mutti*. – Ela soava muito distante. – Desculpe não ter ligado antes. Tem sido difícil.

Achei que ela queria dizer que não havia muitos telefones na Alemanha.

– O papai e eu estamos morando no jardim.

– No jardim? Parece ótimo. Então você está bem. E está feliz agora que as aulas acabaram e você está de férias?

Fiquei com medo de que ela me perguntasse sobre as aulas que não havia frequentado, mas, em vez disso, ela disse:

– O tempo também está quente em Londres? – Ela soou triste, como se preferisse estar em casa, mas, talvez tentando me fazer rir, continuou: – Ontem à noite, uma mulher gorda desmaiou de calor quando eu estava no segundo compasso de Tchaikovsky. Tive que começar de novo do início. Foi um desastre.

– Estou muito morena – respondi, espanando a poeira de minhas pernas e percebendo que não havia tomado banho desde o dia em que Oliver chegara.

– Que delícia deve ser ter tempo para ficar ao sol. Fico dentro de algum lugar todo dia, no carro ou no hotel, e depois no carro de novo para chegar ao lugar da apresentação.

– Quer falar com o papai agora? – perguntei.

– Não, ainda não. Quero saber mais sobre o que minha Peggy anda fazendo.

– Eu tenho cozinhado.

– Parece estar ajudando muito. Espero que arrume a cozinha depois.

Não respondi. Não sabia o que dizer.

Depois de alguns segundos, em um tom que tive que me esforçar para ouvir, ela pediu:

– Talvez você deva chamar o papai agora.

Coloquei o fone na almofada ao lado do telefone e vi que minhas mãos haviam deixado marcas sujas no plástico amarelo. Lambi os dedos e esfreguei as manchas.

Quando disse ao meu pai quem estava ao telefone, ele se levantou num pulo do balanço em que estava deitado tomando sol e correu até a casa. Fui para o fundo do jardim, onde estava assando raízes de bardana nas brasas quentes de uma fogueira que havia montado sozinha. Sem entender por quê, bati nas brasas com uma vareta, espalhando-as pela noite como vagalumes. Algumas caíram na barraca, abrindo buracos de borda negra na lona e no forro. Quando a fogueira se tornou um borrão cinzento na grama queimada, entrei na casa e fui para o meu quarto.

Uma discussão entre meu pai e Oliver estava se formando na cozinha. Ela passava pela sala de estar e pelo jardim de inverno. Pus a cabeça para fora da janela. Abaixo de mim havia duas sombras projetadas pela luz que se espalhava pela porta da sala de estar. Quando coloquei os dedos nos ouvidos para tapar o som, as formas negras se tornaram dançarinos silenciosos, seus movimentos coreografados, cada ação planejada e ensaiada. Eu pressionava os dedos contra os ouvidos e os afastava, em uma sucessão rápida de movimentos, fazendo a discussão chegar até mim em pequenas explosões, desarticulada e picada.

– Seu f...
– ...uta. O que...
– ...gabunda. Como voc...
– ...você é patét...
– ...um anim...
– ...oga de anim...

Então, Oliver riu como uma metralhadora, de forma irregular e descontrolada. Um objeto escuro, um cinzeiro ou um vaso de plantas, saiu de uma das sombras e passou voando pela outra, atingindo o telhado de vidro. Fez-se uma pausa, como se o vidro estivesse segurando o fôlego. Logo depois, ele estremeceu, espatifou-se e se dividiu em pedacinhos com um barulho tremendo. Numa ação reflexa me abaixei, enquanto o vidro chovia sobre os homens no andar de baixo. A sombra-pai se agachou, as mãos na cabeça. Oliver berrou:

– Caraca! – enquanto sua sombra recuava para a sala de estar e desaparecia.

A forma de meu pai continuou agachada, e, de onde eu estava, parecia que ele havia deixado de ser um homem com braços, pernas e cabeça e se tornado um corvo com bico e asas. Ele também soltou um barulho de corvo. Eu o observei com as mãos no parapeito da janela e os olhos pouco acima delas, enquanto o barulho de Oliver passava por toda a casa – ia até a cozinha e subia até o quarto de hóspedes. Ouvi gavetas sendo abertas e fechadas, o som áspero de um zíper de mala. Então, Oliver entrou repentinamente no meu quarto e me vi como ele deve ter me visto, agachada ao lado da janela no escuro.

– Já viu o bastante, menininha? – cuspiu ele. – Gosta de espionar os adultos, não é? Bom, não se preocupe. Eu também vi o bastante. De você e do seu querido papai. – Ele soltou uma risada amarga. – E não vamos nos esquecer da incrível Ute. Parece que dei aos dois um presente que eles não vão esquecer muito rápido.

Ele saiu e desceu a escada.

Por um segundo, fiquei paralisada. Então, achando que ele ia voltar para o jardim de inverno destruído, me virei e voltei a olhar pela janela. Mas a porta de entrada bateu, sacudindo a casa, e, abaixo de mim, o corpo de corvo do meu pai estremeceu, como se tivesse ficado preso em uma de nossas armadilhas, e caiu no chão. Arrastei-me de volta para a cama e fiquei deitada, com os olhos arregalados na escuridão e os ouvidos se esforçando para ouvir algum barulho, que nunca veio.

De manhã, fui acordada por três apitos fortes. Meu pai estava ao pé da escada, as pernas afastadas e a cabeça erguida. As costas de suas mãos tinham curativos em vários lugares e havia outro no septo nasal.

– Arrume sua mochila, Peggy – disse, usando sua voz militar. – Nós vamos sair de férias.

– Aonde a gente vai? – perguntei, preocupada com o que Ute diria sobre o telhado quebrado e o vidro espalhado no chão quando voltasse.

– Vamos para *die Hütte* – afirmou meu pai.

5.

Londres, novembro de 1985

No café, concordei em me sentar à mesa da cozinha para comer, em vez de ficar no meu quarto ou no chão do jardim de inverno, onde eu podia fugir do calor abafado dos outros cômodos. Ute e eu negociamos e ela disse que, se eu me sentasse com ela e comesse meu mingau com calma, pararia de me fazer perguntas. Aceitei porque o rosto do meu pai estava guardado em um lugar secreto. Sabia que ela continuaria a fazer perguntas. Ela não conseguia se conter.

A mesa da cozinha havia diminuído desde que eu fora embora, mas todo o resto tinha se multiplicado, e eu achava a cozinha o cômodo mais perturbador de todos. A quantidade de coisas e a impressionante possibilidade de escolher o que observar me pressionavam contra a cadeira e me faziam fechar os olhos. As fileiras de potes com chá, café e açúcar sempre disponíveis, enormes latas nas quais estava escrito COM FERMENTO e COMUM, um liquidificador cheio de poeira gordurosa, um rolo de papel macio em um suporte de madeira, uma torradeira brilhante com a qual evitava ter contato visual, ganchos com várias canecas, uma geladeira branca que se tornara multicor por causa dos ímãs. Eu não podia imaginar por que uma família de três pessoas precisava de sete panelas se havia apenas quatro bocas no fogão, por que o suporte tinha nove colheres de pau se havia apenas sete panelas e como poderíamos comer a quantidade de alimento disponível nos armários e na geladeira.

Oskar estava no clube de escoteiros de sábado, ajudando a fazer o jardim de uma casa de idosos. Eu sabia que Ute tinha escolhido essa manhã específica, com o Oskar fora, para pedir que eu me sentasse à mesa: ela sabia que talvez fosse um pouco demais se já me pedisse para comer junto do meu irmão de oito anos de idade. Oskar, Oskar, Oskar: eu tinha que ficar repetindo o nome para lembrar a mim mesma de que ele existia, que um menino havia nascido e crescido durante oito anos e oito meses sem que eu soubesse. Ele tinha quase a minha altura, mas era tão novinho... Eu ainda ficava chocada cada vez que olhava para ele, ao pensar que tinha exatamente aquela idade quando eu e meu pai saímos de casa. Enquanto Ute servia o mingau, feito com água – como eu gostava –, eu me perguntei se os escoteiros haviam ensinado Oskar a acender uma fogueira sem fósforos, ou a pegar esquilos pelo pescoço, ou a usar um machado para abatê-los com um único movimento rápido. Talvez fossem coisas sobre as quais um dia eu e ele pudéssemos conversar.

À mesa, Ute tentou iniciar uma conversa comigo.

– Você se lembra daquele verão? – perguntou, a voz ainda cheia de *zs* e *vs*, mesmo depois de tantos anos.

Ela havia começado a conversa com uma pergunta, apesar de sua promessa.

Dei de ombros como resposta.

– Andei pensando no seu pai, no verão em que você foi embora – disse ela. "Foi embora" era a expressão que ela sempre usava: inócua, sem nenhuma implicação de culpa. – Acho que talvez eu fosse velha demais para ele. Estável demais. Ele "quer" se divertir com Oliver, o amigo dele.

– Queria – corrigi baixinho, mas ela não ouviu. Estava encarando algo atrás, através de mim.

– Eles pareciam meninos. Ficavam balançando alto demais no balanço. Tinha medo de que o quebrassem e estragassem a grama com os sapatos. Aquele balanço era da sua avó. A *Omi* tinha encomendado na Alemanha, sabia? E aí, quando estavam com calor, tiravam a camisa e corriam pelo jardim, brincavam de espalhar água com a mangueira, apesar de o conselho municipal ter proibido isso. Eu observava os dois da janela do quarto, depois descia para pedir que tomassem cuidado com o balanço. – Ela fez uma pausa, lembrando-se. – O Oliver brincava comigo e dizia: *"Ja wohl"*. Talvez tenha sido onde tudo começou. É, talvez.

Eu não pedia a Ute que fizesse aquelas confidências, mas, mesmo assim, elas transbordavam. Era como se, ao contá-las, ela estivesse expiando algum tipo de culpa. Na minha mente, eu via meu pai totalmente alheio à possibilidade de criar sequer uma ínfima rachadura em sua base familiar, por empurrar o chão com os calcanhares junto com Oliver Hannington ou por gritar alegre quando um jato de água atingia suas costas repletas de sardas. Ute dizia que meu pai não ligava para nada, que, para ele, só importavam os prazeres rapidamente obtidos. Mas o abrigo nuclear, ainda montado embaixo da cozinha, e as listas que encontrei nele me contavam uma história diferente.

Os olhos de Ute voltaram a se concentrar em mim e no modo como eu comia. Ela me perguntou se eu estava gostando do mingau e percebi que o estava enfiando na boca e engolindo muito depressa, apesar de queimar a língua. Reduzi a velocidade das colheradas e fiz que sim com a cabeça, entendendo a bronca. Raspei a tigela e ela me serviu uma segunda porção. Eu havia engordado desde que voltara – meus seios preenchiam os novos sutiãs, o elástico das calças deixava uma marca vermelha em torno do quadril e da barriga, as sombras sob as maçãs do rosto estavam ganhando um tom rosado.

– O que você gostava de comer quando estava longe? – perguntou Ute em sua voz alegre e vivaz.

Perguntei-me se ela imaginava que tínhamos um cardápio diário, e que eu podia conferir se o peixe estava fresco caso não quisesse a torta de cogumelos. Pensei em responder: "Reuben e eu comíamos lobo cru, rasgado com nossas próprias mãos e, depois que tínhamos comido, usávamos o sangue para pintar listras no nariz", só para ver a cara dela. Mas isso exigia esforço demais.

– A gente comia muitos esquilos – disse, mantendo um tom de voz neutro. – E coelhos.

– Peggy... – respondeu ela em tom preocupado.

Ela estendeu uma das mãos para mim, mas fui rápida e puxei a minha. Ela pôs as mãos embaixo da mesa e apertou os lábios.

– Quando você foi embora... – começou.

– Quando fui sequestrada – interrompi.

– Quando você foi sequestrada – repetiu ela. – Quando percebi que vocês tinham mesmo ido embora, desci até o porão. Você se lembra de como era o porão?

Fiz que sim com a cabeça.

– Todas aquelas prateleiras de comida, latas e latas de comida. Fui até o porão e tinha sido assim que seu pai havia deixado tudo, *natürlich*. Pacotes de arroz, ervilhas secas, feijão... Tudo cheio de poeira. – Parecia que Ute estava repetindo uma história que conhecia bem, que havia contado tantas vezes para muitas pessoas. – Tentei imaginar o que você estava comendo, se era saudável, e tive medo de que "estava" com fome, onde quer que "estava". Peguei uma lata de feijão assado, uma de pêssego e outra de sardinha da prateleira e pus na mesa do porão. A mesa ainda está lá, você pode ver, mas joguei a comida fora faz muitos anos. Um grande desperdício. Peguei um abridor de latas e um garfo de uma gaveta embaixo do fogão e um prato de metal. E "alinho" tudo na mesa, Peggy, como você gostava de alinhar todas aquelas coisas da sua mochila, lembra? "Alinho" as latas direitinho do lado do garfo e do prato e "olho" para elas. Isso me fez chorar, pensando em onde você podia estar e que talvez minha filhinha ainda "estava" alinhando as coisas que trazia na mochila.

A voz de Ute falhou e tirei os olhos da tigela vazia. O rosto dela estava abalado. Lágrimas haviam se acumulado em seus olhos e percebi que eram verdadeiras.

– Eu chorava – continuou Ute –, mas continuava sentada lá porque achava que você também podia estar sentada em algum lugar, com sua boneca e sua camisola alinhadas. E "abri" a lata de feijão e de pêssego e também de *Sardinen* com a *Schlüssel*, a chavinha. Eu estava grávida, *natürlich*... – Ela parou para calcular. – Esperava o Oskar "há" dois meses, acho, e me sentia muito enjoada. Com o garfo, comi o feijão, o pêssego e a sardinha. Comi de uma vez, o tempo todo chorando, chorando. Me "obrigo" a engolir porque talvez você não tivesse a comida de que gostava. Comi até vomitar.

Não consegui entender que resposta ela queria. Será que deveríamos chorar juntas e nos abraçar ou ela estava esperando que eu também contasse uma história? Então fiquei apenas sentada, olhando para a tigela, com a colher que eu deixara limpa ao lado. Aquilo também me fazia lembrar das pilhas arrumadas de pertences que tirava da mochila. A ideia de que eu ainda alinhava coisas me fez sorrir, mas escondi isso de Ute, pondo a mão na boca. Alguns minutos se passaram e ambas continuamos em silêncio, sem nem o raspar de talheres na porcelana para demonstrar que havia vida na cozinha. Por fim, eu disse:

– O Oliver Hannington comeu um pouco da comida do porão.

Ute deu um pulo para trás, as pernas da cadeira rasparam o chão. Eu não havia previsto aquela reação e, pela primeira vez desde que tinha chegado em casa, nós realmente nos olhamos: meus olhos procuraram os dela e os dela olharam de volta para os meus, ambas tentando entender uma à outra, como se fôssemos desconhecidas, o que realmente éramos. Por fim, o momento passou. Uma máscara tomou o rosto dela, a mesma máscara que a Dra. Bernadette usava: calma, benevolente, como a de um dos anjos de pedra do cemitério.

– É mesmo? – perguntou Ute. – É verdade? O Oliver Hannington?

A reação exagerada dela me deixou curiosa, como se eu não tivesse entendido alguma coisa, alguma coisa que estava bem embaixo do meu nariz.

– Ele disse que a gente devia comer tudo e substituir as latas, para que não passassem da validade – respondi.

– Tem certeza? Ele veio ficar com o James? Quando? – ela quis saber, nervosa.

Quando ela disse o nome do meu pai, uma coceira começou sob meu seio direito e mexi o ombro para me livrar dela.

– Pouco antes. Pouco antes... – Parei de falar.

Eu não imaginava que ela não soubesse aquilo. Em todas as sessões, a primeira coisa que a Dra. Bernadette me dizia era: "O que quer que você diga nesta sala vai ficar nesta sala". A mesma frase todos os dias. Depois de cada sessão, eu saía para a sala de espera com os olhos secos e via que Ute ficava decepcionada. Sentava-me em uma cadeira forrada enquanto ela entrava para falar com a Dra. Bernadette. Eu esperava vinte minutos e, toda vez que Ute saía, ela estava enxugando os olhos com um dos lencinhos rosa que a médica mantinha na mesa de centro. Eu achava que tudo que dizia para a Dra. Bernadette era repetido para Ute.

– Eles brigaram – expliquei. – O Oliver brigou com... Com... – Eu não sabia que nome usar. – Meu pai.

– O Oliver – repetiu ela. – Por que eles brigaram?

– Eu não consegui ouvir. O telhado do jardim de inverno foi quebrado. E aí a gente foi embora.

Ute pareceu impressionada. Perguntei-me se, por algum milagre, o vidro havia sido consertado antes que ela chegasse em casa ou se minha lembrança estava errada.

– Eu não sabia como o vidro tinha quebrado – disse ela. – Achei que algum garoto, um vizinho, alguém tivesse atirado uma pedra. A polícia e os detetives não acreditaram em mim. Tenho certeza de que grampearam o telefone. Eu ouvia *click*, *click* sempre que atendia. – Ute foi contando sem parar. – Depois de alguns meses, como vocês não "eram" encontrados, eles vieram até a casa e cavaram o fundo do jardim, onde disseram que a terra estava fresca. Fresca! Eu não "tenho" tempo para cavar o jardim na minha situação. Eles encontraram, como se diz? *Gebeine*, ossos e peles de animal. Eu disse que não sabia como tinham "chegado" ali, embaixo da terra. Eles vasculharam o cemitério com bastões e cachorros. "Berro" para eles em alemão: "*Ich bin schwanger!*", gritei, "estou grávida"! Eles me disseram que você falou para o seu diretor que eu estava morta. Não entendo por que você "diz" isso. Chorei por muito tempo e a Sra. Cass... Você se lembra da Sra. Cass da escola?

Fiz que sim com a cabeça.

– Foi a Sra. Cass que "me veio" ver para saber se estava bem, que "cuida" de mim. Fiquei preocupada com o bebê dentro de mim e com o que os vizinhos iam falar. Foi um absurdo. Minha filhinha "sumia" com meu marido, mas levaram meses, anos, até acreditarem que não tinha sido culpa minha.

Ela estava exausta e irritada. E percebi como a situação havia sido para ela, que chorara, preocupada e sozinha, suspeita de assassinato, com Oskar crescendo em sua barriga. Mas fiquei sentada com as mãos no colo e não disse nada.

6.

As férias que meu pai havia prometido não seriam férias. Não haveria praias nem castelos de areia, tampouco sorvetes ou passeios a cavalo. Meu pai disse que iríamos descansar quando chegássemos a *die Hütte*. Os arbustos que margeavam as laterais do caminho que seguíamos haviam praticamente se unido, como se quisessem dizer: "Este caminho não é para seres humanos". Mas meu pai não ia admitir aquilo. Ele batia neles com um bastão que havia pegado ao deixar a estrada. Andando ao lado dele, eu ouvia o ruído da madeira rígida chicoteando os arbustos para fora do caminho. Eles não tinham chance. Nuvens de poeira se erguiam a cada batida. Eu mantinha o rosto voltado para baixo, tentando acompanhar o ritmo dos passos dele enquanto um raio de sol queimava o nódulo ossudo do topo da minha coluna. Ainda antes, quando eu estava andando na frente, tinha erguido o rosto e visto várias camadas de verde sobre verde e colinas na forma de montes de açúcar. Além delas, com o dobro de seu peso, havia uma coluna ameaçadora de rocha escura, amarronzada, com faixas brancas irregulares. Mas, andando atrás de meu pai, eu via apenas a poeira que havia se depositado nos pelos de suas pernas nuas, como a farinha que Ute peneirava sobre a massa de *Apfelkuchen*. Sobre as pernas dele surgia a barra do short e, mais acima, a mochila, larga e alta como as costas de meu pai. Nossa barraca estava amarrada na base da mochila com barbante. Panelas batiam em um ritmo determinado em garrafas d'água, que balançavam contra as gaiolas de coelhos. *Tum, tchinc, djeng, ding, tum, tchinc, djeng, ding.* Na minha cabeça, eu cantava:

Tenho noivos na minha porta, ô lê lê ô baía,
que de uma forma torta, ô lê lê ô baía,
me mandaram perguntar, ô lê lê ô baía,
se eu queria me casar, ô lê lê ô baía.

As copas das árvores eram antigas e emitiam forte aroma. O cheiro me levou de volta ao Natal em Londres e me perguntei se era daquela floresta que nossa árvore vinha. Na véspera do último Natal, eu tinha tido permissão de colocar as velas nos candelabros, pegar os fósforos e acender todas elas. Ute havia me deixado abrir um dos presentes de Natal que estavam embaixo da árvore porque dissera que, quando menina, era o momento em que ela abria todos. Eu havia escolhido um dos presentes que tinha vindo na caixa da Alemanha e desembrulhado um tubo que se encolhia. Era uma luneta, dissera Ute, que havia pertencido ao meu avô, já falecido. Ela estalara a língua e dissera que *Omi* devia estar limpando as gavetas e distribuindo todo tipo de bobagem. Eu havia ficado de pé no braço do sofá e olhado pela luneta para a enorme cabeça de Ute enquanto ela tocava piano e cantava *O Tannenbaum* até sua voz ficar rouca. Ela havia dito que tínhamos que parar porque os galhos da árvore de Natal estavam murchando e podiam se fechar a qualquer momento. Enquanto apagávamos as velas, vi que os olhos dela haviam se enchido de lágrimas. Elas não caíram, mas ficaram presas em seus cílios até que os olhos as reabsorveram.

    A lembrança me fez sentir uma saudade repentina e desesperada de casa – um enjoo, como se eu tivesse comido algo estragado. Mais do que nunca, quis estar em meu quarto, deitada na cama, mexendo no pedaço de papel de parede que se desprendia perto da cabeceira. Quis ouvir o piano na sala de estar abaixo de mim. Quis estar à mesa da cozinha, balançando as pernas, comendo torrada com geleia de morango. Quis que Ute tirasse meus cabelos longos dos olhos e fizesse uma cara irritada. Então lembrei que Ute nem estava em casa, e sim tocando o piano idiota de outra pessoa na Alemanha.

    Esqueci o Natal e estremeci ao pensar que nenhum outro ser humano havia passado por aquele caminho. Meu pai dissera que a trilha havia sido feita por cervos; então comecei a andar como um cervo, erguendo os joelhos e caminhando na ponta dos pés, sem quebrar um galhinho com meus pés pesados. Mas um cervo não teria que carregar uma mochila entupida com o anoraque que meu pai havia comprado para mim, apesar de estar quente demais para usar casaco. Diminuí o ritmo e meu pai, que continuou andando da mesma maneira, tornou-se uma figura que eu podia segurar entre o polegar e o indicador da mão direita. De tempos em tempos, ele se virava para olhar para mim e sua boca soltava um suspiro, fazendo que, mesmo a distância, eu pudesse ver que seus olhos estavam apertados em uma careta que pedia pressa. Então, ele se virava e continuava andando. Eu imaginava o que aconteceria se saísse da trilha e entrasse na floresta. Pensava em como o rosto do meu pai mudaria se olhasse em volta e eu não estivesse mais atrás dele. Ele deixaria a mochila cair e correria de volta em pânico, gritando "Peggy, Peggy!". Eu gostava daquela ideia, mas, quando olhava para o lado, via que a floresta era mais densa do que a do cemitério no fundo do nosso jardim. Da trilha, a luz do dia só penetrava até um pouco além de duas ou três árvores. Depois disso, não havia nesgas de luz, apenas centenas de troncos que adensavam a escuridão.

– Poderíamos nos perder para sempre aí dentro – sussurrou Phyllis de minha mochila.

Mais adiante, seguindo atrás de meu pai, eu estava sob a luz forte do sol e, esquecendo a floresta, os cervos e o Natal, corri para alcançá-lo. Ele estava parado no fim da trilha. Diante de nós, havia um prado de grama viva, que caía em um vale profundo. Tão profundo que não podíamos ver o fim. Depois disso, a terra voltava a se erguer, e podíamos avistar pinheiros e prados mais escuros. As colinas monstruosas que haviam estado ali tinham desaparecido. Eu dei um passo à frente, entrando na luz, aproveitando o sol. Estiquei os braços e me imaginei rolando sem parar pela colina e subindo do outro lado. Eu rolaria para sempre. Era um lagarto de sangue frio e o sol me dava energia. Preparei a corrida, mas meu pai me pegou pelo ombro.

– Não!

Ele me puxou de volta para as sombras.

– Escute.

Meu pai, ainda apertando meu ombro, apontou para a esquerda, para o limite da floresta. Era como se realmente tivéssemos nos tornado cervos e estivéssemos no limite de

nosso território, decidindo se valia a pena nos arriscar por um pouco de grama fresca ao ar livre. Ao lado do prado havia seis pilhas de feno, altas e pontudas, como ocas abandonadas. Estavam verdes de mofo, como se estivessem ali havia anos e tivessem sido deixadas após uma colheita muito tempo antes.
– Se há pilhas de feno, há pessoas aqui – sussurrou meu pai.
Não entendi qual era o problema. Tínhamos encontrado muitas pessoas em nossa viagem pela Europa: a moça francesa que havia me dado balas no barco que cruzara o Canal, o homem atrás da mesa da locadora de carros que havia apertado minha bochecha, homens de macacão em postos de gasolina, garotos sujos que tinham recebido nosso dinheiro nos acampamentos e meninas estrangeiras que venderam pães para nós. Meu pai tinha evitado conversar com as pessoas que falavam inglês, e me afastou rapidamente da menina de cabelos compridos que dissera ser da Cornualha e me dera um pedaço de seu picolé enquanto eu esperava meu pai do lado de fora de um supermercado, em uma cidade francesa desconhecida.
– Meu nome é Bella – dissera ela. – Significa "bonita". Qual é o seu?
Eu lutava para engolir o pedaço de gelo e dizer que me chamava Peggy quando meu pai voltou e me arrastou de lá. Eu teria gostado de conversar com ela, de dizer que sua maneira de sorrir me fazia lembrar de Becky.
Olhei para todo o prado.
– Que pessoas? Onde? – perguntei a meu pai.

A paisagem se estendia por quilômetros, descia e subia o vale, mas tudo era verde. Não havia nenhuma construção, nem mesmo um celeiro.

– Fazendeiros, camponeses... – Meu pai fez uma pausa. – Pessoas. Vamos ter que andar perto da floresta. É mais longe, mas é mais seguro.

– Seguro contra o quê, papai?

– Contra as pessoas.

Meu pai ajustou a mochila e começou a andar pelo meio das árvores, mantendo o prado a certa distância, à esquerda. E eu o segui.

Quis perguntar quanto tempo demoraria até chegarmos a *die Hütte*, se Ute ia se encontrar conosco e se haveria galinhas, além de peixes e frutas silvestres. Tínhamos deixado o carro alugado nos arredores de uma cidade dias antes e pegado um trem que nos levara por prados, florestas e longos túneis escuros. As imagens dominantes tinham sido verdes e azuis – grama, céu, árvores, rios... Eu havia apoiado a testa contra a janela e deixado meus olhos ganharem foco. O trem estava quente e abafado. Sempre que me mexia, um cheiro de poeira se erguia do meu banco, parecido com o do ar soprado pelo aspirador de pó quando Ute estava disposta a limpar a casa. A viagem não teve nada de especial, a não ser uma breve parada em uma cidade cheia de chaminés altas, fumaça e fábricas com propagandas de cigarro nas paredes. Um homem que parecia policial gritara em direção ao nosso vagão em uma língua que soava como alemão e todos começaram a vasculhar suas bolsas e bolsos. Meu pai entregou nossos passaportes e passagens. O homem os havia folheado e encarado meu pai e eu, e, por algum motivo que não conseguia entender, isso fez com que eu me sentisse culpada. Meu pai olhou nos olhos do policial e desviou o olhar. Ele bagunçou meu cabelo, piscou para mim e sorriu para o homem, que o encarou com um rosto impávido antes de devolver nossos documentos. À noite, descemos em uma cidade cujas casas descambavam por uma colina íngreme e se acumulavam ao pé dela. A mais baixa pendia à beira de um rio que se contorcia e se revirava. Acampamos ao lado dele, dormimos ao som da corredeira e, na manhã seguinte, meu pai fez uma lista de coisas que precisávamos comprar:

Pão
Arroz
Feijão
Sal
Queijo
Café
Pellets de madeira
Chá
Fósforos
Açúcar
Vinho
Barbante
Corda
Xampu
Sabonete
Agulha e linha

Pasta de dente
Velas
Faca

Depois de termos comprado tudo da lista e riscado os nomes, passamos em uma loja de ferragens e, supostamente de improviso, meu pai disse que deveríamos dar uma olhada nela porque talvez houvesse coisas que tínhamos esquecido. Paramos diante do balcão e ele sacou uma lista que eu ainda não havia visto. Um homem de avental nos ajudou, pegando os itens que meu pai apontava até que, diante de nós, tínhamos uma espátula, muitos pacotes de sementes e uma sacola de papel marrom cheia de batatas tão velhas que já estavam brotando. Meu pai não olhou para mim enquanto pagava.

– O que foi? – perguntou quando já havíamos saído, apesar de eu não ter dito nada. – São presentes para a *Mutti* – continuou.

– Ela odeia jardinagem – falei.

– Tenho certeza de que vamos mudar a opinião dela.

E, mais uma vez, como no trem, ele bagunçou meu cabelo. Eu o afastei, irritada com a mentira, mas incapaz de entender a verdade.

Naquela tarde, pegamos um ônibus com meia dúzia de estudantes de short e uma mulher que carregava uma cesta coberta com um pano de prato. O ônibus estava ainda mais quente que o trem e chiados saíam da cesta sempre que o veículo fazia curvas. Quando os meninos desceram, meu pai deixou que me aproximasse da mulher. Ela franziu a testa e

falou comigo: um longo fluxo de palavras nasceu no fundo de sua garganta e rolou até a ponta da sua língua.
– Eu e a Phyllis podemos ver o bebê? – pedi, articulando cada palavra. – Por favor.
Coloquei minha boneca embaixo do braço enquanto me equilibrava contra o banco, e então a mulher ergueu o pano de prato. Um gato rajado, magricela e sem pelo tremeu no fundo da cesta. Minha mão se aproximou para acariciar sua cabeça, mas o gato mostrou os dentes e sibilou; então, puxei meus dedos para longe. A mulher voltou a falar, palavras abruptas e afiadas desta vez. Olhei para ela sem entender, e ela deu de ombros, cobriu o gato com o pano e, ainda balançando ao ritmo do ônibus, virou-se para o outro lado para olhar através da janela. O gato voltou a miar.
– É da Baviera – disse meu pai, quando voltei ao nosso banco.
– É da Baviera – repeti, sem entender o que ele queria dizer.
Ele havia aberto um mapa que eu ainda não tinha visto e o apoiara na barra do assento da frente. Nas dobras, o papel estava desgastado e, no centro, havia um buraco onde a terra havia desaparecido. Phyllis e eu nos sentamos ao lado dele e olhamos por sobre seu braço. Um rio parecido com uma cobra azul se contorcia pelo verde, interrompido apenas por linhas finas, como se alguém que tremia tivesse tentado desenhar círculos no papel. A água fluía para a lateral do mapa e, enquanto meu pai o dobrava, vi, por um segundo, uma pequena cruz vermelha dentro de um círculo no canto superior direito do papel. Ele guardou o mapa, olhou pela

janela e depois para o relógio e disse que era hora de sair do ônibus e andar.

De início, nós nos mantivemos nas estradas vicinais empoeiradas, com uma faixa de grama crescendo no meio. Vimos fazendas distantes, mas encontramos apenas uma pessoa – uma senhora com um lenço na cabeça, que me deu um copo de leite. Ela segurava uma vaca, marrom e dócil, na ponta de uma corda. A xícara, sem o pires, era delicada, de porcelana, quase transparente, mas a maior parte da asa estava quebrada e deixara dois chifres afiados saindo da lateral. A faixa verde em torno da borda estava gasta em alguns lugares por causa das centenas de lábios e dentes que deviam ter sido pressionados contra ela. O leite da xícara ainda estava quente e tinha cheiro de estábulo. A senhora, a vaca e meu pai observaram enquanto eu virava a xícara para poder beber do lado oposto aos chifres. O leite girou dentro dela. Enquanto hesitava, pude ver uma rigidez tomar o rosto do meu pai, os músculos da mandíbula saltarem quando ele apertou os dentes. Pensei: "Se beber este leite, o papai vai dizer que é hora de irmos para casa".

Virei a xícara e o leite talhado tomou minha boca, lavando meus dentes e se depositando dentro das minhas bochechas. A vaca mugiu como se me incentivasse a engolir. Eu engoli, mas o leite não quis ficar dentro de mim. Ele voltou correndo, trazendo tudo que eu havia comido antes. Tive o cuidado de me afastar das sandálias da senhora, mas, quando vomitei, meus cabelos compridos foram lavados pela fonte que jorrava de minha boca. Naquela noite, na barraca, passei meus dedos pelas mechas embaraçadas e meu estômago voltou a se revirar com o cheiro.

Meu pai pediu muitas desculpas, em inglês, para a senhora, mas ela não entendeu. Ficou com os lábios apertados e a mão estendida, ao lado da vaca. Meu pai jogou uma pilha de moedas estrangeiras na palma da mão encouraçada e nós saímos correndo. Eu não tinha ideia de que aquela mulher encarquilhada, enrugada e de olhos inchados, parada do lado de fora do seu celeiro com uma vaca presa a uma corda, seria a última pessoa do mundo real que eu veria pelos nove anos seguintes. Se soubesse, talvez tivesse me agarrado às pregas da saia dela, prendido os dedos na faixa de seu avental e passado os joelhos em torno de uma de suas pernas fortes. Se estivesse grudada nela, como um marisco ou um gêmeo siamês, ela iria me carregar quando acordasse para tirar leite da vaca ou fosse até a cozinha para preparar o mingau. Se eu soubesse, talvez nunca a tivesse largado.

7.

No início da viagem, eu havia ficado contente por estarmos sozinhos outra vez. Tinha me esquecido de Oliver Hannington, da discussão e do jardim de inverno quebrado. Mas estava cansada de andar e entediada com todos os campos e florestas que se misturavam na longa trilha. Já não conseguia lembrar se havíamos acampado duas ou três noites desde que descêramos do ônibus. Tínhamos começado a descer a colina e usávamos a beira da floresta para chegar ao vale. Meu estômago estava vazio e, sob a mochila, a camisa grudava em minhas costas. Minhas pernas estavam tão pesadas que pareciam pedaços de pedra.

Da mochila, Phyllis disse:

– Queria saber se *die Hütte* é de verdade. Você acha que ela vai ter um *Fluss* tão cheio de peixes que eles vão pular da água direto para os nossos braços?

– É claro que vai – respondi.

Deixei a música voltar a mim e comecei a cantar alto para abafar a voz dela. E, apesar de estar mais à frente, meu pai se juntou a mim, com sua voz clara e grave:

E eu disse que queria, ô lê lê ô baía,
que peixe tivesse asa, ô lê lê ô baía,
e ele então cairia, ô lê lê ô baía,
bem na frente da minha casa, ô lê lê ô baía.

A uma distância inexplicável das pilhas de feno, meu pai decidiu que era seguro descansarmos. Nós nos sentamos lado a lado, com as costas apoiadas no tronco de um pinheiro, os pés se aquecendo ao sol. Tirei Phyllis da mochila e dobrei suas pernas de plástico para que ela pudesse se sentar ao meu lado. Havíamos descido um pouco mais a colina, e eu podia ver o vale. No fundo dele havia um rio, que serpenteava como fizera no mapa e brilhava sob o sol onde a água saltava as rochas e tropeçava sobre elas. O prado tornava-se grama alta e formava arbustos às margens do rio, e achei que aquele devia ser o rio que corria perto de *die Hütte*. Meu pai rasgou o último pão preto que havíamos trazido conosco da cidade e cortou fatias de queijo amarelo com a faca. O queijo estava quente e suado e, apesar da minha fome, ele lembrava o leite que eu tinha vomitado. Mas não queria dizer nada para mudar o humor do meu pai. Ele cantava quando estava feliz. Meu pai comeu de olhos fechados enquanto eu fazia um buraco no pão macio e empurrava o queijo para dentro, para que juntos eles se tornassem um rato albino em um banco de lama. Então, o pedaço de pão e o queijo se tornaram um rato marrom com focinho amarelo, que correu pelas minhas pernas e se sentou em meu joelho, mexendo os bigodes. Ofereci-o à boca aberta de Phyllis, mas ela recusou.

– Coma de uma vez, Peggy – pediu meu pai.

– Coma de uma vez, Phyllis – sussurrei, mas ela não quis.

Olhei para o meu pai, seus olhos ainda estavam fechados. Mexi na casca, mordiscando alguns pedacinhos secos.

Então, com certo esforço meu pai disse:

– Aposto que você não sabe que *realmente* existem peixes que podem voar.
– Não seja bobo, papai.
– Amanhã, no *Fluss*, vou pegar um peixe para o papá – disse, e riu da própria piada.
– Pode me ensinar a nadar nele também? Por favor?
– Vamos ver, *Liebchen*.
Ele se inclinou e desajeitadamente deu um beijo na minha cabeça, mas tanto o "querida" quanto o beijo não pareceram normais. Aquilo era coisa da Ute.
Ele passou as costas da mão pela boca.
– Vamos, Pegs. É hora de continuar.
– Estou cansada de andar – respondi.
– É só mais um pouquinho. – Ele deu uma batidinha no relógio e protegeu os olhos do sol. – A gente pode acampar aqui no *Fluss* hoje.
Com um ruído vindo de seu peito, ele pôs a mochila nas costas. Enquanto ele não estava olhando, enfiei o pão com o queijo entre as raízes do pinheiro.

Na manhã seguinte, quando acordei, meu pai já estava de pé. Eu gostava de acordar sem me mexer para ver se podia me pegar naquele lugar vazio entre o acordar e o dormir, assim que tomava consciência do mundo e da posição do meu corpo. Meus braços estavam jogados acima da cabeça e, no calor da noite, eu havia empurrado o saco de dormir para o fundo da barraca. Olhando para cima, pude ver as moscas que haviam se reunido e batiam contra o suporte da barraca, tentando encontrar uma saída.

– Elas deviam sair pelos buracos que você fez por causa da fogueira – disse Phyllis em meu ouvido.

Ela estava ao meu lado, as mãos rígidas enfiadas em meu ombro. Minha camisola grudava em mim e o suor cobria minha testa e minha nuca. Desde que tínhamos saído de casa, eu havia começado a usar meu gorro azul à noite, apesar do calor. Tinha sido a primeira coisa que eu havia guardado quando ouvira o apito de meu pai em Londres. *Omi* havia tricotado o gorro azul e um par de luvas da mesma cor a partir de uma blusa que eu usara quando bebê. Ela a havia desmanchado, puxado a lã e, com palavras alemãs que eu não conseguia entender, me mostrado como estender as mãos para que a lã ficasse presa e enrolada nelas. *Omi* era minha avó e, por muito tempo, achei que ela fosse apenas isso. Lembro-me do momento em que percebi que ela era, ou havia sido, outras coisas também: filha, esposa e, a parte mais difícil de entender, a mãe de Ute. Eu não conseguia imaginar que Ute tinha uma mãe ou qualquer outro parente – ela era completa demais. Ute havia dito que *Omi* estava irritada porque eu não sabia alemão e não conseguia falar com ela.

– Ela me culpa – disse Ute.

– *Eine fremde Sprache ist leichter in der Küche als in der Schule gelernt* – respondeu *Omi*, soltando a lã.

– O que ela disse? – perguntei a Ute.

Ela suspirou e revirou os olhos.

– Que eu devia ter ensinado alemão a você na cozinha. É uma velha boba que tem um cérebro menor agora.

Eu olhei para *Omi*, enrugada e morena como uma noz. Imaginei seu cérebro, também enrugado, sacudindo-se no crânio.

– Na cozinha? – insisti.

Ute bufou.

– Ela quer dizer que eu devia ter ensinado a você em casa, quando você era mais nova, mas não é da conta dela e é bom que você não fale alemão. A *Omi* conta mentiras e, como você não consegue entender sua avó, você não pode entender isso também. Já falei que ela conta histórias demais.

Ute abriu um sorriso largo para *Omi*, mas a senhora franziu a testa e eu percebi que talvez ela não fosse tão burra quanto Ute achava.

Eu gostava de observar o rosto de *Omi* enquanto ela trabalhava e conversava comigo. Às vezes, ela ficava triste e a lã afrouxava. Então, algo em sua história a agitava. Ela repetia uma frase várias vezes, olhando nos meus olhos, como se isso pudesse me fazer entender. Quando Ute estava por perto, eu implorava a ela que traduzisse, desesperada para saber o que minha avó considerava tão importante. Mas Ute apenas revirava os olhos outra vez e dizia que *Omi* só estava me avisando para não confiar no estranho da floresta, para sempre carregar migalhas de pão no bolso do meu avental e para ficar longe dos dentes do lobo.

– *Ja*, fique longe do lobo – copiava *Omi* em um inglês trôpego, fazendo os pelos da minha nuca se arrepiarem com o alerta.

Minha avó afastou meus pulsos para que a lã ficasse bem enrolada contra minha pele, deixando marcas nas costas das minhas mãos. Quando a blusa sumiu, engolida pela bola de lã que engordava com sua comida azul, *Omi* havia tricotado um gorro que eu podia pôr na cabeça e puxar até que apenas meu nariz, minha boca e meus olhos ficassem de fora. Minha avó costurara duas pequenas orelhas pretas em cima e bordara três linhas de bigode, que partiam para os dois lados.

Na floresta, eu me arrastei até a abertura da barraca e pus a cabeça para fora. O mundo estava em silêncio fora da lã azul. Meu pai se movia como um homem em um filme mudo: estava de quatro, sem fazer barulho, assoprando a fogueira para obter uma chama das brasas. Saí da barraca como um animal selvagem e o vi pôr água em uma panela. Quando algumas chamas começaram a subir, ele a encaixou em meio a elas. Um galhinho quebrou sob meu joelho, mas ele não se virou. Eu era um cervo, um rato, uma ave muda, arrastando-me para me vingar do caçador. Pulei nas costas dele, dando um salto para a frente, com os calcanhares para fora, e me pendurando no pescoço do meu pai. Ele nem se assustou.

— O que você quer de café, pequerrucha? — perguntou ele. — Ensopado, ensopado ou ensopado?

— Meu nome não é pequerrucha — respondi, saindo das costas dele. Minha voz soou como se eu estivesse embaixo d'água.

— Qual é hoje, então?

Meu pai se sentou em um tronco que ele havia posto ao lado da fogueira na noite anterior e ergueu um prato de metal que cobria outra panela. Pescou algo do ensopado com a ponta do dedo, um inseto ou um pedaço de folha, e jogou na grama. Mexeu na carne e pôs a panela ao lado da água que fervia.

— Bela Adormecida? — perguntou, virando-se para olhar para mim.

– Chapeuzinho Azul?
Sentei-me ao lado dele no tronco e cutuquei o fogo com um graveto. Ele puxou o gorro de minha cabeça pelas orelhas e o jogou de volta na barraca.
– Rapunzel! – exclamou. – Rapunzel, Rapunzel, jogue suas tranças!
De repente, ele falava alto, como se alguém tivesse aumentado seu volume. Havia aves e vento nas árvores e, ao longe, eu podia ouvir um rio, um ruído infinito, como o de uma multidão de pessoas a certa distância.
Mesmo sem o gorro, meu cabelo comprido se manteve emaranhado em um bolo rebelde e cheio de estática contra minha cabeça. Meu pai pôs os dedos entre os fios e tentou soltá-los, mas meu cabelo continuou preso, recusando-se a ser desemaraçado.
– Não acredito que você esqueceu de trazer seu pente – disse, como dissera todas as manhãs das semanas anteriores. E, como em todas as outras vezes, imediatamente percebi a mudança em seu tom de voz. – Droga – continuou. – Por que não compramos um?
– Não tem problema, papai. Olhe, eu consigo.
Passei os dedos pelo cabelo embaraçado e o achatei contra minha cabeça. Senti que a situação só havia melhorado um pouco. Abri os olhos e tentei me mostrar atraente.
– Viu? Não preciso de pente.
– Não, acho que a gente pode se virar com isso. – Ele não pareceu convencido.
Relaxei e soltei um suspiro. Meu pai mexeu o ensopado e o serviu nos pratos. Preparou duas xícaras de chá, pondo na

panela uma pitada de folhas tiradas de uma lata e mexendo na água até que ela se tornasse marrom. Não tínhamos leite, então bebemos o chá puro, os dois encarando o fogo, perdidos em nossos pensamentos.

O rio não era azul como o mapa havia mostrado. Era uma fita prateada costurada a um cobertor verde. Meu pai estava de pé nas pedras da margem, as pontas dos sapatos molhadas. Ele protegia os olhos do sol e analisava toda a água, procurando o melhor ponto para pescar. Eu estava ao lado dele, a metade de seu tamanho, também protegendo os olhos e observando a água. Tentava disfarçar minha decepção. Não ousava perguntar onde estavam todos os peixes nem por que meu pai tinha que pescá-los com uma vara, em vez de se abaixar e pegar uma truta. Ele olhou por sobre o ombro para as árvores atrás de nós. Também olhei. Em uma das noites ao lado da fogueira em Londres, ele me contara sobre uma viagem que fizera com seu pai em Hampshire. Dissera que os dois haviam pescado em riachos tão límpidos que dava para ver o leito de giz e as trutas paradas na corrente, com a boca aberta. Eu havia imaginado palitos brancos de giz nadando na água límpida sob os peixes, mas, ali, a imagem parecia tão impossível quanto os peixes voadores. Meu pai havia dito que era importante sempre olhar para trás antes de lançar a linha, pois naquela viagem ele havia pescado a sobrancelha do pai com o anzol quando o lançou por sobre o ombro. O metal havia entrado sobre o olho e emergido na dobra da pálpebra. Meu pai contava que o vovô havia coberto o rosto com as mãos e falado muitos palavrões, mas que o anzol havia se recusado a sair e, quando ele berrou para que o metal fosse cortado, meu pai, responsável por arrumar o equipamento, havia percebido que se esquecera de levar o alicate. Meu avô então obrigou meu pai a retirar o anzol cortando a pálpebra dele com a faca de abrir peixes.

À margem do rio, meu pai tirou a vara de pescar da bolsa e a montou. Eu o observei durante certo tempo, mas o processo demorou tanto – passar a linha pelos passadores, amarrar a isca artificial, prender a carretilha – que fiquei entediada. Subi o rio e me agachei à beira d'água, virando pedras, concentrada nas minúsculas criaturas que fugiam correndo.

Meu pai começou a assobiar uma música que eu reconheci, pois costumava adormecer sob aquela melodia. Pesquei a melodia e a cantarolei enquanto o observava, os olhos apertados. Com o sol atrás dele, meu pai estava de pé diante da água como se a conduzisse, como se ordenasse que ela corresse. Ele puxou a linha da carretilha, deixando-a cair em círculos soltos a seus pés. No ritmo da música, ele balançou a vara por cima da cabeça e olhou para trás para observar a isca pendurada às suas costas. Lançou a vara para a frente, e a linha enrolada chicoteou no ar, atravessando os passadores e voando até uma área ensolarada. Eu a segui com os olhos enquanto ela desenhava um arco no céu azul. Quando o anzol tocou a água, meu pai ergueu rapidamente o braço para cima e para trás, fazendo a linha e a isca seguirem o movimento graciosamente, e mais uma vez a levou para a frente, para que as duas caíssem mais longe. Ele repetiu o movimento outra vez, até a isca cair no meio da corrente e descer o rio.

Ele continuou jogando a linha para a frente e para trás, em uma ação fluida e hipnotizante, algo que todo o seu corpo fazia, até a vara se tornar uma extensão de seu braço e mão. Continuei subindo o rio, o que fez o chicotear da linha, que cortava o ar, parecer o grasnar de uma ave. A margem onde eu estava era mais baixa, desgastada pelas cheias. Desamarrei os cadarços e tirei os sapatos. Meu pai os havia comprado para mim no início do verão. Eram sapatos de menino, azuis-escuros, com uma faixa branca e o desenho de um gato saltando nos calcanhares. Tirei as meias e as guardei dentro dos sapatos.

A água corria rápido no meio do rio, mas, onde eu estava, ela havia se afastado da margem e deixado para trás uma faixa de limo. Saí da grama e pisei na lama marrom, que penetrou por entre meus dedos, resfriando meu sangue.

De soslaio, vi meu pai lançar a linha outra vez. O dia estava quente e a água, convidativa. Não havia problema em ficar com a água à altura dos joelhos, mesmo que meu pai ainda não tivesse me ensinado a nadar. Pulando em um pé e depois no outro e, nesse processo, jogando lama em minhas pernas, tirei a calça. A lama se acumulou dentro dela, mas a joguei para trás, na direção da margem, e dei um passo à frente, arquejando por causa do frio e das pedras que machucavam a sola dos meus pés. Fiquei parada, com a água nos joelhos, a lama revirada rodopiando em torno das minhas pernas, enquanto a corrente tentava me carregar. Eu nunca tinha chegado àquela profundidade em um rio, mas meu pai ainda não havia notado.

Desisti de desejar que ele se virasse para me olhar: meu pai concentrava toda a sua atenção na isca artificial. Saí do rio, sentei-me na grama e fiquei cutucando e beliscando minhas pernas dormentes, que já ganhavam uma tonalidade cinzenta, como o couro de um elefante. Não era justo, sendo a pessoa que mais sentia calor no mundo, ficar sentada ao lado da coisa mais fresca e não saber nadar. Quis perguntar ao meu pai se ele podia me ensinar naquele instante, mas não tive coragem.

Ele lançava a linha – para cima, para baixo, para a frente, para cima, para trás, para a frente, para cima, para trás, para a frente – até que a isca caía na água. Então, a linha se esticou, ele soltou uma longa exclamação e a puxou pelos passadores com a mão. Senti uma onda de calor tomar minha cabeça quando percebi o quanto ele se importava com os peixes. Eu poderia estar no meio do rio me afogando. Se ele tivesse me pescado, teria ficado muito decepcionado. Observei-o por mais alguns instantes: ele lutava com o peixe, puxando-o sem deixar que a vara dobrasse demais, permitindo que ele nadasse um pouco e puxando de novo. Uma truta cansada, mas dócil, foi arrastada pelas águas rasas enquanto eu entrava na floresta e me sentava na grama alta.

– Rapunzel! Rapunzel! *Einer kleiner Flish!* – gritou meu pai, como um vencedor.

Era como se eu estivesse no cinema, observando a ação em uma grande tela. O que aconteceria depois? Quando o herói perceberia que a heroína havia desaparecido? Meu pai tirou o anzol da boca da truta e pousou o peixe no chão. Ele já havia escolhido uma pedra pesada da margem; pegou-a e, erguendo o braço bem alto, mirou a cabeça do peixe. Estreitei os olhos para me preparar, mas não desviei o olhar. Antes de bater com a pedra, meu pai olhou por sobre o ombro – para me procurar, eu imagino. Havia certa amargura em meu peito. Eu queria que o peixe fosse apedrejado e meu pai ficasse chocado com o fato de eu não estar mais à margem do rio. Ele se levantou, deixando a pedra cair ao lado da truta. Por entre as folhas de grama, eu podia vê-la batendo a cauda e sufocando no ar quente. Meu pai foi até onde estavam minhas roupas espalhadas e pegou a calça. Olhou embaixo dela como se eu pudesse estar escondida ali. Tapei a boca com a mão para abafar uma risada.

Vi os lábios dele formarem uma palavra que poderia ser "porra". Então, olhando em volta, ele gritou:

– Peggy! Peggy!

Não respondi, fiquei parada, como uma criatura da floresta, uma sombra.

Meu pai recolheu minhas roupas e as apertou contra o peito. A lama da minha calça marcou sua camisa com uma mancha marrom. Ele largou as roupas e olhou desesperado para a água.

– Peggy! – gritou de novo, entrando na água, sem nem tirar os sapatos.

Estremeci por ele, por causa do frio. Ele entrou sem pensar, mergulhando até a parte de cima das coxas, para poder procurar nos arbustos que ficavam sobre a água. Fiquei preocupada com o fato de seus sapatos e short ficarem molhados e com a possibilidade de ele ficar irritado com isso mais tarde. Já não estava quieta porque tentava me esconder, mas porque precisava me esconder. Ele ficou parado na água, no lugar em que eu estivera dez minutos antes, vasculhando as margens do rio, protegendo os olhos contra o

sol. Virou-se e olhou para onde o rio corria, pôs as mãos em torno da boca e gritou com preocupação verdadeira na voz:
– Peggy! Peggy! – e completou: – Merda!

Olhei para onde ele olhava, mas não havia nada para ver, a não ser as sombras ondulantes de galhos, nuvens e algumas bolhas ocasionais. Ele voltou à margem e correu rápido contra a corrente, depois correu de volta, sempre olhando para a água. Parecia um labrador que, ao ver seu osso atirado no meio de um lago, hesita por um segundo antes de pular na água. Saltando e tropeçando, meu pai tirou as botas e o short, que tinham ganhado um tom de azul mais escuro. Ele arrancou a camiseta pela cabeça, largando as roupas em uma pilha sobre as minhas. Seu torso parecia incrivelmente branco contra seus antebraços e panturrilhas, como se estivesse usando um top cor da pele. Ele hesitou na margem, depois voltou a entrar na água, como se tivesse dispensado a ideia de mergulhar nas partes rasas. Fiquei com muito medo, com medo de que ele mergulhasse no rio e não reaparecesse. Então seria eu que ficaria correndo pela margem, gritando. Não saberia o que fazer, onde procurar ajuda, como voltar para casa. Não saberia nadar, nem pescar, nem o que comer. Minha cabeça rodava enquanto eu o observava. Poderia ficar andando na floresta durante anos. Teria que dormir na barraca sozinha, isso se conseguisse montá-la, e ouviria o farfalhar, o uivar e o correr de pequenos animais durante a noite. Algo poderia estar na floresta. A ideia me fez virar de onde estava, escondida na grama, e olhar para trás. A massa de árvores e a escuridão se agigantaram.

– Peggy! – gritou meu pai mais uma vez.

— Meu nome não é Peggy — berrei.
Ele ficou paralisado, com a água na cintura. Pareceu não ter certeza do que tinha ouvido. Virou a cabeça para um lado, depois para o outro, tentando descobrir de onde vinha minha voz. Andou de volta para a margem.
Mais alto, eu disse:
— É Rapunzel.
Meu pai olhou para onde eu estava sentada e correu até mim, quase tropeçando em si mesmo de ansiedade. Abaixou-se e pôs o rosto, que havia passado de branco a vermelho, muito perto do meu. Pegou-me pelos ombros e enfiou os dedos no espaço entre os ossos. E me sacudiu.
— Nunca, nunca mais faça isso! — gritou na minha cara. — Tem que ficar sempre onde eu possa ver você. Entendeu?
Meu corpo sacudia para a frente e para trás, na direção oposta à de minha cabeça. Lágrimas de dor e medo surgiram e eu me perguntei se meu pescoço poderia se quebrar com movimentos tão fortes.
A cueca dele estava molhada, fazendo minúsculos rios de água descerem por suas pernas. Ele soltou meus ombros e, então, pegou-me pelo pulso e me puxou para que eu me levantasse. Meu pai era um homem alto. Ele segurou meu pulso e ergueu meu braço até onde pôde sobre minha cabeça, obrigando-me a ficar na ponta dos pés para que meu corpo pudesse acompanhá-lo. Comecei a chorar — choraminguei de início, depois gritei alto. Descalço, pulando sobre galhos e pedras, meu pai me arrastou de volta até a pilha de roupas e as pegou. Continuou a me arrastar pela margem enquanto eu gritava, até chegar onde estava o peixe, que às vezes ainda

mexia fracamente o rabo. Pegou a pedra e a ergueu acima da cabeça. Contra o sol forte, parecia um meteorito girando em minha direção. Ele bateu no peixe rápido. Tentei me afastar, mas a força com que ele segurava meu punho aumentou. Bati as pernas no chão, chutando o peixe escorregadio com os dedos nus e jogando-o em minhas calças. A mão com a pedra passou a centímetros do meu rosto e caiu na cabeça da truta, destruindo-a. Meu pai me soltou e jogou a pedra na água.

– Porra! – gritou, enquanto lançava a pedra na água.

Eu me encolhi, formando uma pequena bola ao lado da truta, os dedos unidos sobre a cabeça, ainda esperando que ele batesse com a pedra em mim. Ambos ficamos em silêncio, o mundo todo ficou em silêncio por um instante.

– Eu quero... ir... pra... casa.

Lutei para dizer as palavras entre lágrimas sufocantes. Tentei não olhar para o peixe e sua cabeça esmagada.

– Vá se vestir.

Meu pai chutou meus sapatos em minha direção. Apanhou as próprias roupas e as vestiu com movimentos irritados, como se elas também tivessem se comportado mal. Desmontou a vara de pescar com gestos explosivos.

Quase sem fazer nenhum som, repeti:

– Quero ir para casa, papai.

– Vá se vestir!

Meu pai tirou minha calça de baixo do peixe como se estivesse fazendo um truque de mágica com uma toalha de mesa. Jogou-a para mim. Pedaços de carne e escamas de peixe estavam grudados nela. Ainda chorando, eu a vesti, depois calcei as meias e os sapatos.

– Vamos para casa quando a porra dos peixes começarem a voar – gritou meu pai.

Tentei engolir o choro e falar de uma maneira que ele entendesse.

– Estou com saudade... Com saudade... – gaguejei.

Queria dizer que sentia saudade da Becky, da escola e de Ute, mas as palavras não saíram.

A raiva dele pareceu estourar como um balão – sumiu em um instante. Ele se sentou na margem com a cabeça entre as mãos.

– A gente não pode ir para casa, Rapunzel.

– Por que não? – Minha voz soou aguda.

– A *Mutti* não está mais lá – disse meu pai rápido, sem olhar para mim.

– Mas ela logo vai voltar da Alemanha.

Mesmo enquanto falava, eu sabia que aquilo não podia estar certo. Já havia se passado mais de duas semanas e três dias desde que meu pai e eu nos sentáramos ao lado da fogueira em Londres e ele havia me dito que Ute demoraria aquele tempo para voltar para casa.

– Não, não foi isso que eu quis dizer. Ela se foi, Punzel. Morreu.

Ele ainda olhava para o chão.

Eu me lembrei do que havia dito ao diretor e à Sra. Cass e fiquei com medo de ter feito aquilo acontecer.

– Não, papai. Ela só está na Alemanha – afirmei. – Você está errado.

– Ela se foi. Sinto muito.

– Foi para onde? Onde? – Minha voz soou como um uivo.

– Sinto muito.

Meu pai se aproximou de mim e estremeci quando ele abraçou a parte superior dos meus braços e os apertou contra meu corpo. Minha calça estava grudada em minhas coxas e eu me sentia enjoada ao pensar no cérebro do peixe que penetrava no tecido. Meu pai olhou nos meus olhos e depois afastou o olhar. Puxou-me para mais perto dele, prendendo-me entre os joelhos e enterrando o rosto em meu cabelo. Minha cabeça ficou esmagada entre o braço e o peito dele. Seu coração batia alto, mas sua voz estava abafada. Pensei tê-lo ouvido dizer:

– O lobo levou a *Mutti*, Punzel.

– Não. Não, papai. Não.

Lutei para me livrar dele, mas meu pai me abraçava com muita força.

Ele emitiu um ruído similar ao que eu tinha ouvido no jardim de inverno, um dia antes de irmos embora. Mas era pior – parecia o dos coelhos presos em armadilhas, um som horrível e não natural. Ele disse algo na altura do meu cabelo que poderia ter sido:

– A porra do mundo todo.

Mas eu não tive certeza. Parei de tentar me soltar e desabei em seu abraço. Os horríveis ruídos sufocados diminuíram. Sem dizer nada e sem olhar para mim, ele se levantou e andou até as árvores, deixando-me agachada de forma estranha entre a truta decapitada e o rio. Quis gritar por ele e perguntar por que havíamos de comprar sementes se ela estava morta, mas não consegui.

Apesar de, passado algum tempo, o cheiro de peixe em minha calça ter se misturado a todos os outros e se tornado um grande fedor que deixamos de notar, a mancha vermelha em forma de pato nunca mais saiu do tecido. Ficava bem acima da coxa direita; por isso, mesmo quando tive que cortar a calça para fazer um short, muito tempo depois, ela se manteve comigo.

8.

Seguimos o rio, que serpenteava pela paisagem. Tivemos de voltar a entrar na floresta algumas vezes e, em uma delas, caminhar pela água rasa quando nosso caminho foi fechado por árvores caídas. Atravessamos terras pantanosas, pulando de um pequeno monte de grama para outro, mas meu pai cambaleou e quase caiu dentro da água turva. Disse que era perigoso demais e que tínhamos que retornar e dar a volta no pântano. Descansamos no topo de uma colina, com a água correndo abaixo de nós. Nuvens surgiam pesadas sobre nossas cabeças e o ar era espesso como a fumaça de uma cozinha quente. O céu ameaçava uma tempestade que não caiu.

Meu pai desdobrou o mapa e virou para um lado, depois para o outro, tentando encaixar a paisagem que nos cercava com as características desenhadas no papel. Deitei-me de bruços, com os braços estendidos e as palmas das mãos voltadas para cima, tão imóvel quanto possível, esperando por um gafanhoto que fazia barulho na grama próxima a mim. Disse a mim mesma que, se pegasse o inseto, Ute não estaria morta e logo daríamos a volta e retornaríamos para casa. Estava cansada de andar, acampar e pegar esquilos. Queria uma cama, um banho e comida de verdade. Um brilho verde veio do nada e o gafanhoto pousou em minha mão. Fiquei lá

como Joana d'Arc de armadura e capacete, os grandes olhos âmbar voltados para baixo, em uma pose de santa.
— A gente pode comer gafanhotos, papai? — sussurrei, para que o inseto não se assustasse e pulasse para longe.
Meu pai ainda olhava para o mapa e batia com a unha na bússola, como se preferisse que o norte ficasse em outra direção.
— Papai — sibilei —, a gente pode comer gafanhotos?
— Pode — respondeu ele, concentrado no mapa, sem olhar para baixo. — Mas é melhor ferver por causa das tênias.
— Ficam mais gostosas fervidas?
— Oi?
Ele olhou para mim. O gafanhoto se lançou de volta para o campo de batalha no instante em que minha mão se fechava sobre ele. Quando a abri, o bichinho tinha ido embora. Fiquei triste. Rolei para o lado e olhei para meu pai: um gigante que segurava o céu pesado com a largura e a força de seus ombros.
— As tênias — disse.
— As tênias? Como é?
Ele ainda estava distraído, colocando o mapa de volta no bolso da mochila.
— E grama? É bom comer grama?
Peguei uma folha e pus na boca. Tinha um gosto verde, como sua cor.
— Vamos, Punzel. É hora de encontrar *die Hütte*.
Ele pôs a mochila nos ombros. Amarrado à sua base havia um coelho morto, pendurado pelas patas traseiras.
— Eu não ia gostar de comer caramujos. — Levantei-me.
— Não seria certo tirar os bichinhos de suas casas.

Meu pai pegou minha mochila, ajudou-me a colocá-la nas costas e andou na direção da água brilhante.
– Papai? Quando a gente vai poder voltar para casa? – perguntei em uma voz tão baixa que ele não respondeu.
Continuei andando atrás dele.
O céu pressionava a terra, fazendo-nos andar em uma faixa estreita de ar, carregada de eletricidade. Depois de conferir o mapa mais uma vez, meu pai disse que tínhamos andado o bastante. Nós nos sentamos bem acima do rio, em uma plataforma de pedra com vista para um penhasco onde a água, apesar de incolor e inodora quando colhida entre as mãos, havia degradado a rocha. À esquerda, a água forçava caminho através de um espaço estreito e explodia, rugindo e correndo sobre pedras e pedregulhos, para cair em uma piscina bem abaixo dos nossos pés. Ali, a água ficava parada por certo tempo, até que voltava a seguir caminho, alargando-se, cuspindo e espumando através das pedras. Eu estava sentada ao lado do meu pai, o queixo nas mãos, observando-o de canto de olho, tentando entrar em sua cabeça sem que ele soubesse. Do outro lado do rio, arbustos e árvores cheias de cipós brigavam por uma posição entre plataformas de pedra parecidas com o local onde estávamos sentados.
– Talvez tenha uma ponte mais para a frente, papai – gritei sobre o barulho da água.
Ele me lançou um olhar de lado, como se houvesse dito alguma coisa ridícula.
– Não, a gente vai ter que cruzar o rio aqui – berrou ele de volta, levantando-se na pedra escorregadia.

Arrastei-me para longe da borda do penhasco e nós dois descemos cuidadosamente o rio até as margens estarem no nível da água. No meio, o rio ganhava uma cor verde forte, salpicada de pedras que punham o nariz para fora para respirar. A água batia contra elas, criando redemoinhos e espirais. Mais perto da margem, a corrente arrastava faixas de algas, parecidas com mulheres de longos cabelos que nadavam pouco abaixo da superfície, sem nunca subir para respirar. Meu pai pegou um galho forte sob as árvores, quebrou um pedaço e o jogou o mais longe que conseguiu. Por um ou dois segundos, ficamos observando a madeira descer o rio correndo, dançar em torno das pedras e desaparecer.

– Você devia ter me ensinado a nadar – falei.

Meu pai tirou toda a roupa, com exceção da cueca, depois calçou as botas e me pediu para fazer a mesma coisa. Ele se agachou ao meu lado, olhou direto nos meus olhos e me fez prometer que eu ficaria sentada onde estava e não me mexeria, para que ele pudesse me ver a qualquer momento. Aquela foi a única referência que fez ao incidente com o peixe. Ele havia se comportado de forma tão normal desde então que, mais tarde, não tive mais certeza de que aquilo havia acontecido.

Meu pai enfiou nossas roupas na mochila e apertou-a contra o peito. Entrou na água sem notar o frio – apenas estremeceu levemente quando ela subiu acima de suas coxas. De vez em quando, olhava para trás para conferir se eu ainda estava sentada onde ele havia me deixado. Apoiei a cabeça nos joelhos e o observei. A água bateu em seu peito e ele ergueu a mochila, segurando-a acima da cabeça, andando com cuidado sobre as pedras. Depois cambaleou e, quando a água chegou ao seu queixo, teve que voltar a cabeça para o céu. Meu pai abriu caminho pela água até uma parte maior do seu torso aparecer; então chegou à margem distante e jogou a mochila no solo pedregoso. Em seguida retornou para onde eu estava e fez a mesma coisa com minha mochila. Por fim, de volta ao meu lado do rio, pegou o galho que havia achado, segurou-o na horizontal e me amarrou a ele, passando um pedaço de corda em torno da minha cintura e dos meus pulsos. Ficou parado ao meu lado e nós dois agarramos o galho como se segurássemos a barra dianteira de um brinquedo no parque de diversões.

"Se conseguirmos atravessar, poderemos ir para casa", disse a mim mesma.

Lado a lado, entramos na água.

– Quando ficar fundo demais para você ficar em pé, continue segurando no galho e deixe as pernas flutuarem para trás. Lembre: vou ficar do seu lado. Vai ficar tudo bem – disse meu pai.

Parecia que ele tentava acalmar tanto a mim quanto a si mesmo. Não gostei do modo como as algas se enrolaram em meus tornozelos. Estávamos entrando em terreno desconhecido. Qualquer coisa podia estar ali com elas. A água estava mais fria do que no dia anterior, talvez por causa do calor opressivo do ar, ou por causa da velocidade com que formava redemoinhos. E estava mais barulhenta. Depois que passamos pela vegetação, pedras cutucaram a sola dos meus pés e o leito escorregadio e movediço tentou me enganar e me derrubar.

– Muito bem. Vá com cuidado. Vamos chegar do outro lado rapidinho – disse ele.

Eu quis acreditar.

Centímetro gelado a centímetro gelado, continuamos a entrar. A água congelou meus joelhos, milhares de abelhas picaram minhas coxas e uma dor fria surgiu entre minhas pernas, até eu ficar mergulhada até a cintura, depois à altura do peito, andando na ponta dos pés. O rio nos tratava como pedras: o fluxo de água nos empurrava, dividindo-se e se reunindo entre nossos corpos.

No meio do percurso, o barulho das corredeiras era assustador. Meu pai gritou:

– Fique perto de mim! Fique perto!

Ele disse mais alguma coisa, mas a água roubou todas as outras palavras e as cuspiu para longe. Eu ainda podia tocar nas pedras com os sapatos, mas o rio, maior e mais forte que eu, ergueu meus pés e os puxou. Eles não flutuaram atrás de mim como meu pai disse que fariam. Em vez disso, foram puxados e jogados, como se pertencessem a uma boneca de pano. Agarrei o galho com tanta força que pude ver meus dedos embranquecerem. Meus pés foram erguidos e o galho subiu até meu rosto, ou meu rosto mergulhou na água. Ela tomou minha boca e minha garganta. Senti o gosto dela no fundo do nariz, suja e grosseira. Tentei gritar para avisar meu pai, mas a água voltou a me sufocar. Minhas pernas se contorceram. Os olhos do meu pai estavam arregalados e sua boca, aberta, mas eu já estava sob a água quando ele gritou para que eu aguentasse firme.

A corrente levou minhas pernas para a frente. Meus pulsos ainda estavam presos, amarrados ao galho. Meus cabelos se transformaram nas algas, com mechas escuras chicoteando meu rosto, correndo com o fluxo d'água. Afundei e meu pai soltou a ponta do galho. Por um segundo, as mãos dele seguraram minha cintura, mas escorreguei e fiquei sozinha, com o grande rio nervoso. Ele me pegou e brincou comigo, fazendo-me girar sem parar em torno das pedras, tão rápido que o tempo se tornou mais lento e, sob a superfície, tudo ficou em silêncio. Pude ver redemoinhos no leito, onde o líquido confuso erguia e movia seixos. Sempre que se mexiam, um jorro de limo era criado. Dancei em meio a eles, fiquei presa neles, fui solta e me tornei água, flutuando com ela.

Meu pai gritou, uma voz baixinha, distante:
– Peggy! Punzel!
Abri os olhos na água barulhenta, que me jogava contra as rochas. Minhas mãos doíam muito, presas entre o galho e as pedras. Meu pai me segurou outra vez pela cintura enquanto tentava me desamarrar. A água ainda lutava para me levar, jogava minha cabeça para a frente. Meu pai desistiu do nó e me carregou, ainda presa ao galho, até a margem. Deitou-me de costas, com os braços estendidos, e eu virei a cabeça de lado, tossindo e vomitando água.
– Caralho, caralho! Peggy!
As unhas dele tinham sido totalmente roídas e ele estava tendo dificuldade para soltar os nós da corda, que haviam sido apertados enquanto eu era jogada e girava na água. Ele os forçou até que soltaram, depois me virou de lado e bateu em minhas costas. Pegou meu corpo mole e me pôs em seu colo.
– Ai, meu Deus, me desculpe, me desculpe. Onde está doendo? Aqui? – Ele tirou o cabelo do meu rosto. – Está doendo aqui?

Ao perceber que estava na margem, ainda viva, chorei, lágrimas secas, sufocantes. Meu pai, entendendo errado, começou a conferir todo o meu corpo, a dobrar meus joelhos e cotovelos e a balançar meus dedos. Um dos joelhos estava ralado e soltava um sangue aguado. O outro já inchava e mudava de cor. Meus pulsos estavam doloridos onde haviam sido esfregados entre a corda e o galho. Mas, depois de me examinar toda e ter ficado satisfeito ao ver que os ferimentos eram superficiais, meu pai abriu minha boca para olhar meus dentes.

– Deve ter uns oitos anos, se fosse para eu chutar – disse, em sua voz militar.

Aquilo me fez rir. Ele riu comigo e beijou minha testa, minhas bochechas, o rosto úmido, mas não da água do rio.

– Perdi um dos meus sapatos – expliquei em um sussurro.

Nós dois olhamos para meus pés: um sapato molhado estava em um deles, mas o outro tinha apenas a meia. Meu queixo começou a tremer outra vez.

– Eu prometo, Peggy...

– Rapunzel – disse.

– Eu prometo, Punzel, que vamos voltar para procurar seu sapato e que vou ensinar você a nadar. – Ele falou de forma solene, como se estivesse fazendo um juramento sério. – Mas estamos quase em *die Hütte*. Temos que chegar à cabana antes que seja tarde demais.

Ele me carregou até as mochilas, vestiu-me e se vestiu. Enrolou meu pé descalço em um saco de comida vazio e o prendeu em meu tornozelo com um pedaço de barbante. Na minha cabeça, também fiz um juramento: nunca mais ia entrar na água.

A caminhada foi mais lenta depois disso. Eu cambaleava atrás dele, as feridas doíam e o pé sentia todas as pedras e raízes do chão através do saco. Meu pai voltou a usar uma vareta para abrir caminho pela colina, através da vegetação rasteira. Ele segurava galhos para que passássemos por baixo, mas tinha pressa e, animado, incentivava-me a andar. Não voltou a tirar o mapa da mochila. Apenas nos afastamos do rio e, depois de dez minutos, os arbustos rarearam e nós entramos em um espaço onde a floresta era bem menos densa. Diante de nós, em uma pequena clareira, estava uma cabana de madeira de apenas um andar.

9.

Londres, novembro de 1985

Depois do café, eu me deitei no sofá, como costumava fazer, fechei os olhos e adormeci na sala de estar aquecida demais. Podia escolher entre fazer muitas atividades, mas todas eram opcionais e pareciam sem sentido, já que nossas vidas não dependiam de nenhuma delas. Eu podia assistir à TV, tentar ler um livro, anotar o que pensava e fazer desenhos do que me lembrava, como a Dra. Bernadette pedia que eu fizesse, ou podia ouvir mais uma vez o disco de *Quando o coração bate mais forte*. Eu havia conferido e ele ainda estava no aparador. Ute havia desistido de me incentivar a sair daquela letargia e estava simplesmente feliz por eu estar no primeiro andar, onde podia ficar de olho em mim. Não entendia que, como havia muitas opções, eu preferia não fazer nada. Escolhia ficar deitada, com a mente vazia.

Mas, naquele dia, deixei algumas lembranças voltarem: eu cantando *La Campanella*, a voz ecoando nas rochas altas; deitada embaixo das árvores, observando insetos dançarem; escondendo-me da chuva ao pé da montanha, as costas protegidas por sua presença maciça. Ainda semiadormecida, ouvi a música e me lembrei dela saindo da cabana, misturada ao canto das aves e ao vento na grama.

Lembrei-me de ter certeza de que aquele último verão nunca acabaria. No sofá, em Londres, a música se tornou mais alta, mais rica. Não eram apenas uma ou duas vozes, mas acordes e harmonias, camadas de som que nunca havíamos obtido na floresta. Acordei e percebi que martelos de madeira reais batiam em cordas de metal reais que, por sua vez, reverberavam contra uma tábua harmônica. Ute tocava piano. Era uma canção de ninar que eu tinha ouvido muitas vezes quando era criança e estava deitada na cama, quando ela se esquecia de subir. Eu me reconfortava com a música, como se ela ajeitasse minhas cobertas e me desse um beijo de boa-noite.

Descansando no sofá, mantive os olhos fechados e fingi estar dormindo. Por longo tempo, fiquei deitada e deixei a música me acariciar enquanto pensava na última vez que tinha ouvido Ute tocar – pouco antes de ela sair para a turnê. Ninguém tinha pensado em me contar que ela partiria. Um dia, eu havia voltado para casa e ela não estava. Foi *isso* que havia acontecido, era assim que me lembrava. Mas os médicos dizem que meu cérebro está me enganando, que passei muito tempo com deficiência de vitamina B e minha memória já não funciona como deveria. Diagnosticaram síndrome de Korsakoff e prescreveram grandes cápsulas laranja que Ute me faz tomar com o primeiro gole de chá preto de manhã. Eles acham que me esqueci de coisas que realmente aconteceram e inventei outras. Dois dias atrás, depois que engoli a cápsula, enquanto Ute me observava comer o mingau na estufa, eu lhe perguntei por que tinha ido embora de maneira tão repentina naquele verão. Ela olhou para o prato de torradas que equilibrava no colo e disse que não se lembrava. Eu sabia que ela estava mentindo.

Quando Ute terminou de tocar a música, através dos olhos semicerrados eu a vi se levantar do piano. Ela veio me observar esparramada no sofá. Estendeu a mão como se fosse tirar o cabelo da minha testa, mas recuou quando nós duas ouvimos um carro estacionar do lado de fora. Uma porta bateu e a porta da casa se abriu. Oskar correu pelo corredor até a cozinha.

– Mãe! – gritou. – Mãe, estou morrendo de fome!

Ouvi o barulho de sucção da geladeira se abrindo. Ute saiu da sala de estar e me levantei para segui-la, observando-a enquanto recolhia a trilha de itens descartados por Oskar no chão: o casaco, as luvas e o cachecol. Passei pelo termostato no corredor e girei-o até o aquecimento desligar. Oskar estava na cozinha, com um iogurte na mão. Ele havia tirado a tampa e lambia uma gosma rosada com a língua. Quis fazer aquilo também, mas fiquei parada, olhando, com as costas pressionadas contra o balcão, impressionada e encantada com aquela criatura que era meu irmão. Com as roupas dele penduradas no braço, Ute estalou a língua e entregou-lhe uma colher que havia tirado da gaveta de talheres.

– Como foi a manhã com os escoteiros? – perguntou.

Mas Oskar estava animado demais para ouvir ou notar a colher oferecida. Em vez disso, girou os braços, mostrando como o amigo Henry Mann havia tido uma crise epiléptica – "uma crise de verdade" – enquanto segurava uma garrafa de cerveja semicheia que havia encontrado em um canteiro de flores, durante a limpeza de um jardim. Henry, contorcendo-se, havia espalhado cerveja em si, e todos se juntaram à volta dele. O iogurte de Oskar balançou no pote, quase caindo pela beirada. Ute o arrancou da mão do filho enquanto ele se jogava no chão e imitava Henry, o cabelo louro voando, as pernas e o corpo se debatendo sobre o piso. Ute mandou que ele se levantasse naquele mesmo instante e parasse de bobagem, mas eu fiquei perto da chaleira, olhando para ele, rindo.

Ele parou de se debater e disse para mim:

– Os seus dentes são mesmo podres.

Escondi a boca com a mão.

– Oskar! – ralhou Ute.

– É verdade – disse ele. – E ela só tem metade da orelha.

Puxei o cabelo para cobrir a lateral da cabeça. Toda manhã eu passava quase uma hora na frente do espelho, molhando e penteando os fios para baixo, torcendo para que tivessem crescido durante a noite.

– Levante – ordenou Ute. – Levante. Vá trocar essas roupas enlameadas agora mesmo.

Assim que Oskar subiu, Ute pôs a chaleira no fogo e me sentei à mesa.

– O dentista vai consertar seus dentes, Peggy – disse ela, atrás de mim. – E prometo que seu cabelo vai crescer. Você ainda é minha menina linda.

Ela pôs a mão na minha cabeça.

Encostei o queixo no peito, mas deixei a mão ficar ali.

A cozinha estava quente, embora uma camada de gelo cobrisse o jardim do lado de fora. Ute pôs uma xícara de chá diante de mim e eu instintivamente a contornei com as mãos.

— Você não esqueceu que a polícia vai ligar hoje, não é? — perguntou ela. — E que o Michael e a sua amiga Becky vão vir hoje à tarde.

Achei que "amiga" era uma palavra estranha para definir alguém que eu não via fazia nove anos.

Ute se sentou na minha frente, segurando outra xícara.

— Mas talvez seja muita coisa para um dia só. Talvez eu deva cancelar — continuou, quase falando para si.

— Com a polícia? — perguntei, antes de soltar uma risada rápida.

Ela ia dizer outra coisa quando nós duas olhamos para Oskar parado na porta. Nas mãos, ele trazia uma caixa, que segurava como um presente. Tinha os olhos arregalados e as sobrancelhas erguidas. Imaginei que havia ensaiado a cara de desculpas no espelho do seu quarto.

— Achei que a gente podia montar um quebra-cabeça juntos — disse. Ele veio até nós e pôs a caixa na mesa. — Achei no porão.

A imagem mostrava um chalé com teto de palha na clareira de uma floresta. Havia um coelho sentado ao fundo, ao lado de um rio tortuoso, e um buquê de jacintos se espalhava sob árvores pontuadas de um verde brilhante. Ute resmungou, como se sugerisse que não achava a imagem apropriada, mas não tínhamos nada melhor para fazer; então, viramos a caixa para tirar as peças e selecioná-las.

— Essas árvores são *wintereyes* — falei, virando as peças para que a cor aparecesse em todas.

— *Wintereichen* — corrigiu Ute.

Ela pegou uma peça verde, olhou para ela atentamente e a pôs de cabeça para baixo em outro lugar.

– São carvalhos – disse Oskar, reunindo todas as peças azuis.

Nós três erguemos a cabeça ao mesmo tempo e sorrimos uns para os outros. Apertei os lábios.

– Você sabe falar alemão? – perguntei a Oskar, olhando para baixo.

– *Sprechen Sie Deutsch*? – disse ele com um sotaque horrível. – Não, a mamãe não se deu ao trabalho de me ensinar. Ele implicava com ela de uma maneira que eu nunca conseguira.

– Não foi por isso – respondeu Ute, fazendo muxoxo. – Sempre havia muitas coisas para fazer.

– E piano? Ela o ensinou a tocar piano? – perguntei.

– Ela diz que é o instrumento dela.

Sorri tapando a boca com a mão ao ouvir aquilo.

– Ela disse a mesma coisa para mim.

– É só porque não acho que o Bösendorfer seja apropriado para crianças aprenderem – explicou ela. – A gente não aprende a dirigir em um Porsche. É exatamente a mesma coisa.

– Foi legal ouvir você tocar – disse eu. Encontrei uma peça de canto em que o rio saía da imagem e a encaixei com outra peça prateada. – A gente tinha uma partitura de piano.

– Eu sei – respondeu ela. – O Liszt. Eu procurei essa música muito tempo depois e descobri que tinha sumido. Era uma cópia muito antiga, da Alemanha.

– Sinto muito. Houve um incêndio. Ela foi queimada.

– Tudo bem. Não me importo mais com a partitura.

Nós duas paramos de montar o quebra-cabeça e olhamos uma para a outra, enquanto Oskar continuava a encaixar as peças.

— Era a música que eu estava tocando quando eu e seu pai nos conhecemos. Ele virou as páginas dessa partitura.

Oskar parou de se concentrar no quebra-cabeça também e nos observou, como se esperasse uma revelação, mas nem eu nem Ute dissemos mais nada. A sinfonia de Liszt tocou em minha mente, esvoaçante, ondulante, e algo se soltou dentro de mim, um ponto que me parecia firme se desfez, um pequeno fio esperando para ser puxado.

Desistimos do quebra-cabeça depois disso. Ute começou a preparar o almoço e um *Apfelkuchen* para as visitas da tarde. Oskar queria ir para o jardim pular em poças congeladas e pôs o casaco de novo.

— Está frio demais para ficar lá fora, Oskar. É o novembro mais frio em Londres desde o início dos momentos — disse Ute, já mexendo na farinha.

— Dos tempos — corrigi.

Ute fez uma careta para mim.

— Oi? — perguntou.

— Desde o início dos tempos — repeti, mas ela continuou franzindo a testa.

Olhei para Oskar e nós dois rimos.

— Acho que eu também vou lá fora — afirmei, pegando o casaco e o cachecol no corredor.

O ar frio foi um alívio ao sairmos da casa abafada. Nossa respiração se condensava e os tijolos da varanda brilhavam, esperando para fazer pés descuidados escorregarem. Uma poeira branca cobria o topo da cerca viva. Oskar enfiou o calcanhar da bota no gelo que havia se formado no fundo do prato de um dos vasos, depois tentou formar uma bola de neve com os pedaços, mas eles esfarelavam entre seus dedos. Quis que um verdadeiro cobertor frio de neve cobrisse os *wintereyes* trêmulos e nus.

Oskar passou os dedos fechados sobre o gelo espesso que havia crescido como um suflê no balde pendurado num prego ao lado da porta dos fundos. Eu o reconheci. Era o balde com a torneira presa ao fundo, que eu e meu pai havíamos usado para escovar os dentes com água corrente. No jardim congelado, um fio de gelo pendia da torneira.

– A senhora gostaria de beber alguma coisa?

Oskar riu e abriu a torneira, fazendo força. Sua boca também se contorceu com o esforço. A torneira se quebrou. Então, pela primeira vez desde que havia voltado para casa, eu chorei – pela música, por Reuben, mas principalmente pelo estrago feito no balde.

10.

—*D*$^{ie\ Hütte}$ – disse meu pai, como se fosse começar uma oração.

Não pude dizer nada. Naquele momento, com apenas um sapato e o cabelo ainda molhado, percebi, mais do que quando meu pai havia esmagado a cabeça do peixe ou me dito que Ute morrera, que algo tinha dado errado em nossas férias. Observei a cabana com a boca escancarada. Na minha imaginação, ela era uma casa de pão de mel, com rosas na porta, uma varanda com uma cadeira de balanço e fumaça saindo da chaminé. Não sabia quem estaria lá para cuidar das rosas e acender o fogão, mas até ver Oliver Hannington teria sido melhor do que dar de cara com aquela casa de bruxa caindo aos pedaços diante de nós.

As paredes eram feitas de tábuas de madeira e, onde algumas haviam caído, buracos escuros sorriam, amargos, como bocas desdentadas. A porta da frente estava aberta em um ângulo estranho e a única janela era torta e sem vidros. Só uma coisa ali me fazia lembrar de casa: as amoreiras silvestres que se espalhavam pelo telhado e caíam em espirais através dos buracos nas tábuas nele pregadas.. Em busca de luz, a planta havia chegado à janela e agora punha seus ramos cegos para fora, chamando-nos para nos juntar a ela dentro da casa.

Pequenas árvores brotavam ao longo das paredes, dando a impressão de que *die Hütte*, envergonhada por sua aparência desgrenhada, estava tentando – sem conseguir – se esconder atrás delas. Fiquei esperando que uma trilha de migalhas de pão nos levasse até as árvores que cresciam de ambos os lados.

– *Die Hütte* – repetiu meu pai.

Ele tirou a mochila, deixou-a cair no chão e andou até a cabana. Subi a ladeira atrás dele, caminhando por entre a grama alta.

De perto, a cabana parecia ainda mais destruída. O batente da porta de madeira estava esponjoso no lugar onde me apoiei. As dobradiças tinham enferrujado e a mais próxima do chão tinha caído. Levou alguns segundos para que meus olhos se ajustassem à escuridão do interior, iluminado por pequenos fachos de luz que entravam pelos buracos do teto. O fedor, um aroma selvagem, úmido e forte como o da cama úmida de um cão, me atingiu antes que eu pudesse ver direito o que havia lá dentro. Meu pai já havia aberto caminho para entrar e analisava a bagunça, chutando as peças quebradas que um dia deviam ter sido móveis, todos feitos com a mesma madeira grosseira usada nas paredes internas. A cada peça que encontrávamos – um banco com duas pernas, uma pá enferrujada, uma vassoura com apenas alguns fios na ponta –, ele soltava um palavrão baixinho. No meio do cômodo, uma mesa se inclinava, bêbada, sobre uma das pernas tortas. Meu pai a ajeitou para que a superfície se tornasse horizontal, sacudiu-a para conferir sua estabilidade e começou a cobri-la com coisas que encontrou no chão: os dentes de um ancinho, uma chaleira sem tampa, panelas, pilhas de panos sujos que se desfaziam assim que ele os erguia e outras peças de metal e madeira não identificáveis espalhadas pela casa. Olhei para trás, para a colina e as árvores, preocupada com a possibilidade de um urso ter feito aquela bagunça, mas a fila de troncos escuros me olhou de volta sem denunciar nada. Dentro da cabana, a parede à minha direita estava suja de algo que parecia uma cobertura de bolo cheia de penas. Aquilo pingara nas prateleiras, cobrindo uma caixa de metal que se apoiava em quatro pequenos pés. Meu pai pegou uma tigela de madeira do chão e a bateu na mesa.

– Porra – murmurou. – Porra, mentiroso da porra. Deve fazer uns dez anos que ninguém vem aqui – disse mais para si do que para mim. – Pelo menos, que um ser humano vem aqui.

Eu não queria entrar. O cheiro fazia coçar o fundo da minha garganta. Fiquei à porta, observando meu pai franzir a testa para cada peça quebrada que encontrava. Ele pegou pedaços de cano que pareciam ter caído de um buraco no teto. Balançou a cabeça e passou os dedos pelos cabelos longos. Um pouco da cobertura branca tinha ficado presa sobre a sua orelha.

– Como diabos eles conseguiram trazer tudo isso para cá, pelo *Fluss*? – indignou-se meu pai, dando um chute na caixa.

– Onde a gente vai dormir? – perguntei.

Ele se virou, como se tivesse se esquecido de que eu estava ali. Sua boca sorriu, mas os olhos, não.

– Se eu conseguir fazer isto funcionar, vamos ficar bem quentinhos – explicou.

Meu pai pegou outro pedaço do cano de metal e tentou encaixar os dois. Percebi que fingia estar feliz.

– Não gostei daqui. A casa fede.

– Você vai se acostumar.

Quando o coração bate mais forte e a casa com três chaminés me vieram à mente, junto com a maneira como as crianças haviam ficado assustadas ao chegar. Talvez eu devesse tentar ser mais corajosa.

– São só os ratos – disse ao meu pai com um sotaque do norte da Inglaterra.

Ele olhou para mim como se eu fosse maluca.

– Saia do caminho, Punzel.

Ele se espremeu para passar por mim e puxou a mesa para o meio da sala. Testou-a outra vez e, com cuidado, pôs um joelho, depois o outro sobre ela. Tirando os objetos que encontrara do caminho, ele se levantou. Sua cabeça ficou um pouco mais alta que as três vigas que corriam na diagonal sob o telhado. Ele ficou na ponta dos pés e esticou o pescoço.

– Droga! – exclamou, passando a mão pela viga mais próxima e deixando cair um jorro de flocos brancos, fazendo-me tossir.

Meu pai pulou da mesa, puxou-a para a outra ponta da cabana, subiu nela de novo e examinou as outras duas vigas. A poeira voava em círculos em meio aos fachos de luz.

– Qual é o problema? – perguntei.

Ele desceu e abriu o sorriso falso outra vez.

– Nada com que você tenha que se preocupar – disse, sentando-se em algo que devia ter sido uma cama, apoiada contra a parede oposta às prateleiras.

Balançou nela uma ou duas vezes, e algo rachou e cedeu sob seu peso. Meu pai se levantou sem falar nada e bateu o pé nas tábuas do chão.

– Devia haver um porão aqui em algum lugar – explicou.
– E o teto vai ter que ser consertado.

Usando um pano que estava grudado em uma escova, ele pegou uma das pontas da amoreira que pendia do teto e a puxou. Ela resistiu. Meu pai continuou mexendo nas coisas, empurrando tralhas com os pés, pegando objetos, examinando tudo e pondo na mesa.

– Cadê a droga dos galões? Ele disse que teria galões aqui.

Afastei-me e fui para a grama alta, enquanto meu pai arrastava a mesa até a porta e percebia que era grande demais para passar por ela.

– Deve ter sido feita aqui dentro. – Eu o ouvi dizer.

– São só os ratos – repeti, mas dessa vez ele nem olhou para mim.

Caminhei pelo declive que levava até a casa. O ar espesso pesava sobre minha cabeça quando me sentei na mochila do meu pai e olhei para *die Hütte*. Ela me olhou de volta com uma cara triste, mas talvez tenha ficado contente, porque agora tinha companhia. O terreno se erguia abruptamente atrás dela. As primeiras colinas eram cobertas pela floresta, depois algumas árvores se penduravam às rochas; ao esticar a cabeça para trás, vi um penhasco e, além dele, um céu da cor de um hematoma. Bem atrás de mim, se me concentrasse, podia ouvir o ronco interminável do rio. Eu estava sentada em uma pequena clareira e, dos dois lados dela, havia arbustos emaranhados que iam dando lugar a uma floresta densa. Percebi que as árvores me observavam e empurravam umas às outras para me ver melhor, mas, quando virei a cabeça, como se quisesse pegá-las em uma brincadeira de esconde-esconde, elas estavam paradas.

Fiquei sentada um bom tempo, o queixo entre as mãos, observando meu pai trabalhar e selecionar as coisas. Quando ele saiu, cantava trechos de óperas, mas com palavras trocadas, falando sobre viver ao ar livre e como íamos nos divertir. Fiz uma careta para ele, recusando-me a sorrir. Do lado de fora da porta, ele fez uma pilha com objetos utilizáveis: três baldes, um machado, um atiçador de lareira. Outra pilha, com peças quebradas, cresceu mais rápido. Quando voltava para a casa, a cantoria parava e ele começava a grunhir e a soltar palavrões enquanto trabalhava. Perguntei-me se, quando não podia me ver, ele achava que eu não estava lá. Tropecei de volta até a porta aberta e fiquei parada ali.

– Meus joelhos estão doendo e estou com fome – disse para a escuridão.

A cabana estava mais limpa. Eu podia ver o chão, e a cama estreita tinha sido esvaziada, fazendo com que as molas, até então retas sob os objetos, se entortassem novamente. Não sabia como conseguiríamos dormir, encolhidos como folhas secas.

Meu pai não parou. Tinha achado um grande baú e estava tirando ferramentas dele, uma de cada vez: a cabeça de um martelo, solta do cabo, uma serra sem dentes, uma lixa enferrujada, um saco de papel cheio de pregos. Como se tivesse descoberto uma caixa repleta de tesouros, ele examinava cada item, analisando-os de perto e colocando-os com cuidado no chão ao seu lado.

– Papai, estou com fome – repeti.

– Oi? – perguntou ele, sem olhar para mim.

– Estou com fome – disse, desta vez baixinho.

Ele continuou trabalhando.

Virei-me e fui até onde havíamos deixado as mochilas. O coelho ainda estava amarrado à mochila do meu pai. Tinha que ser escalpelado e cozido. No limite da clareira, onde os arbustos e as plantas cresciam, colhi tufos de plantas secas, galhos e pedaços maiores de madeira, por vezes erguendo a cabeça e ousando olhar para a floresta. Depois voltei às mochilas, vasculhei a do meu pai e tirei pacotes de feijões secos, o casaco dele e dois vestidos de inverno de Ute. Joguei-os no chão rapidamente, como se, a qualquer momento, ela pudesse me descobrir à porta do armário aberto, mexendo em suas roupas com as mãos sujas. Levei um deles até o rosto, aspirei fundo, sentindo o aroma do carinho e da segurança, e vesti a peça. Ute o chamava de seu "vestido de camelo". Ele fazia meu pescoço coçar, como eu imaginava que pelos de camelo fariam. A barra do vestido formou um montinho de tecido no chão, apesar de eu ter amarrado o cinto o mais apertado possível, mas gostei da sensação do tecido em minhas pernas. Vasculhei a mochila do meu pai até achar a lata de mechas e a pederneira, depois puxei a grama alta para abrir espaço para a fogueira. Como ela não se soltava da terra e feria meus dedos, segurando o vestido pisoteei o gramado, achatando-o. Meu pai teria feito um círculo de pedra para que a fogueira pegasse apenas naquela pequena área, mas não havia pedras.

Marcas vermelhas haviam se formado em meu punho por causa da corda, e o movimento necessário para usar a pederneira fez com que eu estremecesse de dor, mas consegui produzir faíscas com apenas algumas tentativas e pensei em como meu pai ficaria orgulhoso por eu conseguir acender uma fogueira sem usar os fósforos de emergência. As plantas secas pegaram fogo mais rápido do que eu imaginava e as chamas engoliram tudo que dei a elas. A fumaça pairou, pesada, acima da fogueira e seguiu na direção do rio, para longe da cabana.

Depois que o fogo estava alto, vasculhei a mochila do meu pai outra vez e encontrei sua faca em um bolso lateral, ainda na bainha de couro. Não devia pegá-la – era afiada e perigosa demais para menininhas –, mas, atrapalhada com o vestido, levei a faca até a cabana com ambas as mãos, os olhos cuidadosos sobre ela, e parei à porta de novo.

– Papai, posso usar sua faca?

– Agora não, Punzel – disse ele, sem se virar.

Ele retirava a substância branca da caixa de metal com uma pá. Voltei para a clareira. Sobre a pilha de objetos utilizáveis havia um machado. Analisei-o enquanto colocava a faca no bolso do meu macacão. O machado tinha um cabo longo e uma cabeça pesada. Com as duas mãos, tirei-o da pilha. O cabo tinha sido polido por anos de suor e mãos oleosas. Passei o polegar pelo lado afiado da lâmina sem pensar no que aquela ação significava. Tentar escalpelar o coelho com uma faca proibida me causaria problemas, mas meu pai nunca havia dito para eu não mexer num machado. Segurando-o perto da cabeça para me equilibrar, carreguei-o pela clareira e deixei-o ao lado da fogueira. A grama pegava fogo em alguns lugares. Apaguei os focos com meu único sapato.

Desamarrei o coelho e tentei deixá-lo de bruços, com as pernas embaixo do corpo, para parecer que estava mordiscando a grama. Mas a cabeça do animal não parava de rolar para a frente em um ângulo estranho. Era claro que seu pescoço estava quebrado. Deitei-o de lado, com as pernas traseiras esticadas, como se estivesse saltando sobre um monte de grama, e voltei sua cabeça para cima. E, mesmo morto, suas orelhas ainda estavam alertas e macias. Apenas os olhos haviam mudado – estavam cobertos por uma névoa espessa.

As árvores sussurravam e me observavam enquanto eu mexia no coelho. Pensei na truta e em como meu pai a havia transformado de forma rápida e fácil: com apenas um golpe, ele havia controlado a natureza escorregadia e agitada do peixe. Feliz pelo fato de o coelho não poder olhar para mim, ajoelhei-me ao lado dele e ergui a ponta do machado com ambas as mãos.

– Desculpe, *Kaninchen* – sussurrei.

Ergui o machado no ar, e ele cambaleou, sem saber se deveria me derrubar para trás, mas meus ombros se curvaram e o machado assumiu o controle, jogando-se para a frente com uma violência assustadora – e me levando com ele. Fechei os olhos, o machado dominava a situação. Assumindo vida própria, ele rasgou o ar. Senti a batida do aço contra a carne e o osso, e a lâmina se enterrou no chão com a força da gravidade. A ferramenta me levou com ela e minha testa bateu em seu cabo.

– Não! – berrou meu pai da cabana. Eu o ouvi correr até mim.

Abri os olhos e, bem de perto, vi uma mistura de sangue, pele e osso onde o pescoço do coelho havia estado. As lindas orelhas tinham sido partidas ao meio e destruídas pela lâmina, fazendo com que o animal ficasse com cópias sangrentas das orelhas do meu gorro. Meu pai arrancou o machado de minhas mãos.

– O que você está fazendo? Que merda você está fazendo? – Ele pegou o cabo do machado e deixou a cabeça pender, andando em torno de mim, do coelho e da fogueira. – Poderia ter sido um dedo seu! Sua mão! Por que não posso deixar você sozinha por um segundo?

Fiquei no chão, tentando parecer bem pequena. Meu pai andou em minha direção, mas me encolhi. Ele deve ter percebido que ainda trazia o machado cheio de sangue nas mãos, porque o jogou na grama.

– Eu queria fazer o jantar para a gente.

Minha voz soou aguda. Levei a mão à testa e senti que um galo já começava a se formar no lugar em que o cabo do machado havia me atingido.

– Não pode fazer o que meninas normais fazem? Vá brincar. Ande! – Ele apontou para a cabana e enfiou minha mochila em meus braços. – E tire essa droga de vestido.

Soltei o cinto e tirei o vestido, deixando que se formasse uma pilha de tecido na grama. Subi o declive correndo e chorando e, sem hesitar, entrei na cabana e me encolhi em um canto entre a caixa de metal – que agora realmente parecia um fogão – e as prateleiras cobertas de cocô de ave, os braços em torno dos joelhos. Tirei o cabelo do rosto, repetindo essa ação muitas vezes, até que o choro e os soluços diminuíram. Pressionei as costas contra a parede e me senti bem por ter algo sólido para me apoiar depois de semanas

morando debaixo de uma tenda. Abri a mochila, peguei Phyllis e a aconcheguei em meu pescoço.
– Pronto, pronto – arrulhei. – Sssh, *Liebchen*, não chore – disse, tirando o cabelo do rosto dela também.
Ela saltitou à minha volta pelo chão sujo. Então pulou pelas prateleiras, saltando de uma para outra, raspando fezes brancas com seus sapatos falsos. Enfiei-a embaixo do fogão e meus dedos sentiram algo preso à madeira da parede, sob a última prateleira. Quando me agachei, vi que uma palavra havia sido gravada ali, entalhada na madeira com a ponta de uma faca. Tracei-a com o indicador:
– Reuben.

11.

Durante nossos primeiros dias em *die Hütte*, as tardes ensolaradas se misturaram às noites quentes. Eu passava o tempo todo brincando ao ar livre com Phyllis, lavando as pequenas coisas que havíamos encontrado – pratos de metal, alguns talheres, tigelas de madeira – em baldes de água que meu pai trazia do rio. Embora ele tivesse feito um sapato para mim, usando um saco de juta e uma tábua como sola, eu quase sempre corria descalça, com o peito nu. À noite, fazíamos cordas com plantas e contávamos histórias em volta da fogueira. Às vezes, com um susto eu me lembrava de que Ute estava morta. Então, Phyllis e eu nos arrastávamos até a tenda para nos abraçar até que ela parasse de chorar.

No terceiro dia em que acampamos na clareira, meu pai subiu no telhado com os pregos e o martelo que consertara e começou a ajeitar as telhas. De início, ele me pediu que ficasse de pé dentro da cabana e indicasse onde eu podia ver o sol entrar pelas tábuas, mas, depois de um tempo, não pareceu mais querer minha ajuda, e saí para passear ao sol.

– Faça alguma coisa útil – gritou meu pai, a fala prejudicada pelos pregos que segurava entre os lábios. – Pegue as armadilhas e vá procurar nosso jantar.

Eu ainda não havia entrado na floresta sozinha. A ideia me deixou nervosa e animada, e corri para pôr minhas roupas e meus estranhos sapatos e pegar as armadilhas. Na beira da clareira, hesitei. Depois dei alguns passos em direção às árvores. Raízes retorcidas e cheias de limo se estendiam como dedos gigantes entre samambaias que chegavam ao meu peito. Havia tanto troncos caídos e podres quanto árvores de pé, lutando pelos fachos de luz verde que passavam pelas folhas. A floresta tinha cheiro de terra; era úmida como o cemitério. Abri caminho por entre as plantas até chegar a um enorme tronco que devia ter caído anos antes, pois sua madeira apodrecida tinha se tornado esponjosa e escura. Subi nele e o tronco podre cedeu, jogando-me para a frente e me fazendo cambalear e quase cair. As árvores estremeceram, como se rissem, e tive que lutar contra a vontade de me virar e sair correndo. A meus pés havia um galho grosso, que caíra recentemente. Eu o peguei para bater no tronco e abrir caminho entre as samambaias e plantas úmidas, até o caminho se tornar mais claro e o chão, menos acidentado. Olhando para trás, de onde viera, vi as samambaias se fecharem em torno de algo rápido, baixo e cinzento que corria pelos arbustos.

"Lobo", sibilou uma voz em minha cabeça. Meu coração disparou e quase saiu pela boca, mas fiquei parada. A floresta estava me testando. Grunhi no fundo da minha garganta e me agachei com o galho erguido, pronta para pular e lutar, mas as samambaias não voltaram a se mexer; então me sentei no solo da floresta e deitei, com os braços e as pernas abertas. A terra fria e úmida penetrou por minhas roupas e refrescou minha pele. Deixei as árvores me cercarem e se inclinarem para mim, enquanto observava através das copas, como se olhasse por uma objetiva. Elas me analisaram através de uma lente própria e me viraram de cabeça para baixo, fazendo o céu azul distante, escondido atrás de suas folhas, se tornar a terra, de modo que eu pudesse flutuar livremente.

Quando a sensação se dissipou, rolei e fiquei de bruços, os olhos alinhados ao solo cheio de limo da floresta. Espalhados à minha frente, até onde a vista alcançava, havia uma floresta de chanterelles gigantes. Do chão, eles se transformavam em árvores exóticas com copas amarelo-ovo, elevando-se sobre mim. Pus vários no bolso, guardei outros em uma rede feita com a barra da minha camiseta e corri de volta para *die Hütte*.

Meu pai e eu andamos por toda a área do nosso lado do rio. A fronteira sul era a água e a norte, o pé da montanha. A leste da cabana havia uma floresta de árvores que perdiam as folhas no inverno.

– São carvalhos ou *Wintereichen* – disse meu pai. – A bolota é um dos alimentos mais completos nutricionalmente e o único desta floresta que contém carboidratos, proteínas e gorduras. O que é a bolota?

– A bolota é o único alimento que contém carboidratos, proteínas e gorduras – respondi.

– E qual é o nome dessa árvore?

– *Wintereye* – falei.

Wintereyes, faias e alguns teixos se espalhavam pelo declive que levava ao rio, até que altos pinheiros formavam uma ferradura, seguidos por arbustos fechados que obstruíam o espaço entre as árvores caducas e a margem. No meio da floresta havia um riacho – um canal profundo de rochas recobertas de limo que haviam caído da montanha muito tempo antes e coberto uma correnteza borbulhante que ouvíamos, mas não podíamos ver. Não o atravessávamos. Não muito longe dele, a montanha formava uma encosta rochosa frágil, que parecia impossível de escalar. A oeste da cabana ficava uma área florestada menor, também limitada pelo rio e pela montanha. Passamos a chamá-la de floresta de pedras, porque, enquanto o lado leste tinha o riacho para reunir as pedras lançadas pelas montanhas, no outro lado enormes pedras batiam na terra e se acomodavam nela, semienterradas entre as árvores. Todos os dias, eu caminhava pela mesma trilha para conferir se as armadilhas para esquilos haviam feito sua colheita sinistra. Mesmo que estivessem vazias, normalmente havia algum coelho nas arapucas, e mais cogumelos, folhas e raízes, frutas silvestres comestíveis, peixes que meu pai pescava ou as provisões que havíamos trazido conosco. Não passamos fome naquele verão.

Desde que havíamos chegado, toda manhã meu pai fazia marcas no batente da porta de *die Hütte*. No entanto, depois de dezesseis dias, ele decidiu parar.

– Não vamos mais viver seguindo a regra que alguém inventou sobre horas e minutos: hora de acordar, de ir à igreja ou de trabalhar – disse.

Eu não me lembrava de ter visto meu pai ir à igreja ou mesmo trabalhar.

– Datas só nos fazem perceber quão finitos nossos dias são, quão mais perto da morte ficamos a cada dia que passa. De agora em diante, Punzel, vamos viver seguindo o sol e as estações. – Ele me pegou no colo e me girou, rindo. – Nossos dias serão infinitos.

Com aquela última marca, o tempo parou para nós em 20 de agosto de 1976.

Meu pai me ensinou a passar a faca pela superfície de uma pedra para mantê-la afiada, a fazer um pequeno corte na pele atrás da cabeça dos coelhos e puxá-la, para que o animal ficasse apenas de meias, a retirar suas entranhas cinzentas, mas guardar o coração, o fígado e os rins, e a colocá-lo em um espeto para assar. Na floresta, usávamos todos os pedaços dos animais que matávamos – guardávamos os ossos para fabricar agulhas, tentávamos fazer linha a partir das entranhas e esforçávamo-nos para secar as peles, sem muito sucesso. Estávamos sempre ocupados, ocupados demais para que eu questionasse por que nossos quinze dias de viagem estavam se transformando em três semanas e depois em um mês.

Após uma semana, meu pai disse que podíamos sair da barraca e ir morar em *die Hütte*. Ele havia retirado os galhos de amoreira, coberto os buracos do telhado, fixado a porta de volta no lugar e posto o fogão para funcionar. Ficou parado do lado de fora da cabana e festejou quando a fumaça surgiu da chaminé de metal que saía das telhas. Também saltitei e bati palmas, sem saber por que aquilo era tão legal. O sol brilhava em um céu tão claro que machucava meus olhos, enquanto o vento crescente levava a fumaça embora.

– Ainda temos muita coisa para fazer, mas hoje vamos dormir em *die Hütte* – anunciou meu pai, estufando o peito, com as mãos nos quadris. – A gente devia comemorar – disse, antes de dar um tapinha nas minhas costas, como se eu tivesse consertado o fogão. – O que vamos fazer, Punzel? – Ele olhou para mim, rindo.

– Comemorar! – exclamei, rindo também, apesar de não saber por quê.

– Vamos fazer uma pipa. Podemos soltá-la no alto da montanha. – Ele protegeu os olhos e olhou para cima da cabana. – Pegue o barbante. Vou cortar umas varetas.

Corri até *die Hütte* e meu pai foi até a floresta. Quando consegui encontrar a bola de barbante caseiro que estava pendurada em um prego atrás da porta, meu pai já estava perto da barraca, ajoelhado, de costas para mim, trabalhando com a faca. Corri até ele, segurando a bola no alto.

– Papai, encontrei!

Mas, nesta parte, minhas lembranças se tornam inexatas, esparsas, como se eu assistisse a um filme antigo, com cores vivas demais. Meu pai falou com a câmera, mas nenhuma palavra saiu. Ele estava diante da barraca, cortando-a com a faca. Espetando e rasgando, fatiando-a como se limpasse uma carcaça. Olhou por sobre o ombro para mim, rindo e falando, mas tudo que pude ver foi o enorme buraco na lateral da barraca. Então, o som voltou, como se eu tivesse sacudido a cabeça e tirado a água do ouvido, e escutei-o dizer:

– O vento vai estar forte lá em cima da montanha.

Ele fez um gesto rápido com a faca e um pedaço de lona se soltou. Para observá-lo eu precisei me inclinar para a frente, segurando a barriga.

– Podemos fazer a rabiola com esses pequenos pedaços de lona – disse enquanto mexia neles. – Caramba, seria tão mais fácil com uma tesoura... Deve ter alguma em *die Hütte*.

Eu me sentei no chão e lágrimas escorreram por meu rosto. Era tarde demais para impedi-lo.

– Como vamos voltar para casa, papai, sem uma barraca? – perguntei às costas dele.

Ele se virou e olhou para mim, confuso por um segundo, mas então compreendendo.

– Já estamos em casa, Punzel.

Meu pai levou quase uma hora para fazer a pipa. Era um diamante azul, com manchas onde o sol havia retirado a cor da lona e do tamanho dos braços abertos de meu pai. Ele amarrou pedaços de barbante em três dos quatro cantos e prendeu a bola de barbante onde os outros pedaços se encontravam. Não falamos nada enquanto meu pai terminava a pipa, mas percebi que ele estava tentando ficar feliz.

– Vamos lá.

Ainda não havíamos subido a montanha, mas, onde a colina surgia atrás da casa, dava para ver um pedaço de rocha nua bem acima das árvores. Arrastei-me atrás de meu pai, desanimada, enquanto ele seguia a trilha de um animal pelo meio das plantas – um caminho tão estreito quanto meu sapato de juta, um sulco entre as camadas de folhas caídas no ano anterior. Ouvi o vento subir do vale e passar pelos *wintereyes*. Como a chuva que se aproximava, ele corria em nossa direção, sacudindo as copas das árvores, uma doença contagiosa que passava de uma árvore a outra até voar sobre nossas cabeças, interrompendo a luz que chegava ao solo. Então, ele se foi, correndo à nossa frente, em direção à montanha. Por fim, o solo coberto de folhas se tornou pedra, as árvores rarearam e tivemos que começar a escalar, apoiados de quatro no chão. Meu pai teve que amarrar a pipa nas costas para poder usar as mãos e se impulsionar para cima. Enquanto eu o seguia, o diamante de lona azul ria de mim. Durante a escalada, a horrível informação de que não voltaríamos para casa me encarava.

A plataforma de rocha era bem maior do que parecia quando observada lá de baixo, de onde aparentava ser apenas uma pequena prateleira. Na verdade, ela se estendia até um penhasco quase vertical a certa distância de nós, e, de sua beirada, podíamos ver, por sobre o topo das árvores, a cabana e a floresta que a cercava. Daquele ponto mais alto, os limites de nosso território ficavam óbvios: *die Hütte* se localizava ao fundo de uma pequena clareira, margeada ao sul pelos pinheiros e pelo rio, que reluzia ao sol. À direita, a montanha circundava a floresta de pedras até se encontrar com a água. E, à esquerda, estava a floresta pela qual havíamos escalado. No entanto, depois dela, a montanha ressurgia, antes de voltar a cair na água, em uma pilha de enormes pedras, como se, muito tempo antes, metade dela tivesse escorregado para dar um mergulho que havia durado séculos. *Die Hütte* estava presa ao abraço da montanha: dois braços nos envolviam, afastando-nos do rio como uma mãe ansiosa, enquanto nos escondíamos em uma prega de suas saias – uma ruga insignificante em uma cordilheira que se estendia até o horizonte. Além do rio, o terreno densamente arborizado voltava a se erguer em outra cadeia de montanhas e, depois disso, eu só podia ver o céu azul.

Meu pai tinha dito a verdade: o vento estava forte. Ele empurrava nossos corpos e sacudia meu cabelo freneticamente, enrolando-o em minha cabeça e jogando mechas em minha boca. Ele tirava meu fôlego e fazia meu coração disparar, apesar de eu ainda estar com muita raiva. Meu pai ficou de braços abertos na beira do penhasco e berrou, um longo grito que o vento levou embora:

– Uhuuuuuuuu!

Ele soltou a pipa de suas costas e imediatamente o vento a reivindicou. A rabiola se desenrolou e começou a se debater. Meu pai conferiu se os nós estavam bem apertados e, segurando a bola de barbante com a mão bem fechada, soltou a pipa. Ela flutuou no mesmo instante. Pedindo cada vez mais corda, puxava a linha, frustrada. E eu tive de admitir que era mesmo uma coisa linda. Ela pairou sobre os *wintereyes*, tornando-se uma ave azul no céu azul. Usou todo o fio que lhe foi cedido, até que apenas um pedaço restou, amarrado em volta da mão do meu pai. Olhamos para cima: nossos pescoços esticados para trás, a ponto de ficarem doloridos, e nossos olhos embaçados.

– Quer tentar? – perguntou ele.

Fiz que sim com a cabeça. Meu pai pôs o pedaço de barbante em minha mão e a fechou.

– Segure firme – disse sorrindo.

A pipa me puxou, pedindo atenção. Meu pai olhava para cima quando abri os dedos e deixei a pipa arrancar a corda de minha mão. O diamante azul ficou ainda menor, a corda viajando abaixo dele. Por um instante, meu pai ficou confuso. Ele olhou para minha mão vazia e de volta para a corda.

– Não! – berrou para o vento.

E, enquanto observava a pipa voar sobre o rio e as árvores, para casa, senti, por um segundo, uma felicidade verdadeira e absoluta.

Naquela noite, a primeira na cabana, o tempo virou e o trabalho que meu pai fizera consertando o telhado foi testado. A chuva desabou sobre nossa pequena casa na floresta, pingando pelos buracos que ele tinha esquecido de tapar. Ele havia prendido um pedaço da lona da barraca sobre a janela vazia; então, quando o primeiro raio iluminou o céu, o fogão, a mesa e as paredes de madeira foram iluminadas por um azul elétrico. O vento empurrou e puxou a lona, e assobiou ao passar pelas frestas em torno da porta. Ficamos deitados, encolhidos em nossos sacos de dormir, na cama de solteiro, sobre um colchão feito de folhas de plantas. E, enquanto os trovões cobriam a floresta como ondas irritadas, meu pai me contou histórias. Sussurrou-as em meu cabelo enquanto me abraçava. No entanto, muito mais tarde, fiquei em dúvida se as histórias e o que aconteceu durante a manhã tinham sido meu castigo por largar a pipa.

– Era uma vez – disse ele –, uma linda menina chamada Punzel, que morava na floresta com seu pai. Eles tinham uma pequena casa, com uma pequena cama e um fogão para manter os dois aquecidos. Na verdade, tinham tudo que podiam querer. Punzel fazia duas longas tranças em seus cabelos e as enrolava sobre as orelhas.

Pensei em Becky sentada na primeira fileira de nossa sala de aula, sem um fio de cabelo fora do lugar.

– E, com suas tranças enroladas, podia ouvir todo tipo de coisa: os veados e coelhos conversando na floresta, o pai chamando de muito longe e todas as pessoas do mundo gritando ao mesmo tempo, em línguas diferentes. Quando o cabelo estava enrolado em torno de suas orelhas, Punzel entendia todas elas.

– E o que elas diziam? – sussurrei de volta quando a cabana se iluminou.

Eu me agarrei ao meu pai, com medo de que o vento levasse o telhado que tínhamos sobre nossas cabeças e varresse tudo que havia na cabana, fazendo meu pai e eu voarmos em círculos com a cama, o fogão e a caixa de ferramentas, até sermos atirados para longe.

– Bem, na maioria das vezes, ela ouvia as pessoas do mundo brigarem umas com as outras. – Um trovão explodiu naquele instante. – Elas não conseguiam viver felizes juntas. Mentiam umas para as outras e, quando as pessoas fazem isso, no fim, o mundo que construíram sempre desmorona. Punzel odiava ouvir as pessoas do mundo mentindo e brigando. Mas, um dia, ela acordou e descobriu que o planeta irritado estava em silêncio. Tudo que pôde ouvir foi o barulho de seu pai cortando lenha para o fogão e o dos animais chamando-a para brincar. E Punzel passou a ser a menina mais feliz do mundo.

Levei muito tempo para adormecer naquela primeira noite, mesmo depois de a tempestade ter passado e embora meu pai me abraçasse com força. De manhã, acordei sozinha. Tentei ouvir os animais e o barulho de meu pai cortando lenha, mas escutei apenas algumas aves e o vento se erguendo do rio. A cabana ficava fria de manhã cedo, mas saí da cama e, de camisola, abri a porta. Meu pai andava pela clareira, arrastando os pés pelas folhas e galhos que haviam sido espalhados. Seu pijama estava molhado e o cabelo, grudado na cabeça. Ele chorava e tremia, e me assustou ainda mais do que a tempestade.

— Não consegui — disse, encolhendo-se à porta, abraçando os joelhos e fazendo barulhos horríveis. — Não consegui.

Eu sabia que ele queria que perguntasse o que não havia conseguido fazer, mas, em vez disso, afastei-me e me encolhi no cantinho ao lado do fogão. Estendi a mão e deixei meus dedos tocarem as letras entalhadas na madeira, sob a última prateleira. *Reuben*. Depois de certo tempo, meu pai se controlou e entrou na cabana. A calça do seu pijama estava enlameada e com os joelhos rasgados. Ele limpou o nariz na manga da blusa e abriu o fogão para pôr um pedaço de madeira entre as brasas. Depois, tirou o pijama e o pendurou no pedaço de corda que havíamos esticado para secar nossas roupas.

— Fui até o outro lado do *Fluss* — disse. Pingos de água caíam no fogão com um sibilo, que pontuava suas palavras. — Para ver os danos causados pela tempestade. Foi pior do que imaginei. — Ele fungou. — O resto do mundo acabou.

Foi assim que ele disse — de forma simples, como se fosse algo banal. E eu continuei sentada em meu canto, com a mão sob a prateleira e as entranhas vazias. Ele vestiu roupas secas e nós não dissemos mais nada.

À tarde, meu pai me deu um pente de presente. Ele o havia esculpido a partir de uma ripa de madeira, lixado e dado a ele doze dentes. Fez com que eu me sentasse em um dos bancos que havia consertado e penteou meus longos cabelos negros. Cortou com a faca os nós apertados demais para serem desfeitos. Quando meu cabelo ficou penteado e liso, como era em casa, ele o dividiu no meio e me pediu que trançasse. Amarrou as pontas com barbante e enrolamos as tranças em torno de minhas orelhas, prendendo os coques com pequenos gravetos. Quando terminamos, ele me olhou nos olhos, segurando meus ombros.

– Vamos ficar bem. Agora somos você e eu, Punzel – disse, antes de abrir um sorriso torto para mim.

Quis perguntar a ele se os comunistas haviam feito aquilo, mas tive medo de fazê-lo chorar outra vez. Ele pegou os baldes, disse que não ia demorar e que eu devia manter o fogão aceso, mas fiquei à porta, vendo-o se afastar, segurando o batente, morrendo de medo de que ele desaparecesse em meio às árvores e nunca mais voltasse. Fiquei ali parada por um bom tempo, esperando. E, quase tarde demais, lembrei-me do fogão. Abri a portinhola, soltando uma nuvem de fumaça, e cutuquei suas entranhas avermelhadas com o atiçador. A ponta afiada atingiu um pequeno livro queimado que estava entre as brasas e, enquanto eu observava, uma chama o pegou, fazendo com que ele se abrisse, como se uma mão invisível folheasse suas páginas. Vi a foto de meu passaporte ganhar bolhas por causa do calor e meu rosto derreter no fogo.

12.

— Cadê o piano? Foi a primeira coisa que eu disse quando abri os olhos em nossa terceira manhã na cabana. Acho que meu pai já esperava essa pergunta, talvez desde que havíamos chegado. Ele não demonstrou nada. Estava perto do fogão, esquentando uma panela de água e mexendo no exaustor. Torceu parte do tubo para evitar que a fumaça saísse, mas ela escapou por outro buraco. Torceu-o de novo, criando um novo rombo. Uma nuvem cinzenta pairava sob o telhado.

— Papai! O piano! – disse, sentando-me. – Você me disse que em *die Hütte* tinha um piano.

Tentei imaginar o instrumento que tínhamos em casa dentro da cabana. Teríamos que retirar o telhado e passá-lo por cima das paredes. Um piano vertical não passou por minha cabeça. Diante da cama de solteiro que dividíamos, ficava um tapete de retalhos sujos, sem um pedaço – rasgado ou comido por bichos. A mesa ficava sob a janela, cheia de pratos e garfos de metal. Os bancos de três pernas estavam guardados embaixo dela. Apoiado contra a parede oposta ficava o baú de ferramentas, com os restos da barraca enrolados em cima e, à minha frente, estava o fogão, encaixado em sua parede, repleta de prateleiras. Tínhamos levado um dia inteiro para limpá-las das fezes e penas de aves. O cocô havia grudado tanto na madeira que tivemos de usar um cinzel, que meu pai havia encontrado no baú. Ele carregara vários baldes de água do rio, mas, como não tínhamos nada com que pudéssemos esfregar as prateleiras, usamos cascalho e esfregamos as tábuas até ficarem bem limpas. Pregos e ganchos haviam sido presos às laterais das prateleiras e eu recebera a tarefa de pendurar as latas, as panelas e os utensílios que havíamos encontrado enquanto limpávamos a cabana. Não havia espaço para um piano.

– Vou fazer um – disse meu pai, colocando duas xícaras de chá fraco na mesa. Já estávamos economizando as folhas.

Atrás de mim, na cama, Phyllis fez um ruído que sugeria que ela estava cansada de histórias e promessas.

– Ah, papai... – falei.

Soei como Ute. Talvez meu pai tenha notado isso também, pois me olhou com uma expressão triste.

– Talvez não um piano completo. Eu poderia fazer as teclas, encontrar madeira, ver como funciona o mecanismo. Não deve ser muito difícil.

Meu pai tinha ficado animado com a ideia e passava as mãos pelo cabelo, já planejando.

Fiquei sentada na ponta da cama, cética.

– Vou fazer um, Punzel. Espere só para ver. E você vai poder aprender a tocar. Sua mãe pode não tê-la ensinado a tocar, mas eu vou. E trouxe uma partitura comigo. – Ele parecia uma criança empolgada. Subiu em um banquinho para alcançar as vigas e puxou a mochila, que havia sido guardada entre elas. – Eu não sabia se devia mostrar isso a você porque tinha certeza de que a faria se lembrar do piano. – Ele me entregou um livreto verde-claro, a capa de papel gasta por causa dos anos de uso. – Estava no piano quando viemos embora, então peguei. Sua mãe iria querer que você ficasse com ele.

A capa tinha a palavra LISZT escrita em preto e, sob ela, *La Campanella*. Acima de uma frase provavelmente escrita em alemão, uma linda moça alada aparecia sentada lendo uma partitura e segurando um pequeno instrumento parecido com uma harpa, como se tivesse todo o tempo do mundo para escolher o que queria tocar. Seu rosto estava sereno e ela não parecia incomodada com o fato de um bebê estar lutando para segurar o peso do livro, que mantinha aberto para ela. Ao redor deles havia uma profusão de uvas, peras, maçãs, flores, folhas... Eu teria entrado naquele mundo, se pudesse, e me balançado em um pedaço daquela fita, enquanto a moça tocava e o bebê jogava uvas em minha boca aberta.

Ansioso para que eu examinasse o livreto, meu pai o pegou e o colocou aberto na mesa, o papel branco manchado de azul à luz da manhã que se esforçava para passar pela lona da janela. Nos espaços em branco entre as linhas, palavras e números foram escritos com caneta verde. A letra de Ute anotara: *beschleunigt!*, sublinhada três vezes; *achten*; e muitas vezes *springen*. Imaginei-a inclinando-se para a frente no piano para escrever alguma coisa, mordendo o lábio, e me lembrei com um sobressalto de que Ute, o piano, a sala em que ela se sentava, tudo havia desaparecido.

Os pontos, traços e linhas que se embaralhavam diante de mim não significavam nada. Ute nunca havia me ensinado nem uma nota. Ela me deixava ficar de pé a seu lado enquanto praticava, contanto que não me mexesse, mas eu nunca entendia como ocorria a transformação daqueles símbolos enigmáticos nos saltos e trinados que ela tocava, no som que saía do piano. Como havia feito com o idioma alemão, Ute guardara a música somente para si.

Meu pai pôs o indicador sob os três primeiros traços da linha de baixo e cantou três notas idênticas, a terceira um pouco mais curta que as outras. Moveu o dedo para a frente e três tons agudos responderam. Ele não hesitou. Não tinha que procurar o tom certo, mas cantá-los como se ele mesmo fosse o instrumento. O som que saiu de sua boca soava puro e doce. Repetiu as notas graves e as agudas se seguiram.

– Este acorde – meu pai pôs o dedo sob dois círculos negros presos a um traço – está incentivando as altas a assumirem seu lugar. Escute. – Ele cantou o refrão do início: grave, depois agudo, grave, depois agudo. – Mas, quando a gente acha que entendeu, há uma pausa minúscula, como se essas notas, indicadas pela clave de sol, estivessem nervosas.

Meu pai ergueu o braço direito, com o polegar e o indicador unidos e os lábios, apertados. Espere, espere um pouco, parecia estar dizendo.

– E, de repente, eles encontram coragem.

Ele esqueceu a partitura e cantou algumas estrofes da melodia que sabia de cor, rápida e suavemente, os braços conduzindo a música.

– Você escuta o sininho? É um sino feito de porcelana. Ele ressoa sobre tudo, assim.

Ele ficou em silêncio por um instante, e me esforcei para ouvir o sino em meio ao barulho do vento e o ranger do telhado e das paredes. Meu pai cantou uma nota aguda e voltou à melodia sinuosa.

Reconheci a música de casa, lembrando-me de quando ficava deitada na cama e ouvia Ute tocar. Achei que parecia mais uma ave presa batendo contra uma janela do que um sino.

Ele baixou os braços e parou de cantar.

– Talvez seja difícil demais. Sua mãe... – Ele fez uma pausa, como se fosse a primeira vez, desde que havíamos ido embora, que ele pensasse nela ao piano. Sua voz estava embargada. – Sua mãe dizia que era uma das peças mais difíceis. São duas melodias diferentes que se provocam, muitos trinados, e a música é muito rápida. Foi burrice minha trazer essa partitura.

Fiquei com medo de que seu humor já estivesse mudando.

Sentei-me no banco com os pés sob a camisola para me manter aquecida e olhei para a partitura. Passei o indicador pelas finas linhas horizontais, lembrando-me do som daquela música fluindo pelos pisos da nossa casa em Londres – penetrando na madeira, passeando pelas paredes brancas, batendo contra as janelas, criando um fundo musical que inundava a escada, subia até meu quarto e erguia-me da cama para que, quando adormecesse, estivesse boiando em um mar salgado de música.

– Eu quero muito tentar, papai – falei, procurando soar animada, mas ainda examinando as notas e as palavras escritas em verde.

Abri os dedos da mão esquerda o máximo que podia e os pousei na mesa, ao lado da partitura.

– Assim – disse meu pai, inclinando-se e abrindo ainda mais meus dedos para colocá-los sobre teclas imaginárias. – Espere – pediu, antes de pegar a caneta que estava pendurada por um barbante em um prego.

Afastando minhas mãos, ele desenhou teclas de piano – 52 grandes e 36 pequenas – na beirada da mesa. As linhas saíram trêmulas onde a ponta da caneta se prendeu nos veios da madeira, e as teclas das notas mais baixas ficaram mais finas. Depois, tentamos pintar as teclas pretas com carvão, mas, apesar de aquilo ter deixado a mesa mais parecida com um piano, a fuligem cobriu meus dedos e manchou as teclas brancas até todas ficarem uniformemente cinzas e termos que lavar a mesa e começar de novo.

Tiramos as xícaras de chá do caminho e nos sentamos lado a lado em dois banquinhos.

– Vai ter que treinar muito, Punzel. Tem certeza disso?

Eu sabia que era um alerta que ele achava que tinha que me dar, e não um desafio com a intenção de me fazer recuar. O entusiasmo borbulhava dentro do meu pai de uma maneira que não ocorria desde que havia começado a trabalhar no abrigo antibombas. Ele sempre precisava de um projeto.

– Tenho certeza – respondi.

– Talvez a gente deva começar com a escala primeiro, ou pelo menos com o nome das notas.

Meu pai pegou minha mão direita e pôs meu polegar em uma das teclas grandes do meio da mesa.

– Este é o dó. – Ele cantou a nota, um "lááá" forte e longo. – Que nota é esta?

– Dó – repeti, cantando com ele.

– Dó, ré, mi – cantarolou, a mão seguindo para a direita. Ele baixou o polegar e continuou – fá, sol, lá, si. – Depois, voltou a mão para a posição inicial.

No fim daquela manhã, eu já conseguia cantar e tocar a escala em dó maior, as mãos subindo e descendo pela mesa, dedilhando em um movimento irregular pela madeira. Meu pai pegou uma das longas varetas encostadas ao lado do fogão, pronta para se tornar lenha, e a usou como metrônomo, batendo o ritmo no chão de madeira enquanto andava de um lado para o outro, entre a cama e o fogão. Treinamos até a ponta de meus dedos ficarem doloridas por causa da fricção contra a mesa e até a fome nos fazer parar e perceber que a tarde tinha avançado e nenhuma de nossas tarefas havia sido feita.

Todo dia eu praticava. Comecei com escalas e arpejos com ambas as mãos até meus pulsos ficarem mais grossos e os tendões das costas de minhas mãos se incharem, orgulhosos. Por fim, quando as folhas da floresta começaram a ganhar um tom amarelado, meu pai disse que eu estava pronta para começar a tocar *La Campanella*.

– Comece pela parte mais difícil – pediu, parado ao meu lado da mesma maneira que eu ficava perto de Ute quando ela tocava em Londres, o que me havia rendido algumas broncas.

Ele se inclinou sobre o piano e pôs as mãos nas teclas, tocando uma ou duas estrofes e cantarolando.

– Papai! *Sou eu* que devia estar tocando, não você.

Relutante, ele voltou a amarrar gravetos na vassoura enquanto eu folheava a partitura e voltava à primeira página.

– Não comece pelo início – disse ele, levantando-se outra vez e vindo até mim. Ele arrancou a partitura das minhas mãos.

– Toda vez que se sentar ao piano, vai querer tocar a parte que sabe melhor e essa parte vai ser praticada mais vezes; então, você tem que sempre começar uma peça pela parte mais difícil.

Ele folheou o livreto e parou na página 9, onde uma série de notas formava uma montanha que se erguia de forma regular, chegava a um pico e descia por uma série de pequenas colinas. Ele apoiou o livreto na frente de duas panelas para mantê-lo de pé. A partitura escorregou e ele tentou ajeitá-la outra vez, irritado.

– Tenho que fazer um atril.

– Está ótimo assim, papai. Pare de mexer nela.

Deu uma cotovelada nele para que se afastasse.

– Aqui está a caneta – disse, entregando-a a mim. – A partitura é sua agora. Tem que acrescentar suas próprias anotações às de sua mãe.

Coloquei os dedos nas teclas, esperando nervosa. Pensei na linda música que havia fluído das mãos de Ute e em como todos paravam para ouvir quando ela tocava. Lembrei-me de uma frase de uma crítica que havia sido emoldurada e pendurada no corredor de nossa casa, em Londres: "Ute Bischoff vira a música do avesso com o mais leve toque". Quando eu era pequena, achava que isso significava que Ute se sentava ao piano com uma partitura e dobrava os pontos e traços com talento e precisão, fazendo marcas no papel até que ele se tornasse uma delicada obra de *origami* na palma de sua mão. Ao segurar as duas pontas, ela as puxava na direção oposta para que a partitura se tornasse uma flor de papel.

– Como vou saber se estou fazendo certo se não posso ouvir a música? – perguntei.

– Beethoven já era surdo quando tinha a minha idade – respondeu meu pai. Minha expressão deve ter demonstrado que eu não acreditava nele.
– É verdade – insistiu. – Mas ele ainda tocava e compunha.
– Mas eu não sou Beethoven – choraminguei.
– Basta escutar as notas na sua mente e observar seus dedos. Vai saber quando errar.
– Mas tenho que ler a partitura ao mesmo tempo.
Pressionei uma tecla silenciosa com a mão esquerda.
– Você vai dar um jeito.
Pude ouvir a impaciência dele aumentando, mas, quando olhei para trás, ele havia se afastado para pôr a vassoura entre os joelhos e continuar o trabalho.

Minha mão esquerda começou a trabalhar ao pé da colina, notas pretas e brancas rolando umas sobre as outras enquanto a escalavam. E, ao mesmo tempo que minha mão subia a trilha, eu cantava. Bequadros e acidentes fluíam sob meus dedos e escapavam da minha boca. A necessidade de respirar era frustrante. Tinha que puxar o ar mesmo quando não havia pausa na música. Quando meus dedos não tocavam no mesmo tom de minha voz ou minha voz era rápida demais para meus dedos, eu começava a estrofe de novo. Comecei a entender as anotações verdes de Ute – onde ela devia ter cuidado e que dedos havia usado para as passagens mais difíceis. Gostava de imaginar que eram mensagens escritas para mim, para serem descobertas no meio de uma floresta, em um piano que não fazia som.

Quando eu tocava, meu pai às vezes acompanhava fazendo a linha dos graves, enquanto eu cantava como o sino ou a ave. Ou um de nós cantava em sol e o outro fazia coro nas notas agudas para criar os acordes. Na página seis, a ave ganhou a companhia de um gato e o bater de suas asas se tornou mais desesperado. A ave fazia círculos cada vez mais altos, tentando escapar da boca aberta que acompanhava seus voos à janela. Quando ela se cansava e voava baixo demais, o gato pulava, penas escapuliam, e eu entrava em desespero pela criatura. No refrão final, como se um alarme tivesse soado, a ave começava a lutar. O animal que eu havia confundido com um pardal ou uma carriça se tornava uma criatura mais forte e mostrava as garras e o bico curvo, fazendo pelos voarem junto com as penas. Quando chegávamos aos últimos acordes da música, a janela era destruída, um dos animais fugia e o outro jazia morto – mas, se era o gato ou a ave, eu nunca consegui ter certeza.

La Campanella era a primeira coisa que passava por minha cabeça quando acordava de manhã e era a música que eu cantarolava enquanto recolhia lenha, a canção que eu me pegava cantando sem querer quando conferia as armadilhas e a que cantarolava quando enfiava punhados de morangos silvestres na boca, em vez de colocá-los na cesta – um bocado de sementinhas e uma explosão de floresta amarga.

Quando meu pai percebeu que eu não ia parar, que todo dia eu tocaria sem que ele tivesse que me lembrar, que a música já fazia tão parte de mim quanto a necessidade de respirar, ele decidiu que era hora de fazer teclas que se movessem. No fim do verão, meu pai desenhou seu projeto nas capas internas do Liszt: medidas, materiais e equipamentos. Não tínhamos ideia de que a fabricação do piano quase nos mataria.

Meu pai projetou um piano sem martelos nem pedais, sem cordas nem tábua harmônica. Ele teria apenas as teclas, e o seu som seria o que quer que cantarolássemos. Mesmo depois de ter ficado satisfeito com o projeto, a fabricação não foi simples: as ferramentas que encontrara na caixa estavam sem fio e enferrujadas, e a maioria delas era grande demais para fabricar teclas de piano. Mesmo assim, ele começou o projeto em um frenesi criativo. Começou a se esquecer de trazer água do rio ou de cortar lenha para o fogão. Mal parava para comer e eu tinha que me arrastar para longe do teclado desenhado para ir até a floresta conferir as armadilhas e colher plantas e frutas silvestres para que tivéssemos o que comer.

A primeira decisão que tomou foi sobre o tipo de madeira que utilizaria. Ele tentou usar as tábuas do telhado, mas eram finas demais. A madeira recém-cortada era muito verde e as teclas se partiam assim que secavam. As únicas tábuas extras que encontrou estavam se desintegrando na grama alta atrás da cabana. Quando as pegou, a madeira úmida se desfez, deixando para trás uma marca enlameada e larvas esguias, rosadas e flácidas na terra. No fim, meu pai arrancou uma tábua de uma das paredes, deixando a estrutura de *die Hütte* exposta – com seu adobe cinzento e troncos de árvores lixados. Quando desviei o olhar, quase envergonhada, como se estivesse vendo algo indecente, ele me prometeu que mais tarde taparia o buraco com argila e musgo.

Meu pai levantava com o sol para esculpir as teclas de modo que atendessem às suas exigências. Ele se tornara um perfeccionista obcecado. Trabalhava até o pôr do sol, quando do não podia mais ver o cinzel e corria perigo de cortar algo além de madeira. Tínhamos levado conosco uma lanterna e quatro velas, que mantínhamos em uma prateleira com alguns tocos de cera que havíamos encontrado ao chegar. A lanterna devia ser um tanto vagabunda ou as baterias se molharam, pois ela pifara mais ou menos uma semana depois. Apesar de meu pai querer trabalhar durante a noite, a regra era que as velas seriam usadas apenas para emergências. Quando escurecia, nós dois íamos dormir.

Ele cortava cada tecla preta e branca com base em um modelo, usando a serra. Depois trabalhava nelas com o cinzel. Xingava pela falta de lixas. Na mesa, pregou dois blocos de madeira a uma distância grande o suficiente para prender todas as teclas, uma ao lado da outra. Da tábua retirada da parede, cortou uma longa tira de madeira e fez uma cavilha quadrada, que prendeu paralela à mesa, entre os blocos. Cada tecla tinha um pequeno indentado, a cerca de um quarto de seu comprimento, para que, quando posta no lugar e presa na cavilha, pudesse subir e descer. Ele então teve que deixar a ponta traseira de cada tecla mais pesada, para que, quando eu as apertasse e soltasse, elas voltassem a ficar com a parte dianteira mais alta. As únicas coisas que conseguimos encontrar na cabana para usar como possíveis pesos foram algumas moedas inúteis que havíamos trazido, mas não havia o suficiente para as 48 teclas. Enquanto analisava aquele último desafio, meu pai continuava trabalhando nos retângulos de madeira, raspando e lixando cada tecla, para que todas ficassem bem próximas, mas ainda livres o bastante para cada uma se mover sem raspar nas vizinhas. Encontramos a solução para os pesos no fundo dos baldes de água.

A única tarefa que me recusava a fazer era buscar água no rio. Meu pai havia amarrado um balde a uma árvore cujas raízes passavam em torno de uma rocha que emergia da piscina que havíamos visto do outro lado do rio. Todos os dias ele baixava o balde para pegar água. Eu nunca conseguia me aproximar o suficiente da margem sem que o mundo girasse e meu estômago se revirasse como a água de corredeiras; então, tinha que dar as costas para ele. Meu pai tentara me ensinara a pescar mais abaixo do rio, onde tínhamos atravessado, mas até o barulho da água deixava minhas pernas bambas. Depois que havíamos chegado, eu nunca mais pedi a ele que me ensinasse a nadar. Minha tarefa de todos os dias era andar pela floresta para conferir as armadilhas e colher todas as plantas comestíveis que pudesse encontrar.

Uma vez por dia, meu pai subia tropeçando o declive até *die Hütte* com um balde em cada mão – duas vezes, se quiséssemos nos lavar. Ele os pousava ao lado do fogão e usava uma lata para jogar pequenas quantidades nas panelas. Um sedimento espesso, com cheiro de alga, se instalava no fundo dos baldes. E, naquela lama, havia pequenos seixos brancos e cinzentos que, por séculos, haviam sido esfregados contra as pedras do rio até ficarem bem lisos. Em uma semana, coletei do fundo dos baldes 88 seixos de peso e tamanhos parecidos. Usando a ponta do cinzel, meu pai fez um buraco em cada tecla e prendeu um seixo em cada um deles.

Nos últimos dias de verão, ele trabalhava no piano em um lado da mesa enquanto eu aprendia a tocar do outro. Quando o clima mudou, o piano foi terminado. Os longos dias quentes e as tempestades trovejantes foram substituídos por manhãs que cheiravam a outono e uma névoa passou a cobrir o rio. Muitas das samambaias começaram a se enrolar e ganharam uma cor de palha. Mas não tínhamos ideia de que dia era.

O piano era barulhento e grosseiro, mas eu o considerava a coisa mais linda que já tinha visto. Apesar de terem sido polidas, muitas teclas ficavam presas, e tocar continuamente deixava farpas e bolhas em meus dedos. Meu pai o desmontou várias vezes para retirar fatias finas das teclas e montá-lo todo de novo. Mesmo assim, quando pressionava uma tecla, ouvia a nota correspondente; quando a soltava e a tecla voltava à posição original, o som parava.

A criação do piano havia tomado o verão e os dias mais quentes do outono, época do ano em que deveríamos ter nos dedicado a colher e estocar comida para o inverno. Tarde demais percebemos que a música não nos alimentaria.

13.

Londres, novembro de 1985

—Tem uma quadra de tênis ali no fundo – disse Oskar, apontando o final do jardim. – Eu queria uma piscina, mas a mamãe disse que o tênis seria um exercício melhor.

Ele dizia "mamãe" como se ela fosse uma mulher que eu havia acabado de conhecer. Talvez estivesse certo. Eu me perguntava como havia sido para ele ter Ute apenas para si durante oito anos e não conhecer nem o pai nem a irmã – uma família que achava que nunca conheceria e que talvez estivesse morta, estranhos que ele nunca enterraria. Quando Oskar ficou sabendo que eu estava viva, o que será que ele havia desejado?

– Você sabe jogar tênis? – perguntei.

Oskar, ao contrário de Ute, era magro e tinha pernas e braços longos. O cabelo bagunçado caía sobre o lenço de escoteiro. No fim das contas, ele não havia tirado o uniforme quando Ute o mandara para seu quarto.

– Só amador – disse, sorrindo.

Jovem demais para ser considerado bonito, ele tinha um rosto gentil, com uma boca larga que continuava em uma curva voltada para cima, mesmo depois dos cantos dos lábios.

Não era como a minha: pequena e apertada, tomada por uma expressão de desencanto.

Oskar havia, de início, ignorado minhas lágrimas por causa do balde quebrado e continuado a pegar pedaços de gelo e a arremessá-los na varanda, fazendo gotas d'água voarem à nossa volta. Eu tinha virado o rosto e, quando os soluços sufocantes diminuíram, Oskar me ofereceu seu lenço. Eu aceitei. Estava um pouco sujo e com certeza fora usado, mas eu enxuguei os olhos e o nariz que escorria e o pus no bolso.

Meu irmão não parecia estar com frio, apesar de o sol ainda não ter saído aquele dia. De casaco e short cáqui, ele saltitava à minha volta, falando sem parar, o hálito condensando ao sair de sua boca. Ele correu e abriu os braços enquanto apontava uma nova piscina para pássaros e a pilha de folhas onde um ouriço dormia. Eu me perguntei o que ele diria se lhe contasse que Reuben havia me mostrado que a melhor maneira de cozinhar um ouriço era assá-lo em uma camada de argila.

Enfiei as mãos ainda mais fundo nos bolsos do sobretudo e escondi o queixo no cachecol. O ar frio passava pelas minhas meias e subia por baixo do vestido. Na varanda, meu irmão sugeriu que fizéssemos um passeio pelo jardim – *o jardim dele*. Eu me ressentia por ele não perceber que aquilo um dia havia sido meu, que eu brincara e acampara ali, antes mesmo de ele nascer.

– Tinha um balanço do lado da casa – disse Oskar. – Era muito divertido. Eu e meu amigo Marky balançávamos muito alto. Mas um dia as almofadas ficaram na chuva e ele ficou fedendo, e a mamãe teve que jogar fora.

– Aquele com o buraco na parte de cima? – indaguei, de forma seca.

Oskar me analisou por baixo das sobrancelhas, o queixo voltado para baixo, amassando o laço do lenço do uniforme.

– O forro era de um branco escurecido com grandes flores azuis? – perguntei. – Ele fazia um rangido parecido com o som de um pato pondo um ovo e tinha um babado embaixo que provocava coceira atrás das pernas?

Por um segundo, ele se mostrou confuso, como se estivesse tentando entender como eu sabia tanto sobre um balanço que era dele e que sempre fora dele, mas suas bochechas ficaram rosadas e eu percebi que tinha ido longe demais. Andamos até o gramado, flanqueado por canteiros bem arrumados, marrons e bonitos, cheios de plantas de inverno.

– Ainda dá para entrar no cemitério pelos fundos do jardim? – perguntei, para fazer as pazes.

Ele não respondeu, apenas continuou andando. A geada havia se mantido o dia todo, cobrindo cada galhinho, cada folha, cada pedaço de grama. Os sapatos de Oskar deixavam marcas rasas no gramado. Eu caminhava bem perto dele, andando no mesmo ritmo que o seu e pondo os pés onde os dele haviam pisado.

Se eu puder acompanhar cada um dos passos dele, disse a mim mesma, eu e meu irmão vamos ser amigos.

Desviei o olhar quando passamos pela quadra de tênis, construída na área onde meu pai e eu havíamos montado a barraca e construído a fogueira. Em vez disso, mirei mais adiante, para o lugar do qual as amoreiras selvagens e os cardos tinham sido retirados e onde havia agora um gramado e uma cabana de verão. Pareceu levar apenas alguns segundos para chegarmos ao fundo do jardim, mas, nas minhas lembranças, a caminhada da casa até o cemitério levava cinco minutos ou mais. Uma cerca alta, feita de correntes, agora separava o gramado das árvores, mas me lembrei do formato das correntes assim que as vi, como fizera com os móveis e os objetos da casa – esquecidos até serem vistos outra vez, logo se tornando novamente familiares. A hera se esgueirava lentamente pelo jardim, tentando recuperar o antigo território.

Oskar se aproximou da cerca como se ela fosse se abrir e deixá-lo entrar, mas, ao invés disso, ele se abaixou, pôs os dedos nos buracos das correntes e as puxou para cima. Elas se ergueram o bastante para dar passagem a um menino de oito anos – pelo menos um garoto magro.

– A mamãe não gosta quando vou ao cemitério. Ela não me deixa sair sozinho – disse Oskar quando estava do outro lado. Ele puxou a corrente e virou o rosto para longe quando falou. – A gente anda muito de carro. Ela até me leva para ver o Marky de carro.

Nós dois olhamos de volta para a casa, um cubo branco misturando-se a um céu que ameaçava uma nevasca.

Oskar ergueu mais a cerca para que eu pudesse passar por baixo, antes que a tensão do metal fizesse a corrente voltar a seu lugar. Do jardim, as árvores pareciam velhas amigas, mas, assim que entrei em seu território, se tornaram ameaçadoras, e o ar sob suas copas ficou ainda mais frio. Levei um ou dois segundos para me localizar, mas Oskar devia visitar muito o local sem que Ute soubesse porque, mesmo à luz fraca, ele encontrou sem dificuldade a trilha estreita que serpenteava em torno dos túmulos. Os arbustos e a hera estavam mais densos do que quando eu estivera ali pela última vez e o chão era um lago verde, com pedras traiçoeiras saindo em ângulos obtusos. Mesmo sob o gelo, o cemitério exalava um odor de matéria orgânica decomposta. A hera ainda se prendia às árvores e aos túmulos, e escorria de tudo como uma planta líquida. Determinada e persistente, ela havia enrolado seus ramos, muitos tão espessos quanto um pulso, em torno das pedras – quebrando-as e as erguendo com sua força, parecendo que estava levantando as tampas dos túmulos para observar com seus olhos folhosos os restos humanos dentro deles.

Segui Oskar pelo terreno irregular até uma das trilhas principais. Pedaços de pedras enterradas sob anos de folhas caídas haviam criado pequenos montes, enquanto depressões se formavam onde o mundo subterrâneo se movera e se assentara. Na beira das trilhas, alguém havia trabalhado e cortado a hera, deixando uma pilha de plantas para virar adubo ou ser queimada. Isso revelara um anjo, que emergia das ondas verdes que batiam em seu pedestal. Marcas passavam pelas pregas da bata da estátua, onde a trepadeira havia sido arrancada, e seus braços se erguiam em súplica, mas ambos terminavam em pulsos amputados.

Nós nos sentamos lado a lado, aos pés nus da estátua. Abaixo de nós havia a inscrição: *"Rosa Carlos, nasceu em 1842, morreu em 1859. Perdeu tudo, mas está em nossa memória"*.

– Lucy Westenra foi enterrada aqui – falei, lembrando-me de uma das histórias de meu pai.

– Quem era essa? – perguntou Oskar.

– A menina da história do *Drácula*. Ela se tornou uma vampira e sugava sangue de crianças.

– Eu enfiaria uma estaca no coração dela antes que ela pudesse fazer isso comigo.

– Você não tem medo?

– Do quê?

– De ficar aqui sozinho.

– Não estou sozinho – disse ele.

Olhei para o anjo, seu rosto de pedra se misturando ao céu, e me perguntei se ele estava falando de Rosa.

– Você está aqui – continuou ele, e eu fiquei repentina e ridiculamente feliz. – Bom, eu gosto do cemitério. É tranquilo. Trouxe o Marky aqui uma vez, mas ele jogou uma pedra na cara de um anjo e quebrou o nariz dele.

– Você já escalou a Árvore Magnífica? – perguntei.

– Que árvore magnífica?

– Acho que ficava por ali. – Apontei o braço na direção em que a trilha levava. – O papai e eu costumávamos escalar.

– Acho que esse tipo de árvore não existe.

– Existe, sim – retruquei.

Ficamos em silêncio por um tempo, olhando para as pedras pontudas e as cruzes tortas.

– Então você vinha aqui? Com o papai?

Era a primeira vez que Oskar demonstrava saber que o homem havia existido.

– Às vezes – respondi.

– Por que ele teve que ir embora?

A pergunta explodiu dele, surpreendendo a nós dois. As bochechas do meu irmão ficaram vermelhas de novo e ele começou a mexer no líquen que crescia nos dedos de pedra da estátua, como um esmalte mal pintado.

– Não sei – disse, sincera.

– O Marky diz que o papai achava que o mundo ia acabar. Ele diz que o papai era maluco e fugiu para entrar numa seita na floresta. Mas o mundo não acabou, não foi?

Quase sorri, mas, em vez disso, respondi:

– O Marky não sabe de nada.

– Por que ele não voltou para me ver ou para me levar também?

Percebi que ele já havia feito aquela pergunta a si mesmo muitas vezes.

– Por que você pôde ir e eu, não?

– Você nem tinha nascido. Talvez ele não soubesse sobre você.

Ajeitei-me sobre a pedra fria para ficar mais confortável.

– Bom, a mamãe poderia ter ido com vocês também.

– Ela estava na Alemanha quando a gente foi embora. Sei lá, foi uma coisa meio de última hora.

– Não é o que a mamãe diz.

– E o que ela diz?

Fiquei interessada, já que poderia obter informações de Oskar sobre coisas que não tinha como perguntar a Ute.

Ele continuou a olhar para baixo e a arranhar o líquen com as unhas sujas.

– Oskar? – incentivei.

– Ela diz que o papai deixou um bilhete, mas só vai me mostrar quando eu for grande o bastante para entender. Diz que ele escreveu que sentia muito, mas que havia algum tempo andava pensando em fazer uma jornada e que sempre me amaria.

— Bilhete? Que bilhete? — perguntei, levantando-me.

— Não acredito nela. Ela está sempre mentindo e esquecendo o que me contou. Sei que ela só está tentando fazer com que eu me sinta melhor e que ele provavelmente não escreveu nada disso.

— Que bilhete, Oskar? — repeti, interrompendo-o, a voz ecoando nas pedras à nossa volta.

— Não sei e não estou nem aí!

Oskar subiu nos pés do anjo para ficar mais alto que eu.

— Onde está esse bilhete? — insisti.

— Não sei! E nada disso é verdade mesmo. — Ele saltou do pedestal. — Eu queria que o papai tivesse voltado, e não você — disse, antes de me empurrar e correr pela trilha de volta para as árvores.

— Oskar! — berrei atrás dele.

Primeiro, eu o ouvi passando pelos arbustos, os gravetos quebrando. Mas depois ele foi embora e o cemitério ficou em silêncio. Aos poucos, percebi o farfalhar das folhas, algo caindo de uma árvore a certa distância e o gelo rachando e se formando outra vez. Ouvi um barulho apressado atrás de Rosa Carlos e um *pic-pic-pic* regular do outro lado da trilha em que estava. Meu hálito formava pequenas nuvens diante do meu rosto. O cemitério se inclinou em minha direção, as pedras inchando e se achatando outra vez. O rosto do meu pai, que ainda estava preso sob meu seio, me queimava. Agachando-me um pouco, pus a mão sob o vestido e tirei o círculo de papel fotográfico dali. Não podia olhar para ele.

Com a mão esquerda, escavei a terra ao lado de Rosa Carlos. Só pude fazer um buraco raso no chão congelado, mas pus a cabeça dele ali, com o rosto voltado para cima, e pressionei um pouco de terra sobre ele.

14.

Foi só quando terminou o piano que meu pai tirou os olhos de seu trabalho e percebeu que o outono estava quase acabando. Em uma manhã, ele saiu levando a mochila e entrou na floresta de *wintereyes* para colher bolotas. Estava animado com a possibilidade de fabricarmos farinha e descreveu em muitos detalhes os pães, as massas secas, os ensopados espessos que logo estaríamos comendo. No entanto, quando voltou, deitou-se na cama de costas para mim e não quis falar nada, apesar de eu ter parado de tocar e implorado para que me dissesse o que estava errado. Sem realmente se virar, ele jogou a mochila em um canto da cabana, fazendo um punhado de bolotas voarem, baterem nas prateleiras e na mesa e se espalharem pelo chão.

– Não tem mais bolotas – disse ele.

Eu peguei algumas.

– Tem, sim. Veja – falei, estendendo a mão, sem entender.

– Não dá nem mesmo para fazer um bolinho.

– E para onde elas foram?

– As drogas dos esquilos chegaram primeiro.

– Então, a gente pode comer os esquilos – disse eu; ele riu, mas não ficou feliz por muito tempo.

À medida que o tempo mudava, o humor dele ficava pior. Eu ainda tocava piano todos os dias, mas meu pai raramente se juntava a mim e, em vez de me incentivar, reclamava quando eu ficava tempo demais sentada no banquinho, diante da mesa. Achava que a estação havia mudado sem nos avisar. Fazia listas detalhadas e cálculos em caixas de balas de chumbinho, abrindo-as em forma de gordas cruzes, e em ambos os lados do mapa – o único papel que ainda tínhamos na cabana, além da partitura. Ele pressionava a caneta com força para que sua letra ficasse legível sobre os vales verdes e as montanhas claras:

Aumentar a reserva de madeira
Colher e secar cogumelos
Raízes de bunho
Carne-seca
Peixe seco
Mais madeira
Cobrir a cabana com adobe
Conferir as telhas

No meio da noite, acordei com a luz da vela e meu pai inclinado sobre o mapa, roendo a ponta da caneta, as rugas de sua testa formando sulcos. Não entendi que tipo de emergência estávamos enfrentando.

– O que foi, papai? – perguntei, na direção do feixe de luz.

– O inverno está chegando – respondeu ele, seco, apesar de parecer para mim que o outono ensolarado ia durar para sempre.

Quando voltei a dormir, sonhei com duas pessoas mortas, congeladas em uma cama de solteiro, abraçadas uma à outra na forma de um S duplo. Quando o sol da primavera entrou por baixo da porta, os corpos se descongelaram e derreteram. Um homem desconhecido foi até a cabana, usando um machado para abrir caminho pelos ramos de rosas espinhosas que travavam a porta. Vi sua mão, grosseira e peluda, se estender e puxar os sacos de dormir, revelando uma massa sem rosto, como as entranhas escorregadias de peixes. Acordei suada e assustada com a imagem e com a sensação que ela deixou em mim. Mas pior ainda foi perceber, alguns segundos depois, que nenhum homem abriria caminho até *die Hütte* para encontrar nossos corpos em decomposição. Não havia mais ninguém no mundo, além de nós dois.

Meu pai me fez parar de tocar piano e juntos levamos a serra, que morava em um gancho das prateleiras ao lado da foice, para a floresta. Ele havia tensionado o arco de madeira da ferramenta e afiado seus dentes até que brilhassem com uma intenção maldosa. Quando apoiava a ponta dela no chão, a serra chegava à altura dos meus ombros. Começamos a cortar galhos caídos em pedaços menores – passando todo o comprimento da serra por eles, movimentando-a para a frente e para trás. Falávamos sobre todo tipo de coisa enquanto trabalhávamos. Mas meu pai costumava usar o tempo que passávamos juntos na floresta como uma aula.

– Sempre use todo o comprimento da serra.

– Sempre use todo o comprimento da serra – repeti mecanicamente, sem esperar a pergunta dele.

– Esta aqui tem quatro dentes por centímetro, mas temos outras na caixa de ferramentas para fazer um trabalho mais delicado, se precisarmos – disse ele.

Eu me concentrava em manter o ritmo, que me acalmava por sua regularidade. Inspirei os aromas outonais de humo, samambaias e seiva fresca. Observei o sol encher o solo da floresta de sardas e, quando um pouco de calor chegou até mim, ergui o rosto na direção da luz.

– Punzel! Preste atenção. É importante que você saiba isso.

– Por quê?

– Caso eu não esteja aqui e você precise cortar madeira.

Eu ri.

– Mas você vai sempre estar aqui.

Ele continuou serrando enquanto eu me sentava na ponta fina do galho para estabilizá-lo e manter o corte aberto, para que a lâmina não escorregasse.

– E se eu sofrer um acidente? Refugiados têm que saber essas coisas.

– Prefiro ser uma sobrevivencialista – falei. – Em um local isolado.

Deixei as palavras rolarem pela boca para ver como soavam. Esperava que fizessem meu pai sorrir, mas ele fez uma leve pausa e não olhou para cima.

– Foi o que o Oliver disse – continuei.

– O que mais você sabe sobre o Oliver?

– Nada – respondi, lembrando-me da conversa em meu quarto pouco antes de ele sair batendo a porta da frente.

– O Oliver disse muitas coisas ridículas. – Meu pai começou a empurrar e puxar a serra mais rápido, de cabeça baixa. – Ele disse que era um refugiado, um sobrevivencialista, mas no fim das contas Oliver Hannington estava interessado em outras coisas e era covarde demais para tentar fazer isso.

— Não era igual a gente, papai — falei.

Mas ele não me ouviu e continuou a falar.

— O Oliver era do tipo "faça o que digo, mas não faça o que faço".

A cada "faça", meu pai empurrava a serra para a frente com força, fazendo-a entrar ainda mais na madeira e eu ter que me segurar com mais firmeza para me manter equilibrada na ponta do galho.

— A cabana é o lugar perfeito — disse meu pai com um sotaque perturbador, imitando a voz de Oliver. — Está toda equipada, James, tem um monte de comida para o inverno. — Ele parou de imitar a voz de Oliver e continuou falando. — Ele me mostrou *die Hütte* no mapa, falou sobre a água corrente fresca e os rebanhos de cervos. Tinha até um porão e um rifle de ar escondido entre as vigas. Ele me disse que eu só ia precisar de balas de chumbinho. Então, eu trouxe caixas de chumbinho, caixas e caixas de chumbinho, mas nenhuma arma. — Meu pai arfava e suas palavras saíam sem fôlego, irregulares. Ele não falava mais comigo. — O Oliver nunca tinha visto o lugar.

— Mas, se a gente não estivesse aqui quando o resto do mundo desapareceu, teria morrido também. Então, na verdade, a gente deveria agradecer — lembrei.

Meu pai parou de serrar, a expressão impassível, como se minhas palavras estivessem levando certo tempo para ser absorvidas. Ele virou o rosto no momento em que o galho reclamou e se partiu, e eu caí no chão, fazendo barulho.

Durante o resto do dia, meu pai puxou e rolou os galhos até a cabine para podermos cortá-los com o machado. Colhi pencas de gravetos, que amarramos com barbantes feitos de plantas e meu pai prendeu em meus ombros para que eu as carregasse. Cambaleei para trás, lembrando-me de uma ilustração de um livro de canções de Natal: um homem esfarrapado, inclinado sob o peso da lenha que separara para o inverno.

No dia seguinte, em frente a *die Hütte*, meu pai equilibrou um pedaço de madeira sobre outro e me deu uma aula sobre como usar o machado.

— Veja, Punzel: a mão direita perto da cabeça, a esquerda na ponta do cabo. Levante — ele ergueu a ferramenta —, deixe o peso levar o machado para a frente e a mão direita escorregar para se juntar à esquerda.

A lâmina voou com tamanho ímpeto que fez a tora de madeira se partir em dois pedaços. Ele se agachou atrás de mim e, com as quatro mãos no machado, tentamos fazer o movimento juntos.

Lembrando-me do coelho, fechei os olhos quando a ferramenta balançou torta e se prendeu no segundo pedaço de madeira.

— Mantenha os olhos abertos — pediu ele. Eu me perguntei como ele havia percebido, se estava parado atrás de mim. — Tente de novo.

Usamos o machado juntos por várias vezes, até eu ficar com a sensação de que meus braços iam se deslocar dos ombros.

— Acho que consigo fazer sozinha agora — disse, apesar de não estar sendo sincera e querer apenas parar de trabalhar para poder entrar e tocar piano.

– Mostre-me – pediu ele.

Peguei o machado com ambas as mãos e, contraindo a barriga, o ergui acima da cabeça; fechei os olhos e deixei que caísse para a frente. Quando os abri, o pedaço de madeira de cima ainda estava no lugar e a cabeça do machado tinha afundado na tora de baixo. Desta vez, não consegui soltá-la.

Meu pai riu.

– Talvez no ano que vem – disse.

Empilhamos centenas de toras em torno das paredes da cabana. Quando terminamos de serrá-las e cortá-las, elas cobriam as quatro paredes, até o telhado. Apenas a porta e a janela, com sua cortina de lona, foram deixadas abertas. Meu pai me pôs nos ombros para que eu empilhasse as duas últimas fileiras e foi me passando uma tora de cada vez. Ficou encantado com nosso novo isolamento térmico.

Depois de termos juntado madeira suficiente, segundo os cálculos do meu pai, começamos a procurar comida para o inverno. Defumamos peixes, esquilos e coelhos em uma fogueira do lado de fora, que mantínhamos acesa dia e noite. Então penduramos os pedaços, marrons e chatos como velhos arenques, nas vigas, entre ramos de cogumelos, frutas selvagens secas e buquês de ervas de cabeça para baixo, até o telhado ficar lotado de enfeites macabros. Perto do rio, encontramos uma área pantanosa em que um canteiro de bunhos crescia. Nós os colhemos, comemos os talos e guardamos as raízes no baú de ferramentas, esperando que durassem tanto quanto batatas. Passamos dias vasculhando as folhas no solo da floresta em busca de cogumelos, até a hora de dormir. Quando fechava os olhos, folhas laranja e marrons dançavam atrás das minhas pálpebras. Meu pai tinha bons olhos para encontrar cogumelos e, enquanto eu me cansava depois de vinte minutos, ele voltava com shimejis-pretos, pés-de-carneiro, porcinis, chanterelles e línguas-de-vaca. Havia comida demais para que conseguíssemos preservar, então comemos o resto fresco mesmo. Cada refeição era um banquete, como se estivéssemos engordando para hibernar, e tudo era delicioso. Estávamos saudáveis, gordinhos e bem alimentados. Eu me deitava na cama, olhando para as formas escuras penduradas no teto e pensando no trabalho que dera reunir e conservar tudo aquilo, e tinha certeza de que meu pai devia estar satisfeito.

Quando o baú ficou cheio de comida e não mais de ferramentas e as vigas começaram a parecer uma colônia de morcegos, as primeiras rajadas de vento invernais vieram jogar em nossa cara que aquilo não seria suficiente. Tínhamos nos planejado para começar a comer os alimentos que havíamos conservado no meio do inverno, mas a temperatura caiu tão rápido que os peixes e os animais passaram a ignorar nossos anzóis e armadilhas, e muitas vezes tivemos de comer de nossas reservas. No fim, os cálculos do meu pai mostraram-se defasados em mais de um mês.

Nossos narizes escorriam, enchendo o bigode do meu pai de gelo quando ele saía. Na cabana, ficávamos encolhidos ao lado do fogão, um lado de nossos corpos sempre congelando e o outro ardendo. De manhã, eu acordava encolhida no saco de dormir, as mãos enfiadas embaixo das axilas. Uma camada espessa de gelo se formava no balde durante a noite e a pasta de dente congelava no tubo. Usávamos quantas camadas de roupa pudéssemos. Ficávamos tão redondos e acolchoados que, nos poucos dias em que estava quente o bastante para revelar as pernas, o bumbum ou um pouco do peito para nos lavar, era chocante ver como nossos corpos haviam ficado magros e brancos. Arrastei o piano para mais perto do fogão, para que as juntas dos meus dedos ainda conseguissem se dobrar e eu pudesse praticar escalas com as costas aquecidas. Empilhamos madeira diante da janela e fechamos todos os buracos nas paredes com lama úmida e musgo. Começamos a viver no escuro.

– Está frio demais para nevar – disse meu pai, mas parecia que ele não sabia tudo.

Um dia, acordamos com um barulho diferente. Os ruídos normais – a chaleira no fogão, o escovar de dentes com uma bolinha de pasta e nossa cantoria – foram silenciados. Eu os ouvia como se escutasse o ronco do meu estômago, distante e abafado. Mas foi apenas quando empurrei a porta que percebemos que havia nevado. Meu pai me embrulhou em todas as roupas que eu tinha, incluindo as luvas e o gorro, que já havia perdido a maioria dos bigodes. Nos pés, eu ainda trazia uma combinação estranha: o sapato com o gato e o saco de juta. Meu pai escavou a neve com a pá até conseguir abrir mais a porta e, assim, pudemos sair.

Nosso mundo tinha se transformado. Antes um chalé em ruínas habitado por uma bruxa, *die Hütte* havia se transformado na cabana de um homem da floresta, aconchegante e convidativa, com fumaça saindo pela chaminé. A neve havia sido empurrada pelo vento até a clareira e uma camada espessa dela cobria as árvores e as paredes da casa. Meu pai e eu corremos por ela, gritando e rindo, caindo de costas em pilhas macias, deitando-nos e fazendo anjos de neve, juntando duas bolas para formar um boneco. O rosto do meu pai até perdeu as rugas de preocupação durante a hora que passou brincando como uma criança, sem se afligir com a próxima refeição ou com a ideia de que, um dia, a pasta de dente acabaria para sempre. A neve derretia e recongelava em bolas de gelo em torno do meu sapato de juta e, por isso, meu pé ficou pesado e os dedos, dormentes. Foi só então que concordei em voltar para a cabana.

A melhor coisa da neve era termos a água que quiséssemos bem à nossa porta. Pegamos um pouco para pôr na chaleira e nas panelas e passamos a manter uma quantidade constante de água quente no fogão. Nunca havíamos sido tão extravagantes com a água, que antes meu pai tinha que trazer do rio.

À tarde, nós nos presenteamos com um banho. Do lado de fora da cabana, nos revezamos, nus e tremendo, com um pé em cada balde, para que a água quente fosse jogada sobre nós. Eu tinha lavado o meu corpo inteiro pela última vez no chuveiro de um acampamento, em um chão inundado de água suja por causa do ralo entupido com cabelos pretos curtos. Observei a vista: os galhos nus das árvores chamavam a atenção, sinuosos e negros contra a neve, como os pulmões do mundo. Então pensei na vista que Becky tinha da janela de seu banheiro: o concreto e o tijolo de Londres.

– Você acha que está nevando lá em casa? – perguntei.

Estava de pé, secando-me na frente do fogão, girando um quarto do meu corpo de cada vez para que uma estreita faixa de mim se tornasse rosada enquanto o resto congelava.

— Estamos em casa. Londres desapareceu. Você sabe disso, Punzel — disse meu pai, guardando o sabonete na prateleira. Já estava tão fino que a luz o atravessava quando eu o punha contra o sol.

— Esqueci.

— Sei que é difícil. Mas você tem que lembrar que nada daquilo está mais lá. O jardim, a casa, o cemitério, a escola, tudo desapareceu.

— E a Alemanha? — perguntei, inclinando-me para mergulhar a cabeça em um balde de água quente. — E a *Omi*, ela também desapareceu?

Esfreguei a cabeça e estiquei o cabelo. O xampu tinha acabado no fim do verão.

— Tudo acabou — explicou ele.

Dei um pulo, jogando o cabelo para trás e lançando no ar gotículas que acabaram sibilando no fogão. Meu pai torceu meu cabelo, tirando um fio d'água.

— Mas ainda há colinas depois do *Fluss*.

— Venha, vou mostrar a você.

Meu pai me ajudou a colocar um moletom e o macacão, que estavam esquentando sobre o fogão. Ele vestiu o casaco e, puxando-me por um braço, enrolou-me nele também.

Eu me agarrei a ele com braços e pernas, e nós dois saímos da cabana. Senti-me estranha ao pensar que não havia mais ninguém para nos ver sair de *die Hütte* e pisar na neve, ninguém para estranhar aquela nova criatura dupla — a PapaiPunzel. Nosso corpo com duas pernas e duas cabeças cambaleou até a clareira.

— Este mundo maravilhoso é seu e meu, Punzel. Tudo o que está vendo é nosso. Além do *Fluss*, depois da colina

– ele apontou naquela direção –, não há nada. Se continuasse andando depois do topo, você cairia do penhasco em uma escuridão infinita. *Pá!*

Ele me soltou.

Berrei quando senti o movimento do meu corpo caindo, antes que ele me pegasse de novo.

Meu pai riu de meu medo e então ficou sério.

– E a mesma coisa aconteceria depois da montanha.

Ele se virou, fazendo um semicírculo com o braço estendido, abrangendo todos os lugares que eu conhecia: a floresta, a clareira, a cabana e o declive rochoso que levava ao topo da montanha. Olhamos para a linha reta que cortava o céu esbranquiçado.

– Do outro lado, só há vazio, um lugar horrível que engoliu tudo, a não ser nosso pequeno reino.

– Como ele se chama? – perguntei, em um sussurro impressionado.

Ele fez uma pausa e achei que mesmo o nome devia ser terrível demais para ser mencionado. Por fim, meu pai disse:

– A Grande Divisa. Você tem que prometer que nunca vai chegar perto de lá. Eu não conseguiria sobreviver sem você. Eu e você somos uma equipe, não é?

Fiz que sim com a cabeça.

– Somos a PapaiPunzel – disse.

– Promete não ir até lá?

– Prometo. – Agarrei-me a ele.

– O que você promete?

– Nunca ir até lá.

Ele me carregou de volta para o calor, lavou nossas roupas de baixo cinzentas e as pendurou perto do fogão, onde eram aquecidas e chamuscadas. Fiquei sentada ao lado do fogo, imaginando nossa microscópica ilha verde e branca pairando sobre a escuridão – uma migalha ignorada, deixada para trás quando a Terra havia sido engolida pela Grande Divisa. Meu pai me disse várias vezes naquele inverno que o mundo acabava após as colinas e costumava me fazer repetir minha promessa.

Naquela mesma tarde, depois de termos comido cogumelos ensopados com pequena-angélica, convenci meu pai a me deixar usar suas botas para sair sozinha. Tinha que conferir as armadilhas, disse, e havia montado todas sozinha quase todos os dias; então, um pouco de neve não ia me incomodar. Pus meu anoraque, dois pares de meias, as botas do meu pai forradas com mais meias, enfiei nas luvas duas pedras aquecidas no fogão e fui andar pelos montes de neve. A da clareira estava suja e pisoteada, mas, a certa distância da cabana, a neve não havia sido tocada, e percebi que meu pai e eu éramos realmente as duas últimas pessoas do mundo.

Apesar de saber que galhos pegavam mais esquilos e que tocas tinham mais coelhos, segui minha rota costumeira para conferir tudo. Ela primeiro me levava ao rio, mas nenhum vestígio de animal apareceu nos suspiros macios acumulados na margem. Andei até as árvores. Elas ergueram as cabeças sonolentas para ver quem estava chegando, depois voltaram a se acomodar. Eu esperava que o solo abaixo delas estivesse sem neve, mas, mesmo ali, tive que andar por ela. O vento havia lançado rajadas de neve contra a lateral de cada tronco, tornando a floresta preta e branca. Cervos e aves tinham passado por ali antes de mim e até vi pegadas que podiam ser de um lobo, mas não encontrei esquilos nem coelhos – vivos ou mortos. Todas as armadilhas estavam cobertas de neve ou vazias. Imaginei os animais encolhidos, dormindo em suas camas durante todo o inverno, e me perguntei o que faríamos se eles não saíssem até a primavera. Em minha cabeça, lembrei o número de animais ainda pendurados nas vigas e temi pelas contas rabiscadas do meu pai. Talvez eu pudesse comer mais devagar para que tivéssemos alimento suficiente para nos sustentar.

Cada armadilha vazia me fazia pensar em como meu pai ficaria irritado quando eu voltasse sem nada. Eu o ouvi gritar e o vi jogar uma lata na parede da cabana. Agachei-me, mas ela bateu na lateral da minha cabeça, quicando e fazendo barulho no chão. Voltei às armadilhas cobertas de neve e limpei-as, para ver se havia alguma criatura que eu não tinha visto. A floresta estava mais linda do que nunca, mas tudo em que conseguia pensar era que iria voltar de mãos vazias. Muitos dos montes de neve chegavam aos meus joelhos e meus pés ficaram úmidos e dormentes. Eu tremia de frio, mas ainda assim andava. Cantarolei as últimas notas de *La Campanella* e toquei as notas dentro das luvas, mas isso não me fez esquecer o pânico que crescia em mim.

Quando me aproximei do lugar onde os *wintereyes* cresciam em um solo rochoso, lembrei-me de uma armadilha que havia amarrado no verão à minha árvore favorita, que ficava na montanha. Ela nunca pegava nada, mas me perguntei se as bolotas que havíamos esquecido de colher porque estávamos muito ocupados com o piano podiam ter atraído algum esquilo para lá. Desesperada, continuei andando entre as árvores.

O *wintereye*, agachado sobre as rochas, havia sido podado e entortado pelo vento que subia a montanha. Suas raízes se seguravam nas pedras como garras gigantes e, sob os galhos, a neve estava manchada, os flocos espalhados pelo vento. De longe, vi que a armadilha não estava lá – talvez tivesse apodrecido ou sido mordiscada por algum animal. Mas, quando me aproximei, vi pegadas sob o *wintereye*. Pés calçando botas haviam passado sob a árvore e andado pelas rochas. Tinham feito o mesmo tipo de movimento que meu pai quando brincamos na clareira, como se aquela pessoa também tivesse saltitado pela neve. Pus o pé sobre uma das pegadas, cobrindo-a do calcanhar aos dedos. Tinha o mesmo tamanho da de meu pai. Por um instante ilógico, imaginei que ele havia ido até lá antes de mim, mas tínhamos apenas um par de botas e eu as estava usando. Uma brisa passou pelas árvores, espalhando a neve, e quando o vento atingiu o *wintereye*, fui para baixo dele. A árvore estremeceu e, como um sussurro, eu disse:

– Reuben!

Agachei-me contra o tronco, observando a paisagem rochosa acima de mim. Não havia movimento nem sombras que eu não conhecesse. Olhei para as pegadas em meio às quais estava e me perguntei se podia estar enganada. Talvez eu já tivesse passado por ali para conferir a armadilha, talvez as pegadas fossem minhas. Em minha cabeça, repassei o caminho que havia feito – do rio, eu subira pelos pinheiros, ziguezagueando entre eles, e saíra do outro lado, perto dos *wintereyes*. Tinha certeza de que não eram minhas aquelas pegadas. Depois de meu coração acelerado ter se acalmado, corri de volta para *die Hütte*, pulando e me virando com o barulho da neve caindo. Cada rangido da bota do meu pai contra os flocos me fazia olhar para trás, desconfiada de que o homem que havia entalhado seu nome em *die Hütte* estava me seguindo.

Senti o aroma da fumaça do nosso fogão antes de ver a cabana e corri, abaixada, pela área sem árvores, como se um atirador profissional estivesse erguendo sua arma para mirar em mim. As pegadas do meu pai na clareira já se tornavam água e o boneco de neve que havíamos feito tinha encolhido por causa do calor do sol. Diante da porta, deitado na neve, havia um esquilo. Um esquilo morto. Não pude ver sangue nele. Olhei para o telhado e me perguntei se ele havia passado por ali, perdido o equilíbrio e caído convenientemente à nossa porta. Mas a neve na beira das telhas pingava e era impossível saber. Olhei em volta. A sensação de estar sendo observada me deixou nervosa, mas o alívio por estar voltando com ao menos um único animal era enorme. Peguei o esquilo pelo rabo e entrei. Meu pai, que afiava as ferramentas, olhou por sobre o ombro.

– Estava começando a me perguntar se devia mandar um grupo de busca atrás de você, mas não havia voluntários. Só um? – perguntou ele, olhando para o esquilo. – Eles provavelmente estão se mantendo aquecidos em suas tocas. São bichinhos espertos.

Nossa casa era aconchegante, segura. Fiquei parada ao lado do fogão, aquecendo-me, sentindo o sangue voltar a fluir pelas veias. Meu pai levou o esquilo para fora para limpá-lo e escalpelá-lo. E me perguntei se Reuben o estaria observando também.

15.

Apesar de adorar a neve, toda manhã eu torcia para que ela tivesse derretido, para que o humor de meu pai ficasse melhor. Mas, toda vez que acordava, eu sabia pelos sons abafados que mais neve havia caído. Meu pai e eu recontamos nossa comida estocada e ele refez seus cálculos, a letra ficando menor, preenchendo todos os espaços no mapa, fazendo os minúsculos números boiarem pelo rio.

– Mil calorias por dia – disse mais para si do que para mim. – Ou oitocentas? Não há gordura nos esquilos. Quantas calorias há num esquilo? Duzentas? Duzentas se tivermos sorte. Quatro esquilos por dia cada um, por quanto tempo? – Ele largou a caneta e pôs a cabeça entre as mãos. – Como posso saber de quanta comida vamos precisar se não sabemos que dia é?

Parei de cantarolar, os dedos imóveis sobre as teclas.

Meu pai olhou para mim, o rosto pálido e desanimado.

– Não é o suficiente – disse.

Até aquele inverno, eu achava que meu pai tinha uma solução para tudo, tinha todas as respostas, mas logo aprendi que estava errada.

Começamos a racionar a comida que havíamos estocado. Todos os dias, armada com as botas do meu pai, eu andava pela neve para conferir as armadilhas, mas, quase sempre, voltava com a mochila vazia. Nunca consegui afastar a sensação de estar sendo observada, mas não vi mais nenhuma pegada além das nossas. Quando eu ficava em casa, meu pai usava as botas para ir ao rio pescar. Ele ficava parado, a cabeça e os ombros se cobrindo de neve, até dizer que já não conseguia ver a água para lançar a linha. Eu não sabia o que era pior: andar pelo frio e não encontrar nada ou ficar sentada ao lado do fogo com toda aquela comida me cercando e não poder comer nada.

Depois de uma ou duas semanas, toda a gordura do verão desapareceu. O rosto do meu pai se tornou encovado e as costelas começaram a marcar sua pele quando ele erguia a camisa para lavar as axilas diante do fogão. Eu só pensava em comida e música. Quando meu pai calçava as botas para sair e eu ficava em casa, usava *La Campanella* para medir o tempo de uma refeição para a outra. Calculei que tocar a peça sessenta vezes do começo ao fim cobria o tempo entre o café e o almoço. Eu ingeria a comida em pequenas porções, tomando goles breves dos ensopados ralos – alguns pedaços de carne flutuando na água cinzenta – e lambendo a colher após cada bocado. Tínhamos defumado os esquilos sem desossá-los, simplesmente esmagando-os com o martelo, e, na hora das refeições, a casa era tomada pelo som de ossos sendo mastigados, já que comíamos tudo que havia diante de nós.

Estávamos sempre cansados, com frio e fome. Tornou-se difícil lembrar de uma época em que a vida havia sido diferente. Comecei a pensar menos em Ute e em nossa vida antiga, mas por vezes uma lembrança específica aparecia do nada.

— Já é Natal? — perguntei um dia enquanto trançava meu cabelo embaraçado e formava coques que ajudavam a aquecer minhas orelhas. Não precisava mais de gravetos para mantê-los no lugar.

— Natal! Eu não tinha nem pensado nisso — disse meu pai, colocando uma tora de madeira na fornalha no fogão. — Pode já ter passado ou pode ser Natal na semana que vem.

— Como a gente vai saber? — choraminguei.

— Que tal a gente decidir que o Natal é amanhã?

Ele se levantou num pulo, imediatamente animado com a ideia.

— É mesmo? Amanhã? Isso significa que não comemorei meu aniversário — falei.

— Mas também significa que hoje é véspera de Natal — disse ele, rindo.

Meu pai pegou minhas mãos e me girou, batendo contra a mesa, o baú e a cama. A animação dele era contagiosa. Fiquei impressionada com a facilidade com que podíamos dar nome aos dias da maneira que quiséssemos. Meu pai cantou:

O Tannenbaum, o Tannenbaum,
Wie treu sind deine Blätter!

— Não comprei nenhum presente para você — falei, a cabeça girando.

Ele pensou por um segundo, depois bateu as mãos.

— Espere aqui. Vou pegar um para nós dois.

Meu pai me fez virar para a parede enquanto se arrumava, dizendo:

– Vai ser o melhor presente que você já ganhou.

Enquanto ele estava fora, fiquei sentada na cama, roendo as unhas, pensando que meu pai estava feliz demais e quanto tempo levaria para que sua felicidade fosse embora. Então pensei em comida. E, como era Natal, pensei nos pratos de Natal. O aroma forte de carne assada, a fumaça do refogado de legumes na cozinha de Ute. O tapa dela nas costas da minha mão quando eu roubava um pedaço da pele torradinha e salgada do peru, que esfriava na travessa azul e branca usada uma vez por ano. As colheradas de molho espalhadas sobre as camadas de carne branca porque ele era espesso demais para derramar. As couves-de-bruxelas, cozidas por tanto tempo que eu podia esmagá-las entre a língua e o céu da boca, em uma explosão de amargor. Naquele momento, eu teria comido uma panela inteira de couves-de-bruxelas cozidas demais sem reclamar. Fechei os olhos e tentei ignorar os grunhidos em meu estômago. Senti a oleosidade das batatas fritas, e a consistência crocante e o dulçor das cenouras malcozidas. Lágrimas caíram quando me lembrei do bolo caseiro: fatias de pão de ló fofinho com geleia de framboesa – depois tinha de tirar os caroços que ficavam presos nos dentes – sobre uma pasta vermelha que a língua espalhava pela boca, transformando-a de novo em líquido. Em seguida, uma camada de creme de ovos, empelotado e melhor quando engolido rápido, antes que houvesse tempo para pensar muito em sua textura. Por fim, um granulado multicolorido, que derramava sua cor no creme, como se algo estragado tivesse sido espalhado sobre a neve fresca. Minha colher ia até o fundo e, fazendo o barulho de uma bota saindo da lama fresca, erguia um pedaço do bolo de Ute.

Meia hora depois, meu pai bateu na porta.
– Surpresa! – gritou.
Eu a abri e o vi parado, sorrindo, com um braço em volta de um grande pinheiro, como se estivesse me apresentando uma namorada bem magricela. A decepção me dominou.
– Não, não, não!
Chutei a porta, fazendo-a bater mais rápido do que pretendia. Só tive tempo de registrar o choque no rosto do meu pai antes de ele ser trancado para fora. Eu me encolhi contra a parede enquanto ele empurrava a porta, arrastando a árvore para a cabana.
– O que houve? O que aconteceu?
Ele deixou a árvore ao lado do fogão, onde ela ficou inclinada, envergonhada por estar ouvindo nossa briga de família, tentando agir como se não estivesse escutando.
– Eu queria um presente de verdade, como as crianças normais ganham. – E, enquanto dizia aquilo, senti-me culpada.
– Ah, Punzel – disse meu pai, abaixando-se até minha altura e segurando meus ombros –, você sabia que não teria outros presentes.
– E comida. Eu não quero mais comer essa droga de esquilo.
Estendi a mão para bater em um, mas estava a uma altura grande demais. Os olhos do meu pai se estreitaram.
– Você devia estar feliz por estar viva.
Ele se levantou e se afastou de mim.
– É véspera de Natal. A gente devia estar comendo salada de repolho e *Wiener*! – gritei. Lágrimas surgiam outra vez.

– É só você que importa, não é?
– Quero peru e bolo. – Eu não conseguia parar. – Não uma árvore de Natal ridícula.

A árvore escorregou para o lado e caiu no chão, fazendo barulho, como se tentasse evitar ser obrigada a dar sua opinião.

– Isto é tudo o que existe – gritou meu pai, as veias saltando das têmporas ossudas. – Se não gostar, pode ir embora.

Ele abriu a porta e uma rajada de neve entrou.

– Prefiro morar na floresta a ficar aqui com você.

Corri para a porta. Estava vestida para ficar em casa – moletom, macacão, os três pares de meias – e o frio à porta tirou meu fôlego. Eu hesitei.

– Espere, Ute!

Meu pai estendeu a mão e agarrou meu pulso.

Ficamos parados daquele jeito, absorvendo o que ele havia dito. Paralisados como em um quadro, eu quase para fora, meu pai me puxando de volta. Ele me soltou e voltei para dentro e fechei a porta. Meu pai se sentou na beira da cama e se deu um tipo de abraço, passando os braços em torno dos ombros e sobre a cabeça. Ergui a árvore e a enfiei em um canto, colocando os baldes diante dela para que não caísse de novo.

– A árvore é linda, papai – disse, olhando para baixo e chutando gotículas de água deixadas pela neve derretida.

Fui dominada por uma onda de saudade trazida pelo aroma de pinheiro que tomara a cabana. Virada para um canto, deixei lágrimas silenciosas caírem porque Ute estava morta e meu pai estava sentado em nossa cama, chorando também, por algo que eu não entendia.

Comemos bem naquela noite de Natal: quatro esquilos assados com um punhado de cogumelos, ervas secas e algumas raízes de bunho assadas no forno.

– Danem-se os cálculos – disse meu pai.

Durante duas ou três luas cheias após o Natal, consumimos todos os alimentos secos e defumados, complementando-os com alguns animais que encontrávamos. À medida que nossas reservas diminuíam, cada refeição ficava menor que a anterior e eu estava sempre com fome. Nossos estômagos vazios nos tiravam da cama, ainda com os músculos tremendo. Depois de pegar as botas do meu pai, eu retirava a neve das armadilhas e as engatilhava outra vez com dedos trêmulos. Uma ou duas vezes voltei com um coelho, que acabou durando dias. Comemos cada pedacinho dele, com exceção da pele. Até lavamos os intestinos e os estômagos e os fervemos. Meu pai disse que eram chamados de *chitterlings*. Quando tudo havia acabado e a louça tinha sido raspada, bebemos água pura, fervida na mesma panela. Meu pai tentou me convencer de que ainda havia alguma proteína nela. Até que, um dia, a única comida que ainda restava eram quatro raízes de bunho no fundo do baú. Nós as cortamos ao meio e descobrimos veios marrons atravessando-as, cada um com uma larva dentro. Meu pai foi cambaleando até o rio para usar os vermes como isca, mas nenhum peixe apareceu. Cavamos a neve sob as árvores, procurando um ou dois cogumelos congelados que podíamos não ter encontrado e escavamos a área em que os bunhos cresciam, em busca de mais raízes. Sob o gelo, a terra estava dura como pedra e o ancinho quicava quando tentávamos cavar. Todos os dias ficávamos menos ao ar livre e muitas vezes voltávamos apenas com um punhado de ramos de pinheiro, do qual fazíamos chá.

Paramos de tocar piano e até de cantar e começamos a passar grande parte do dia dormindo ou deitados na cama, com todas as nossas roupas, ouvindo a neve zunir e se espalhar, esperando que ela caísse do telhado. Às vezes, eu imaginava que um esquilo estava brincando acima de nós e ia até a porta, esperando encontrar outro diante da cabana. Implorei a meu pai que nos deixasse comer as batatas ou uma pitada das sementes de cenoura e repolho que havia comprado. Um dia, enquanto ele estava pescando, cheguei a vasculhar *die Hütte* tentando encontrá-las: revirei todos os bolsos das mochilas e me equilibrei na ponta dos pés sobre um banquinho posto em cima da mesa para poder olhar por entre as vigas, mas não as encontrei.

– A gente vai dar um jeito. Você vai ver – dizia ele. – Vamos precisar dessas sementes quando a primavera chegar.

Ondas de fome me dominavam. A hora de dormir era a pior, quando sentia que meu estômago estava se devorando por dentro. Eu me sentava na cama, segurando meus músculos dormentes, e procurava na cabana algo que pudesse comer. Meu pai ferveu tudo que pudesse considerar alimento, até uma papa pútrida que coletou ao raspar outras vezes as peles de animais que havíamos descartado e um dia, em desespero, seu cinto de couro. Bebi o líquido nojento e voltei a me deitar na cama, segurando o corpinho rígido de Phyllis contra o meu.

As manhãs eram mais fáceis. Quando acordava, sempre conseguia me convencer de que aquele seria o dia em que encontraríamos comida. Lembrei-me de quando meu pai e eu nos sentamos no alto do prado e ele cortou um pedaço de queijo e me deu com uma fatia de pão integral. O queijo e o pão talvez ainda estivessem escondidos entre as raízes da árvore sob a qual havíamos parado para descansar. Elaborei um plano para ir buscá-los e pus Phyllis e uma escova de dente na mochila. No entanto, quando parei na beira do rio percebi que nem a fome podia me fazer atravessá-lo.

Duas manhãs depois, acordei com o uivo do vento que entrava pelas fendas das paredes de *die Hütte*, sacudia as telhas e lançava rajadas geladas em meu rosto. Do lado de fora, parecia que a floresta estava sendo derrubada e chicoteada, como se as árvores estivessem sendo arrancadas e voassem no ar. Meu pai se remexeu a meu lado, murmurando alguma coisa, mas sem acordar. Eu me encolhi ainda mais ao lado dele e enterrei a cabeça sob o saco de dormir, tentando e não conseguindo ignorar o som da tempestade. Por fim, acabei saindo dali, pulando o corpo dele e abrindo a porta. Foi apenas um centímetro, mas a neve agitada explodiu no meu rosto. Precisei de todo o peso do meu corpo para fechar a porta. Balancei o ombro do meu pai. Ele grunhiu, apesar de seus olhos terem continuado fechados.

– Papai, papai, uma nevasca! Está caindo uma nevasca.

Ele gemeu de novo, levando os joelhos ao peito dentro do saco de dormir.

– Tenho que ir ao banheiro – disse.

Tinha o hálito azedo e os cantos de sua boca racharam quando ele falou.

– Vou pegar o balde – ofereci.

– Lá fora. – Sua voz saiu como um sussurro.

– Você não pode sair, papai. Está caindo uma nevasca.

Ele afastou o cabelo da testa suada. Tremendo, empurrou o saco de dormir e tirou uma perna, depois a outra da cama. Um cheiro azedo surgiu quando ele se moveu e eu dei um passo para trás. Meu pai usava seu cardigã e, sobre ele, o casaco sujo. Também tinha vestido as calças reforçadas nos joelhos e um par de meias – quase todas as suas roupas, com exceção das botas. Eu me perguntei como ele havia conseguido se levantar durante a noite e vestir tudo sem que eu ouvisse.

A cabana estava escura, mas eu podia ver o corpo dele na beira da cama, inclinado para a frente, segurando a barriga. Quando o espasmo passou, ele disse:

– Pegue a corda para mim, Punzel.

As formas da mesa e do fogão se agigantaram diante de mim, mas encontrei o balde e o levei até ele, junto de pedaços de corda caseira. Pus tudo no chão, diante do meu pai. Ele segurava a cabeça entre as mãos e, quando ergueu os olhos, vi que, durante a noite, tinham penetrado ainda mais em suas cavidades arroxeadas, ou então os ossos do seu rosto haviam saltado e se pressionado contra a pele esticada.

– Amarre a ponta da corda na maçaneta e pegue minhas botas – pediu ele.

Eu esperava que ele estivesse se sentindo um pouco melhor, já que conseguia me dar tantas ordens. Fiz o que ele pediu e o vi calçar as botas. Ele se apoiou em mim para se levantar e me senti forte, cheia de uma energia estranha, e esqueci meu estômago vazio.

– Tenho de sair para ir ao banheiro – disse ele.
– Mas a nevasca vai entrar se a gente abrir a porta, papai.
– Só está ventando. Vou voltar daqui a pouco. Rápido, me ajude.

Cambaleamos até a porta e ele a abriu. Do lado de fora, a neve parecia uma fera branca raivosa, que arranhava e mordia nossos rostos. Ela explodiu, penetrando no macacão e no moletom que eu havia vestido para dormir.

– Não ligo se você usar o balde aqui dentro. – Eu tinha certeza de que sair não era a coisa certa a se fazer. – Por favor, papai, não saia.

Segurei as costas do casaco dele, mas ele me afastou.

Meu pai pegou a corda e virou-se para mim.

– Pode comer as batatas agora. Estão embaixo de uma tábua solta, perto do fogão – disse antes de sair em meio à nevasca.

A neve agitada fez meus olhos arderem. Depois de dar dois passos, meu pai se tornou uma figura cinzenta. No terceiro, ele desapareceu. A corda, amarrada à porta, desenrolou-se lentamente, esticou-se bem, depois afrouxou. Não me atrevi a fechar a porta, fiquei parada diante dela, os dentes batendo enquanto a neve entrava na cabana, empilhando-se e derretendo no chão.

– Papai! – gritei, mas o vento levou o chamado para longe.

Por longo tempo, fiquei parada à porta, com a neve me açoitando, castigando meus olhos, a frente do macacão molhada e rígida. Por fim, fechei a porta, fui até o fogão e comecei a bater o pé no chão até ouvir o barulho de uma tábua solta. Escondido embaixo dela havia um saco de juta com as batatas enrugadas e os pacotes de sementes que meu pai havia trazido conosco. Olhei para as fotos – cenouras, repolhos, alhos-poró e feijões de cores vivas –, depois devolvi tudo ao saco, coloquei-o sob o piso e pus a tábua no lugar. Joguei uma tora de madeira nas brasas do fogo da noite anterior e pus uma panela de água de neve na outra ponta do fogão. Fui até a cama e enrolei os sacos de dormir. Voltei ao fogão e mudei a posição da panela outra vez. Abaixei-me para conferir o fogo, mas, ao me levantar, não consegui lembrar se precisava de mais madeira ou não. Fui até a porta e protegi os olhos para observar a tempestade pela fresta que abri. Só vi o vento e a neve voando. A corda ainda estava frouxa.

– Ele vai voltar daqui a pouco – disse Phyllis, com uma voz abafada por estar embaixo das cobertas.

– Quando tiver vestido o resto das minhas roupas, ele vai ter voltado – disse a ela.

Coloquei o anoraque, o gorro e as luvas, que estavam se aquecendo em um prego acima do fogão. Tirei Phyllis da cama e, juntas, nos sentamos em sua beirada e ficamos observando a porta. Calcei meu sapato e envolvi o outro pé com o saco de juta.

– Espere aqui – disse a ela, antes de sair na nevasca atrás de meu pai.

O barulho da tempestade era um rugido tremendo, um grito de fúria. Agachei-me, voltei o rosto para baixo e protegi os olhos com o braço. Respirar exigia esforço. Com as mãos enluvadas, segurei a corda. A neve agitada congelou a lã, fazendo meus dedos tomarem a forma de ganchos. Com o corpo dobrado para a frente, continuei andando, pondo uma mão na frente da outra. A ponta da corda tinha a espessura de um barbante e, quando cheguei até ela, o vento quase a arrancou de mim. Meu pai não estava lá. Passei a corda em volta da mão duas vezes e a puxei para garantir que a outra ponta ainda estivesse amarrada à porta de *die Hütte*.

– Papai! – gritei várias vezes em meio ao ruído branco, mas minhas palavras foram levadas tão rápido que nem eu mesma tive certeza de tê-las pronunciado.

Como se brincasse de cabra-cega, eu me estiquei até o fim da corda o máximo que consegui, tentando pegar alguém que não podia ver. Cutuquei os montes de neve ao meu redor, morrendo de medo que a corda se desenrolasse do meu punho e eu também ficasse perdida. Sem a corda, eu podia me arrastar de volta na direção que achava certa, mas acabar não achando *die Hütte* por muito pouco.

Usando a corda para me guiar, vasculhei a neve à procura de uma forma, um sinal de que meu pai havia estado ali. Então, quase tropecei nele. Curvado como uma pedra, a cabeça e os braços encolhidos sob o corpo, meu pai estava branco e a neve se acumulava contra as laterais de seu corpo. Retirei um pouco do gelo da sua cabeça.

– Papai! Por favor! – gritei no ouvido dele, a voz trêmula, desesperada. – Segure a corda.

– Ute? – Ele ergueu a cabeça de seu travesseiro branco.

– Papai!

Puxei várias vezes o colarinho do seu casaco congelado, até ele ficar de joelhos. Vi que sua calça estava aberta e caía em torno do quadril. A pele do seu bumbum estava pendurada, vazia. Eu desviei o olhar.

– Segure a corda – repeti.

Passando uma mão na frente da outra, nós nos arrastamos como se seguíssemos uma trilha de migalhas. Por fim, deu para ver a silhueta da cabana na paisagem branca – sólida, concreta. Empurrei meu pai porta adentro. Do lado de fora, a tempestade gritou, frustrada. Retirei a maior parte da neve de nossas roupas e, com certa dificuldade, coloquei meu pai de volta na cama e o cobri com os sacos de dormir. Aticei o fogo e fiz uma panela de chá de ramos de pinheiro. Quando levei a xícara a seus lábios, pude sentir o gosto da espessa sopa de tomate que Ute costumava me dar a colheradas quando eu estava de cama. O sabor ácido dela machucava o fundo da minha garganta. Não havia mais nada para oferecer a meu pai, por isso me deitei atrás dele, tentando aquecer seu corpo com o meu.

Perdi a conta de quantos dias ou noites ficamos deitados ali, mas, no último, quando a nevasca parou, sonhei com o *Apfelkuchen* de Ute, fofinho e quente. Acordei com o aroma fantasma de canela e maçãs, que me fez sair da cama para conferir o fogão e cheirar cada uma de nossas panelas, tentando encontrar a fonte. Ainda podia senti-lo quando abri a porta para confirmar se havia sido trazido pelo vento. Acabei percebendo que a neve estava derretendo e que uma floresta amarronzada ressurgia à nossa volta.

Fui ver o meu pai, que ainda dormia, calcei suas botas e saí para o novo dia. Andei entre as árvores e elas se afastaram para me dar passagem. A cada armadilha, eu me agachava ou esticava as pernas – achava que elas não aguentariam meu peso por muito mais tempo. Andei pela neve até os *wintereyes*, deixando pegadas novas nas trilhas habituais. Parei para descansar, tentando ignorar a sensação de vazio dentro de mim. Quando retirei as luvas e ergui as mãos diante do rosto, meus dedos tremiam. Eu me encolhi no chão duro, imaginei que era um pequeno animal – um coelho em uma toca, um ouriço em uma pilha de folhas, um melro felpudo em seu ninho – e fechei os olhos, pensando que, se pudesse dormir, quando acordasse tudo estaria melhor ou teria desaparecido. Então sonhei com Ute e não mais com seu bolo. Ela nadava na Grande Divisa. Flutuava na escuridão, o corpo pálido iluminado pelo luar, e dava pequenos piparotes com as pernas, que haviam se tornado uma cauda de peixe. Ouvi o gotejar regular de uma goteira enquanto a Grande Divisa se enchia e percebi que logo Ute nadaria para longe. A água subiu ainda mais. Então vi as escamas iridescentes brilharem e apenas o rosto de Ute, até uma onda a levar. O barulho de água me acordou e vi que a neve derretia e pingava das árvores.

Em vez de voltar, segui as pegadas de um animal, um lobo ou uma raposa, que havia trotado por uma das trilhas da montanha. Elas me fizeram dar a volta e chegar aos fundos de *die Hütte*, mas não a um ponto tão alto quanto aquele em que havíamos soltado a pipa no verão. Quando olhei para a floresta de rochas abaixo de mim, vi arbustos de urze escondidos entre os rochedos voltados para o sul. As plataformas de pedra deviam tê-los protegido da neve porque ainda estavam florindo – sininhos roxos cobriam seus talos finos. Um inseto havia encontrado a planta antes de mim e, entre as flores, posto suas larvas em meio a bolinhas de gosma. Peguei uma delas e, sem analisá-la, pus na boca e a engoli inteira. A seguinte eu mordi. Houve um instante em que, da mesma maneira como quando se come uma fruta silvestre madura, a polpa cedeu com uma explosão de líquido. Tinha sabor de amêndoas. Comi larvas até me sentir satisfeita. Catei o resto, guardei no bolso e corri de volta para *die Hütte*, escorregando e deslizando pela montanha gelada.

16.

Quando os alimentos voltaram para nós, a música os acompanhou, como se os peixes, os esquilos e os brotos verdes da primavera tivessem alimentado não apenas nossos corpos, mas também nossas mentes. Eu lia *La Campanella* como um livro que não podia largar, um que, no final, eu era capaz de recitar de cor.

Nas noites mais claras, meu pai trabalhava com as peles de coelho e esquilo para me fazer um par de mocassins. Elas eram quentes e secas, mas ele precisou de várias tentativas para acertar o processo. Não percebíamos mais o cheiro dos nossos corpos, o fedor de sujeira grudado em nossas roupas ou em nossos cabelos, mas o odor de animal apodrecido do primeiro par de sapatos de pele que meu pai fez era realmente repulsivo. À noite, eu costumava deixá-los fora de *die Hütte* e adormecia pensando no gato saltitante na parte de trás do sapato que sumira, pulando em uma jornada perigosa em direção à Grande Divisa.

Meu pai e eu estabelecemos uma rotina: acordávamos ao nascer do sol, trabalhávamos uma ou duas horas – cortando madeira e coletando gravetos –, tomávamos café, uma hora de piano, meu pai ia até o rio e voltava com água fresca, coletávamos comida e comíamos quando tínhamos sorte, uma ou duas horas de folga, mais trabalho, comida e piano e, quando o sol se punha, nos preparávamos para ir para a cama. O ritmo de nossos dias me protegia, confortava e acalmava. Entrei nele sem pensar, fazendo a vida que tínhamos – em uma cabana isolada em um pedaço de terra, em meio a um mundo que havia sido devastado, como se um pano úmido tivesse apagado tudo num quadro-negro – tornar-se minha normalidade inquestionável.

Meu pai fez uma horta na frente da cabana, carregando baldes do rico solo da floresta e misturando-o à terra dos canteiros. Assim que o solo ficou quente o bastante, ele plantou as sementes e os brotos de batata em fileiras precisas. Todas as manhãs meu pai pedia por chuva para que não tivesse que ir tantas vezes ao rio e toda noite eu perguntava se os legumes estavam grandes o bastante para comermos. Travávamos uma batalha constante com as aves, os coelhos e os cervos, que eram atraídos pelos pequenos brotos verdes de nossas primeiras plantas. Nos anos seguintes, meu pai construiu uma cerca em torno da horta e criamos armadilhas complicadas, envolvendo arames e pedras que caíam em xícaras de metal, para afastar os animais de nossa preciosa plantação.

No tempo livre, eu continuava mapeando a floresta e as montanhas. Explorava cada canto. Não havia uma árvore que eu não tivesse tocado ou sob a qual eu não tivesse me abrigado, enquanto olhava para suas folhas e ficava zonza com as nuvens que passavam. Como um grande felino em um zoológico, eu demarcava meu território na caminhada de meia hora da margem do rio à lateral da montanha, que protegia *die Hütte* sob sua imensidão. Sentava-me nas rochas e olhava para nossa cabana ou para a outra margem do rio, o limite do mundo, e meu estômago revirava ao pensar no vazio negro que se estendia após a colina.

Na outra ponta da floresta, perto do riacho, construí um lugar secreto. Curvei brotos finos de árvores em forma de arco, trançando-os e amarrando-os. Passei caniços e gravetos pelo arco e pus samambaias frescas no topo para que meu pai pudesse passar e não notar meu caramanchão verde. Dentro dele, o arco se curvava sobre minha cabeça quando eu ficava sentada, mas, na maior parte do tempo, eu forrava o chão com mais samambaias cobertas de musgo que havia retirado das rochas. Deitava-me de costas, com a cabeça para fora da abertura, observando o mundo de galhos, folhas e céu azul de cabeça para baixo. Eu era um tecelão e aquele era meu ninho.

Um dia, à medida que a primavera se tornava verão, acordei com *La Campanella* tocando em minha cabeça. A cabana ainda estava escura – apenas uma luz fraca brilhava em torno da borda da janela, que havíamos aberto e coberto outra vez com a lona. Eu havia sonhado com a música e uma ave batendo o bico no vidro de uma janela. Ela havia inclinado a cabeça e olhado para mim de lado, com os olhos amarelos dos pássaros negros.

Eu vinha tendo dificuldade com as últimas notas musicais da página 5, onde uma *fermata* aparecia sobre uma pausa. Meu pai havia explicado que o símbolo significava que meus dedos podiam descansar pelo tempo que eu quisesse. Eu havia tocado o trecho várias vezes, mas nunca ficava satisfeita. Estava irritada com Ute e Liszt por não darem instruções claras sobre como tocar aquilo, por terem deixado a decisão para mim. À luz azul-cinzenta da manhã, eu precisava ler a partitura e precisava fazer aquilo imediatamente. Passei por cima do corpo adormecido do meu pai. Estava escuro demais para ver as notas na folha, e até mesmo após ter colocado mais madeira no fogo não consegui luz suficiente para que pudesse me sentar à mesa e tocar.

Acima do fogão, derretido em uma prateleira, estava o toco da nossa última vela. Meu pai determinara quando podíamos acender uma vela. No fim, não foi apenas em emergências. Na noite de Natal, quando havíamos dito algo parecido com uma oração por todos aqueles que haviam morrido, acendemos uma. E colocamos outra no meio de nosso bolo de aniversário comum, feito com raízes amassadas de bunho. Apesar de meu aniversário ser no inverno, tínhamos escolhido um dia quente de primavera para comemorá-lo e eu pude soprar a vela e fazer um pedido. Tinha sido um pedido desperdiçado. Havia pedido um bolo de chocolate com cobertura de chantilly no aniversário seguinte. E, uma noite, meu pai acendera outra vela ao ouvir um barulho na caixa de ferramentas cheia de comida e desconfiara de que um rato havia entrado nela. A luz da vela bruxuleava enquanto ele corria atrás de um ratinho pela cabana e o espantava pela porta. Em outro momento, eu havia passado mal durante a noite e errado o balde, e houve muitos outros incidentes e acidentes em que ele decidira que uma vela era necessária. Agora tínhamos apenas um toco sobrando.

Para mim, naquela manhã, a necessidade de ler a partitura era algo tão urgente quanto quaisquer das outras ocasiões que haviam exigido luz. Puxei a vela, soltando-a da prateleira e a acendi com um graveto fino que pus no fogo. Deixei uma gota de cera pingar na mesa do piano e ali colei a vela. Abri *La Campanella* e me sentei ao piano, cantarolando os trinados baixinho à luz irregular. Um segundo depois, ouvi um rugido, como se um urso estivesse parado em pé atrás de mim, as patas erguidas, pronto para lutar.

– Punzel! – gritou o urso.

Encolhi-me no banquinho, temendo e esperando o ataque sangrento das garras às minhas costas.

– Que droga é essa?

A vela estremeceu e apagou.

– Velas são para emergências – berrou ele. – O que é que você não entende sobre a situação em que a gente vive? Quando esta vela – ele a arrancou da mesa e a pôs diante de meu rosto – tiver acabado, não vamos ter mais. Nenhuma. Entendeu?

A fumaça do pavio apagado fez meus olhos lacrimejarem.

– Entendeu?

Fiz que sim com a cabeça.

– Sinto muito, papai – respondi. – Só estava tentando entender um trinado. Não parei para pensar.

As lágrimas se acumulavam. Iam se derramar assim que piscasse outra vez.

– Esse é o seu problema. Você nunca pensa. – Ele andou pela cabana, batendo os pés, tornando-a ainda menor. – Sabia que não devia ter trazido você comigo. Você é uma responsabilidade muito grande. Devia ter deixado você morrer com o resto.

Puxei o canto da capa e fechei a partitura, a dor em meu peito pela lembrança de que havíamos sido poupados.

– Você não merece estar aqui, desperdiçando coisas sem pensar. Se era para restarem apenas duas pessoas, que fôssemos eu e Ute.

Ele se virou e não consegui olhar para o rosto vermelho dele. Calcei um mocassim tentando não fazer barulho. Ele viu e berrou:

– É, vá embora! Suma da minha frente. E não volte até pensar bem no que é desperdiçar uma coisa só para o seu prazer e bem-estar.

Calcei o outro sapato, peguei meu anoraque e saí correndo. Corri pela clareira, deixando marcas na grama úmida e escorregando sob a proteção das árvores. Corri pela floresta, seguindo as trilhas dos cervos, até que as samambaias e as cicutas cresceram à minha volta e comecei a correr às cegas. Sem pensar, vi-me em meu ninho e entrei de joelhos. Minhas pernas estavam nuas e frias. Fiquei encolhida sob o musgo úmido até o sol sair de trás da montanha e penetrar pelos espaços entre os galhos e folhas, criando sombras que ondulavam sobre mim. Estiquei-me de bruços, a cabeça apoiada nas mãos, e deixei as lágrimas secarem nas bochechas enquanto olhava para a entrada da floresta.

Foi quando vi as botas, os tornozelos e as meias grossas. Eles passaram muito decididos por minha porta escondida. Sabiam para onde estavam indo. Meu coração disparou na garganta, mas meu corpo ficou paralisado. Em dois ou talvez três passos, eles sumiram de vista e não tive certeza de que os havia visto. Soltei o fôlego, bem devagar, bem baixinho. Fiquei deitada na mesma posição por um bom tempo, até meus quadris finos doerem contra o solo duro e a umidade penetrar minhas juntas. Sentei-me. As botas que havia visto passar não eram as do meu pai.

As dele eu conhecia bem, as dele eu ainda costumava usar quando o tempo estava ruim. Aquelas eram pretas e chegavam mais acima do tornozelo, tinham mais cadarços e a ponta arredondada. Estavam respingadas de lama e pareciam molhadas, como se a pessoa que as usava tivesse atravessado o rio. Dobradas por cima, tinha visto meias cor de creme e, andando com elas, um par de pernas musculosas. Eram botas masculinas, disse a mim mesma – com certeza eram botas masculinas. As botas de Reuben. A ideia me animou e me assustou. Eu tinha ouvido milhares de vezes que tudo que sobrara era um pedaço de terra flutuando na escuridão da Grande Divisa; então, aquele homem não poderia estar apenas passando por ali. Em vez de duas pessoas, havia três.

Depois de talvez uma hora escondida no ninho, olhando para fora, esperando que as botas voltassem, eu precisava fazer xixi, comer, voltar para *die Hütte* e avisar meu pai que não estávamos sozinhos. Arrastei-me até a abertura e coloquei a cabeça para fora, olhando para a direita e para a esquerda, seguindo as trilhas da floresta. Estavam vazias. O chão não estava úmido o bastante para que as botas deixassem pegadas. Saí e me misturei às samambaias que se curvavam sobre mim, onde me agachei para fazer xixi, molhando meus pés e tornozelos. Eu era um pardal em um arbusto, com um olho em uma minhoca e outro na ave de rapina que voava em círculos acima de mim. Atravessei os arbustos, evitando as trilhas até poder ver *die Hütte* na clareira. Corri por ela, como havia feito no inverno anterior, a cabeça baixa, sentindo-me exposta e vulnerável. A cabana estava vazia. Sentei-me na beira da cama, roí as unhas e comi direto na panela a comida que meu pai deixara. Por fim, eu o ouvi assobiando do lado de fora e a porta se abriu. Ele entrou com dois baldes de água balançando sobre suas botas.

– Papai! – Levantei num pulo, sem fôlego, querendo contar tudo de uma vez. – Eu vi um homem...

Meu pai me interrompeu.

– Não quero ouvir nada de você hoje.

Ele ergueu a mão fazendo sinal para que eu parasse, a palma voltada para meu rosto.

– Mas eu vi...

– Não. – Ele me interrompeu outra vez, a mão ainda erguida, mas agora apenas com o indicador apontando para o céu. – Nada – disse, como se tivesse ficado pensando no meu castigo a manhã toda. – Não vai tocar piano hoje. Nem cantar. Hoje vai trabalhar e não vai dizer nada.

Sentei na cama. A novidade fora estragada. Depois de pensar um tempo, apertei os lábios e fui até o canto ao lado do fogão pegar o machado. Carreguei-o para fora com a pedra de afiar. Eu me sentia poderosa com a ferramenta nas mãos e irritada o bastante com meu pai para querer usá-la. Passei a pedra na lâmina até o sol fazê-la brilhar. Pus uma pequena tora na base, como meu pai e eu havíamos feito no outono anterior, e, segurando o cabo do machado da metade para baixo, ergui-o e deixei-o cair sobre a madeira. A pequena tora foi dividida ao meio.

As botas nunca mais passaram por meu ninho, ou pelo menos nunca mais as vi. Nosso segundo verão na cabana foi ainda mais quente que o primeiro. Meu pai se preocupou com tudo naquele ano: incêndios na floresta, pouca chuva para os legumes, a possibilidade de novamente perder a colheita de bolotas. Mas dobramos o estoque do outono, entupindo as prateleiras com alimentos secos e defumados. Então, apesar de a neve ter sido pesada e o inverno frio, em nenhum momento ficamos tão desesperados quanto no primeiro.

À medida que eu crescia e os anos se misturavam uns aos outros, um ritmo se estabeleceu em nossas vidas. Deixamos as estações e o clima ditar quando roupas deviam ser feitas ou remendadas, quando sementes deviam ser plantadas, quando as bolotas deviam ser colhidas e quando comemorar aniversários e Natais. Por vezes, eu ainda pensava em *Omi* e, se ela ainda estivesse viva para tricotar seus presentes de inverno, em como ficaria agradecida por eles aqui na floresta. Pensar nela e em Ute não causava mais uma pontada de dor dentro de mim, apenas trazia uma lembrança ao mesmo tempo alegre e triste.

Quando cada longo inverno passava, meu pai às vezes decidia começar uma atividade que o consumia, como acontecera com a construção do piano. Uma primavera, ele resolveu desviar o riacho, para termos água correndo perto da cabana. Durante semanas, ele ergueu pedras com galhos e as enterrou no solo rochoso, mas, quando uma tempestade veio, a montanha ignorou seus esforços e carregou, como sempre havia feito, a água pela fenda. Quando esses planos e projetos falhavam, meu pai mergulhava em uma depressão por dias, até que outra ideia lhe passava pela cabeça e ele ficava todo animado de novo. Conviver com o humor dele me deixava irritada, mas, às vezes, quando estava sozinha na floresta, eu pensava em Becky – no cheiro dela, no som de sua voz, no que ela teria dito para tornar as coisas melhores: "Você devia ficar feliz. Não vai saber como é feliz até sua linda vida em *die Hütte* acabar".

17.

Londres, novembro de 1985

Em minha cama, Ute havia deixado uma blusa roxa e uma saia para que eu pudesse me trocar – três camadas de tecido estampado com poás e barras de renda. Podiam ter sido escolhidas por uma vendedora de loja de catorze anos.

Quando eu voltei para Londres, Ute comprou tudo novo para mim. Foi às compras sozinha e deixou a Sra. Cass folheando uma revista na sala de estar, enquanto eu ficava sentada à janela aberta de meu quarto. Eu tentei imaginar as duas se tornando amigas, dividindo segredos e enxugando lágrimas, mas as imagens não pareceram verossímeis.

A Sra. Cass, claro, estava curiosa demais para ficar no andar de baixo. Mais tarde, eu a ouvi dizer para Ute que achava que tinha me ouvido chorar, mas eu sabia que não era verdade. Ela havia aparecido na porta do meu quarto com duas xícaras de chá nas mãos.

– Você se importa se eu entrar? – perguntara em um sussurro, apesar de já ter entrado.

A Sra. Cass não mudara desde aquele dia na escola. Talvez tivesse nascido gordinha e grisalha. Seu batom era vermelho demais e a maquiagem dos olhos tinha se assentado entre as dobras da pele de suas pálpebras. Ela tentou esconder o quão chocada ficara ao me ver – o curativo que ainda cobria minha orelha, meu cabelo curto –, mas eu havia percebido o olhar em seu rosto antes que ele se transformasse em pena.

– Achei que talvez precisasse de companhia – disse ela.

Eu tinha mudado os móveis de lugar: empurrado a cama e a cômoda para a porta e posto a escrivaninha em outra posição para poder abrir a janela. Precisava me inclinar sobre a estufa e o jardim, na direção do cemitério, para inspirar o aroma das árvores e do verde e o ar frio do outono. Tive que me esforçar para me trazer de volta ao quarto e encarar uma pessoa nova.

– Você se parece tanto com sua mãe, é impressionante. Mesmo com o cabelo curto – afirmou a Sra. Cass.

Por alguma razão, ela pareceu não saber o que fazer com o chá e, em vez de me passar uma xícara, sentou-se na beira da cama e equilibrou as duas nos joelhos.

– Deve ser bom voltar para sua cama – disse ela.

– Eu tinha minha cama em *die Hütte*, na cabana.

– Claro, mas não é a mesma coisa que estar em casa, não é? Com todas as suas coisas antigas.

Nós duas olhamos ao nosso redor – os livros guardados por Ute, mas já infantis demais para mim; o armário vazio, esperando pela volta dela; a cômoda com vários animais de pelúcia e bonecas, marcada pela ausência de Phyllis, e, em todas as superfícies e presos às paredes, os bilhetes e cartões de boas-vindas. Um tio que eu nunca conhecera tinha escrito uma longa carta sobre a importância da família, um vizinho pusera um cartão-postal de gato na caixa postal e dissera que eu podia passar lá quando quisesse, colegas da escola para a qual eu nunca voltara tinham feito desenhos para mim. Então havia as cartas que não estavam à mostra, as que Ute tentara rasgar antes que eu pudesse ler: completos estranhos me oferecendo quartos vagos em troca de favores não especificados, pessoas querendo escrever a história da minha vida e outras que, presumindo que eu já houvesse vendido minha história, pedindo dinheiro. Todas as coisas que nos cercavam haviam pertencido a outra pessoa, a alguém cujo quarto eu ocupava temporariamente até que voltasse à floresta.

A Sra. Cass tirou as xícaras dos joelhos e ambas vimos que o fundo delas deixara marcas circulares em sua saia.

– E você vai ter muitas roupas novas quando sua mãe voltar para casa.

Ela olhou para as roupas que eu usava: a saia quadriculada que eu ganhara e de que começava a gostar, mas que ainda ficava presa em torno da minha cintura com a ajuda de alfinetes, uma blusa e um cardigã que Ute havia pegado do próprio armário, ambos grandes demais.

– Adolescentes sempre acham roupas novas legais. Sei que minha neta acha. Ela tem a sua idade. Kirsty. Está sempre nas lojas comprando alguma coisa nova. Tenho certeza de que ela ia adorar levar você, quando estiver se sentindo mais disposta.

Não podia imaginar que me sentiria disposta. Ela continuou falando e deixei minha mente viajar, lembrando-me do anoraque que deixara para trás e das botas de meu pai que nunca mais veria. Alguém devia tê-las jogado fora sem perceber como eram preciosas para mim, como eram mais caras do que todas as coisas para as quais eu havia voltado. Apenas o gorro fora mantido, lavado à mão e secado ao sol, escondido sob meu travesseiro. Foi a única coisa que eu trouxe para casa, e Ute permitira que eu o mantivesse.

– Mas você devia ter que se virar sem muitas coisas. Não consigo imaginar... Todos esses anos sozinha na floresta. – A Sra. Cass balançou a cabeça.

– Não foi na floresta e eu não estava sozinha – disse.

Ela fez um barulho, dispensando o comentário.

– Aquele homem. Nunca achei que seria capaz de dizer uma coisa assim sobre alguém, Peggy, mas talvez ele tenha merecido o que aconteceu. Ele tirou você de sua família, das pessoas que a amavam. Foi errado, Peggy. Ele era um homem mau.

Ela se levantou, as xícaras ainda nas mãos.

– Eu não estava falando do meu pai.

Voltei-me para a janela e me inclinei para fora dela, repentinamente desesperada por ar.

Não sei o que a Sra. Cass achou que eu fosse fazer, mas, alarmada, ela berrou:

– Peggy!

E veio até mim.

Tive medo de que ela me tocasse. Tentei respirar, mas meus pulmões não se encheram.

– Eu só preciso de ar – afirmei, arfando. – Não tem ar nesta casa.

Agarrei o fecho da janela e nós duas ouvimos a porta da frente se abrir e Ute gritar algo para a rua. A porta bateu.

– Olá! – chamou ela do corredor.

Eu não conseguia recuperar o fôlego e as pontas dos meus dedos formigavam. A Sra. Cass pareceu abalada e lançou um olhar a seu redor como se achasse que entrar no armário ou se esconder embaixo da cama fosse uma boa ideia.

Ute apareceu na porta, carregada de sacolas de compras.

– Aquele repórter ainda está lá fora – disse, concentrando-se em se espremer por entre os móveis que bloqueavam a entrada do quarto.

Foi apenas depois que passou pela cômoda que viu a Sra. Cass.

– Ângela – disse, surpresa.

Mas, quando olhou para mim, deixou cair as compras e subiu correndo na cama para segurar ambos os lados da minha cabeça e me fazer respirar com ela. Contamos até cinco, inspirando e expirando, até minha respiração ficar mais calma.

– Só vim ver se a Peggy queria uma xícara de chá – explicou a Sra. Cass, mostrando as xícaras como prova.

– A Peggy gosta de chá preto – disse Ute, sem se virar.

– Bom, talvez seja melhor eu ir embora.

A Sra. Cass e Ute se ajeitaram para passar uma pela outra.

– Lembre-se, Peggy – falou a Sra. Cass –, quando quiser fazer compras com a Kirsty, me avise. Não vai ter problema nenhum.

Ute havia enchido o guarda-roupa e as gavetas com minhas roupas novas. Tinha adivinhado o tamanho da minha cintura, dos meus seios e meus pés, mas, dois meses depois, as saias e calças que havia escolhido já estavam pequenas.

    Ignorei as roupas que ela deixara na cama e olhei para o armário. Mexi nos cabides, depois abri a cômoda e revirei moletons, camisetas e calças jeans. Assim como os brinquedos e livros, nenhuma dessas roupas era minha. Usando o mesmo vestido que havia posto naquela manhã, voltei para o primeiro andar.

18.

Em um dia de verão, encontrei Phyllis caída, com o rosto virado para baixo, empoeirada sob a cama que eu ainda dividia com meu pai. Puxei-a com a vassoura. O cabelo de náilon se erguia de sua cabeça em um emaranhado, como se ela tivesse sido atingida por um raio; ela estava nua, a não ser por seus sapatos pretos pintados, por isso, pude traçar suas emendas, onde seu corpo de plástico havia sido unido no molde que a criara. A cor da boca em formato de coração era berrante e as sobrancelhas estavam tortas onde eu as havia desenhado quando era mais nova. Eu não entendia como um dia a havia achado bonita. Pus a boneca sentada em uma das prateleiras ao lado do fogão.

Tinha outras coisas para fazer além de brincar com bonecas. Naquele ano, os dias ensolarados haviam começado cedo – quando eu plantara as sementes de cenoura – e se mantido quentes até eu colher as pequenas varetas doces, que comera de costas para *die Hütte* e a mão na frente da boca. Tudo em relação ao calor me irritava: as moscas que entravam na cabana e não iam embora, as picadas de mosquitos no meio das costas, onde eu não conseguia alcançar, o barulho na garganta do meu pai quando ele tomava um copo d'água e as formigas que marchavam pelas prateleiras até nosso pote de mel. Passei o indicador entre o exército de formigas que avançava, impedindo o movimento da fila, até que elas encontraram outra rota. Fiquei observando-as por um tempo, depois remexi nas coisas pousadas ao lado de Phyllis. Nunca jogávamos nada fora: a caneta com o tubo de tinta vazio, a bússola de meu pai que quebrara quando ele a havia deixado cair em um balde d'água, os últimos pedaços do mapa, cobertos e recobertos de palavras escritas até não haver nenhum espaço verde, a luneta enferrujada, nossas escovas de dente – varetas sem pelos – e os tubos vazios de pasta de dente que havíamos aberto vários verões antes e lambido até o fim. Peguei um deles e o cheirei. No canto do metal dobrado havia uma lembrança de hortelã. Em um segundo, voltei a um banheiro de verdade, diante de um armarinho aberto, cheio de uma mistura de frascos e tubos: um armário de adulto. Eu havia sido proibida de abri-lo. Ute chamara meu nome do andar de baixo e eu fechei a porta espelhada, fazendo aparecer meus olhos culpados de oito anos. À noite, na cabana, eu às vezes deixava os dedos passearem por meu rosto, pela saliência em meu nariz, pelas maçãs saltadas como as de meu pai. Uma vez, tinha levado um balde cheio de água para a luz e olhado para a superfície, mas, com o sol atrás de mim, apenas minha silhueta havia refletido nele – uma juba negra sobre ombros magros. Eu queria um espelho.

Meu pai gostava de dizer:

– Quando você possui coisas demais, cedo ou tarde elas começam a possuir você.

Por isso, eu tinha que me contentar com os "tesouros" que havia reunido: pedras do rio na forma de cabeças de cavalo, um punhado de flores apodrecidas, que haviam morrido um dia depois de colhidas porque não tínhamos vasilhas de água sobrando, penas de gaio e pega, uma pele rígida de cobra, pinhas de tamanhos diferentes alinhadas como uma boneca russa aberta, xícaras de bolota para um chá da tarde em miniatura, um ninho forrado de penas macias e cheio de pedaços de casca de ovo que eu havia encontrado quebrado sob os *wintereyes*. Só Phyllis me lembrava de que um dia eu tivera uma vida diferente. Ajoelhei-me diante das prateleiras, selecionando uma pilha de pedras que meu pai achava que podíamos transformar em pontas de lança. Todo outono, ele ainda torcia para que pegássemos um cervo. Peguei uma delas e, agachando-me ao lado do fogão, entalhei *Punzel* na madeira da parede, ao lado da palavra *Reuben*, que havia encontrado tantos anos antes.

– O que está fazendo? – perguntou meu pai, entrando e pousando os baldes de água.

– Nada – respondi, levantando-me de um pulo, segurando a pedra atrás das costas.

– Você devia estar ao piano – disse, como se estivesse pensando nisso enquanto voltava do rio. – Faz muito tempo que não ouço você tocar.

– E daí? Não vou ser exatamente uma pianista profissional, não é? – afirmei.

Meu pai olhou para mim enquanto pegava água com uma lata.

– Isso não importa. Tem a ver com compromisso. Dizer que você vai fazer uma coisa e depois cumprir o que disse. O pior tipo de pessoa é aquela que volta atrás em suas promessas, mesmo naquelas feitas para si mesma.

– Eu nunca prometi, e mesmo assim não há razão para fazê-lo.

Nas prateleiras, as formigas tinham voltado ao mel.

– Venha.

Meu pai puxou o banquinho que estava sob a mesa e o indicou com a cabeça.

– Se eu fosse pianista, teria alguma coisa bonita para vestir – falei, os braços cruzados. – E seria capaz de ver como sou. Se não morássemos nesta casa suja e horrível, com formigas na comida, então tudo... – Eu hesitei.

– Sente-se – disse ele.

Tirou da mesa uma tigela de madeira com os restos do que tínhamos comido grudados na beirada.

– Odeio morar aqui. Queria que tudo isso pegasse fogo.

– Toque! – Ele pegou o banquinho e o bateu com força no chão.

– Eu queria estar morta! – berrei para ele, a cabeça para a frente.

– Sente-se! – gritou meu pai, batendo o punho na mesa.

As teclas de madeira saltaram e se chocaram umas contra as outras. Eu me sentei pesadamente, as mãos no colo, a cabeça baixa, a boca travada. Ele pegou a tigela e a jogou com força contra a parede. Ela bateu no cano do fogão e em uma prateleira, espalhando bolotas pelo chão.

Bati a pedra na mesa, espalhei os dedos como garras e golpeei as teclas, grunhindo. Martelei-as sem parar, fazendo ruídos que nenhum humano conseguiria fazer. De maneira tão repentina quando chegara, a raiva me deixou e meus dedos encontraram o padrão familiar e reconfortante de *La*

Campanella, mas, depois de certo tempo, pararam, tomaram outra forma e eu toquei "*Ô lê lê ô baía*", cantarolando para mim. Não conseguia me lembrar da última vez que havíamos cantado aquilo. Inventei uma letra nova:

– *Na floresta tem quatis, ô lê lê ô baía.*

Sem hesitar, meu pai, de trás de mim, cantou:

– *Cervos e lobos que nunca vi.*

Então, nós dois rimos e o sentimento amargo que havia tomado *die Hütte* foi embora.

Depois de tentar começar algumas vezes, acrescentei:

– *Não tem noivos para mim, ô lê lê ô baía.*

Fez-se uma pausa enquanto meu pai pensava e, com pressa, ele cantou:

– *São uma chatice sem fim* – e riu outra vez. – Espere – pediu, quando comecei a tocar tudo de novo.

Ele tirou um pedaço de madeira queimada do fogo e escreveu os novos versos na parede, acima da mesa do piano. Cantamos a música toda juntos, o mais alto que conseguimos, até o som tomar a cabana. Imaginei a música explodindo para além da porta, ribombando na montanha, voando sobre o rio, espalhando-se pelas árvores do outro lado e até cruzando a Grande Divisa. Se havia alguém em toda aquela escuridão, talvez uma nota solitária pudesse voar pelo infinito e pousar em seu ombro, para encontrar o caminho até a cabeça dessa pessoa.

Doei-me à música como se ela tivesse me possuído, como se me consumisse, e deixei a melodia partir em direções diferentes, os dedos passando para um lado e para outro sobre as teclas barulhentas. Cantando em harmonia comigo, meu pai desenhou cinco longas linhas horizontais na parede, diante da mesa do piano, a clave de sol e outras cinco linhas com a clave de fá enrolada sobre elas.

– Tom? Qual é o tom? – perguntou ele, frenético, preocupado com a possibilidade de tudo desaparecer, caso ele não anotasse o mais rápido possível.

Eu o encarei.

– Que tom é esse? Quantos bemóis? Quantos sustenidos? – continuou ele.

– Não sei. Só estou tocando. – Era como gritar por sobre o rugido que o rio fazia depois que descongelava, mas falar me fez parar de tocar. – A música simplesmente saiu – disse, encolhendo-me no banquinho.

Meu pai também desanimou. Nós olhamos para as linhas vazias que ele havia rabiscado. Elas pulavam e vacilavam onde o carvão seguira o veio da madeira. Estavam separadas por distâncias irregulares e caíam em um ângulo tão alarmante que quaisquer notas postas ali teriam caído para a frente e batido umas nas outras até formarem uma pilha de traços e bolas no chão. Meu pai passou as costas do braço sobre o carvão, apagando as linhas e deixando a parede e seu braço cinza. Tirou a faca do cinto e desenhou as linhas em todo o comprimento da tábua. Fez o mesmo com a tábua inferior e com a anterior, seguindo pela parede até onde conseguia alcançar. Fiquei sentada, observando, dedilhando o teclado em um trinado.

– Está bem, toque de novo.

Meu pai ouviu com a cabeça inclinada.

Tentou pegar as primeiras notas e escrevê-las na parede, mas não conseguiu acompanhar meu ritmo e meu canto quando a música me tomou outra vez. No fim, ele se sentou na cama para assistir. Dessa vez continuei tocando, cantando e cantando, até parar, pegar um pedaço de carvão e me inclinar sobre o piano. Hesitei. Eu sabia tocar escalas e ler *La Campanella*, mas era uma coisa totalmente diferente traduzir a música em minha cabeça em notas pretas em uma parede de madeira.

Meu pai veio até mim e tirou o carvão da minha mão. Desenhou notas até o pedaço quebrar. Encheu as linhas com a música que tinha na cabeça e foi minha vez de ficar sentada, olhando. Peguei outro pedaço de carvão e meu pai continuou preenchendo a parede com traços e pontos, uma música que eu não conseguia acompanhar, sons que pulavam e arranhavam e não eram música. Eu me sentei em seu lugar na cama, observando o suor escorrer por seu rosto enquanto ele desenhava maniacamente, apagando, reescrevendo cada nota, até que toda a parede em cima do piano ficou cinza. Roí as unhas, preocupada com os sons presos na cabeça dele.

Adormeci ouvindo o arranhar do carvão na madeira e o cantarolar das melodias de meu pai. Quando acordei à noite, com ele dormindo ao meu lado no cômodo abafado, passei por cima dele, a velha camisola grudando em mim, e fiquei de pé no tapete. A porta ainda estava aberta e a luz de uma lua cheia iluminava as paredes da cabana – todas cobertas com anotações, palavras incompreensíveis, listas, linhas e flechas que ligavam passagens, como se eu tivesse entrado nas páginas de uma *La Campanella* reescrita por alguém enlouquecido.

Fora da cabana, nosso mundo estava em silêncio, aromatizado pela vegetação quente e por um vestígio da fumaça do fogão. A lua mostrava as árvores, a montanha e a grama em tons pálidos de suas cores diárias. Atrás de *die Hütte*, agachei-me sobre o buraco que havíamos aberto para fazer xixi. Quando me limpei, vi uma mancha de sangue escuro no musgo. Ergui-o na direção da lua para ver melhor, com medo de que algo tivesse me cortado entre as pernas sem que eu notasse. Ao mesmo tempo, senti a fumaça outra vez e então percebi, com o coração quase parando, que o cheiro de fumaça não vinha de *die Hütte*, mas das árvores. Andei na direção da floresta de pedras no fundo da clareira, fungando, tentando seguir o cheiro com o nariz, mas ele havia sido levado para longe. Sem aviso, duas enormes formas pularam as árvores, afastando-se em grandes saltos. Gritei, mas, assim que percebi que eram cervos, eles já haviam cruzado a clareira e entrado na floresta do outro lado. Então, o cheiro surgiu outra vez, fraco, mas claro. Uma queimada.

Deixando o musgo cair, eu me virei e corri de volta para a cabana, consciente da umidade entre minhas pernas, sob minha camisola manchada.

– Fogo! – gritei enquanto corria.

Meu pai havia se mexido e dormia de costas, mas não tinha acordado. Sacudi os ombros dele.

– Fogo! – berrei em seu rosto.

Ele tinha manchas pretas na testa e vi que suas mãos e seu peito também estavam cobertos de fuligem.

Ele entreabriu os olhos.

– É o fogão, Punzel – disse, as palavras enroladas de sono. – Volte para a cama.

– Não, tem um incêndio na floresta. Senti o cheiro.

Puxei a coberta dele e vi que ainda usava as calças e as meias. Ele se sentou, bocejando. Puxei a mão dele para que se apressasse. A fuligem passou para minhas mãos.

– Está bem, está bem – falou.

Ele ainda colocava as botas quando eu já estava de mocassins e dava pulinhos na frente dele, tentando apressá-lo. Saímos e ficamos parados na clareira onde a montanha aparecia, o nariz erguido, inspirando. O cheiro voltou.

– Os baldes estão cheios? – perguntou ele.

– Não sei. Um talvez esteja, outro está pela metade.

– Pegue a pá. – Observei o rosto dele enquanto falava e, ao luar, pensei ter visto o brilho de um sorriso antes que ele dissesse: – Vou pegar a água.

A linha escura de árvores era bidimensional, uma silhueta, mas conhecíamos o caminho. Entrei na floresta atrás de meu pai, carregando a pá. Lembrei-me do passado, mas as costas do homem que eu seguia estavam mais finas, menos encorpadas. Imaginei o ninho estalando na prateleira, tomado por uma chama que se curvava sobre as penas, escurecendo-as e as transformando em cinzas, as escovas de dente entortando e derretendo, pingando da estante, e os cabelos emaranhados de Phyllis pegando fogo, formando uma auréola. Pensei em voltar para *die Hütte*, apanhar tudo que pudesse carregar e correr para o rio – as pedras na forma de cabeças de cavalo nos bolsos e as pinhas enfiadas no cabelo. Mas, em minha imaginação, me vi parar à beira d'água e olhar para baixo, para o escuro, incapaz de avançar.

Continuei andando atrás do meu pai.

– O que vamos fazer, papai?

O aroma amargo no ar estava mais forte – eu podia sentir seu gosto também, forte contra o fundo da garganta. Os únicos barulhos que ouvíamos na floresta eram os gravetos quebrando sob nossos pés. Seja qual fosse o nosso destino, ele era silencioso. Meu pai não respondeu.

Onde as árvores rareavam, grama e pequenos arbustos apoderavam-se do lugar, secos, após semanas sem chuva. Meu pai parou e fiquei ao lado dele. O luar passava pelas árvores, criando longas sombras, mas, à nossa frente, pude ver nuvens de fumaça se erguerem do chão e a terra arder. Enquanto observávamos, uma chama se acendeu, iluminando o solo da floresta, consumindo uma samambaia e morrendo. Olhei para o meio das árvores – o solo soltava fumaça até onde a vista alcançava.

– Cadê o fogo? – perguntei.

– Está sob as folhas – disse meu pai em um suspiro, fazendo meus pés parecerem mais quentes dentro dos mocassins.

Dei um passo para trás. Meu pai pôs um balde no chão e jogou a água do outro, fazendo um movimento de arco, na direção em que a chama havia surgido. O chão sibilou, produzindo fumaça. Ele jogou a água do outro balde na direção oposta, gerando o mesmo efeito.

– Vai funcionar, papai? Vamos ficar bem?

Eu queria que ele dissesse que ficaria tudo bem, que podíamos voltar para a cama e acordar de manhã para passar outro dia normal, tirando ervas daninhas da horta e descendo ao rio para pescar. Se ele me dissesse que podíamos voltar para *die Hütte*, prometi a mim mesma que nunca mais iria reclamar por não ter água suficiente, mas ele voltou a me ignorar.

– Não é melhor a gente voltar agora, papai? – Puxei a manga do casaco dele. – Por favor, vamos voltar. Podemos pegar mais água.

Enquanto dizia aquilo, percebi como seria inútil, como o rio estava distante. Mesmo que pudéssemos trazer mais, tínhamos apenas dois baldes – três, se contássemos o que estava amarrado à árvore da margem. Por um bom tempo, meu pai ficou parado, observando e pensando, e eu pulando em volta dele, tentando chamar sua atenção ou obter uma resposta, um plano. A fumaça soprou mais perto. Quando olhei por sobre o ombro, as árvores começavam a desaparecer, embaçadas pela fumaça cinzenta.

– Passe a pá, Punzel – pediu ele.

Eu passei. Ele a enfiou no chão e ergueu uma pilha de folhas chamuscadas. O fogo pulou pelo pequeno buraco a seus pés e ele deu um passo para trás, ficando ao meu lado. Pude sentir o calor e, enquanto observava, um graveto em nosso caminho incendiou-se: uma língua de fogo passou por todo o seu comprimento e pulou para o lado, para outras plantas, as chamas lambendo tudo à sua frente. Meu pai deixou a pá cair de sua mão e, em uma reação automática, peguei o cabo antes que ela caísse no fogo. Ao mesmo tempo, meu pai agarrou meu pulso e o apertou com força, levando-o na direção das chamas. Eu gritei e deixei a ferramenta cair.

– Deixe aí – disse ele. – Não precisamos mais disso.

A pá caiu na terra e as chamas alaranjadas a cercaram lentamente. Por dois segundos, meu pai segurou minha mão sobre o fogo, oferecendo-me, enquanto eu lutava para me afastar do calor. Então, ele me soltou e me afastei, esfregando o pulso.

– É – afirmou ele –, mais água.

Sua voz saiu monótona, as palavras arrastadas. Ele pegou os baldes e voltou pelo mesmo caminho que havíamos trilhado.

Comecei a andar atrás dele, tentando entender o que havia acabado de acontecer. Olhei de volta para a pá no fogo, mas o cabo já havia escurecido, enquanto, à minha frente, meu pai balançava os baldes como se estivesse caminhando até o rio. Eu não tinha opção, a não ser segui-lo.

Quando chegamos à clareira, meu pai foi até *die Hütte*, mas fiquei para trás, olhando para as árvores escuras, sem saber se podia ver a chama baixa do fogo. Uma aula da escola voltou à minha mente: um gato de um desenho animado, chamado Charlie, tinha nos dito, em uma voz esganiçada, para não brincar com fósforos. Depois, em uma palestra posterior, um bombeiro de verdade dissera que o fogo precisava de três coisas para queimar: combustível, ar e alguma outra coisa. Desejei ter prestado mais atenção em vez de ficar brincando com Becky.

Lembrei-me de uma palavra: "aceiro", um círculo em torno de *die Hütte* que o fogo não conseguiria atravessar. Peguei a espátula da horta e tentei cavar um canal raso em torno dos fundos da cabana, mas o solo estava duro onde nossos pés o haviam pisoteado e era difícil enfiar algo além da ponta da espátula na terra. Parei e percebi que o fosso que abria estava próximo demais das paredes de madeira. Se o fogo o atingisse, as faíscas simplesmente pulariam por cima dele. Fui para mais perto das árvores e comecei a remexer o solo em um lugar diferente, cravando a espátula nele e jogando punhados de terra para trás. Ali ela era mais macia, mas, pouco abaixo da superfície, um emaranhado de raízes me travou e me paralisou. Ainda assim, continuei cavando e chorando, olhando para a floresta e de volta para *die Hütte*, torcendo para que meu pai reaparecesse. Cavava em desespero, raspando a terra, cortando as raízes com a lateral da espátula. Bolhas surgiram em minhas mãos e estouraram. Eu me sentei no chão, derrotada.

– Papai! – gritei, mas ele não apareceu.

Jogando a espátula longe, ajoelhei-me no chão e raspei com as mãos a terra entre as raízes. Quando olhei para trás outra vez, meu pai estava parado a um ou dois metros de mim, em silêncio, segurando um balde na altura do peito. Como um caranguejo, arrastei-me para trás, assustada com a maneira que ele havia aparecido, sem que eu notasse.

– Você pegou mais água? – perguntei.

– Punzel, eu andei pensando – respondeu ele, agachando-se para olhar nos meus olhos.

Vi que o balde estava cheio de coisas da cabana: uma bola de barbante, nossos pratos de metal, o machado e outras ferramentas e bolotas soltas, batendo nas coisas. Pensei que ele devia ter tido a mesma ideia que eu: salvar tudo o que pudesse.

– Talvez seja a hora de a gente se libertar de tudo isso.

Ele falou com calma. Tinha um rolo de peles de animal enfiado sob o braço.

– Do quê?

Tropecei na terra solta, sujando ainda mais minha camisola, mas ele se aproximou mais, agachado. Seu rosto estava escuro e o céu atrás dele, da cor de papel vegetal.

– De tudo.

– A gente só precisa pegar um pouco d'água.

– Não precisamos de nada disso – Ele pegou o barbante e jogou a bola na direção das árvores, onde ela se desfez, a ponta ainda presa ao balde.– Nossa vida na floresta acabou, Punzel. – Pousou o balde e as peles no chão e pegou os pratos de metal. Bateu um contra o outro e ergueu a cabeça, berrando: – Diga adeus aos últimos seres humanos do planeta!

Ele se levantou, batendo os pratos em certo ritmo, e soltou um tipo de uivo que se transformou em risada. Seus olhos estavam fundos, e a pele esticada sobre o crânio mostrava que estava ficando careca.

Cobri os ouvidos, morrendo de medo do animal em que meu pai havia se transformado nos poucos minutos em que eu tinha ficado cavando. Ele jogou os pratos como *frisbees* na direção das árvores, pegou o balde e as peles de animal e começou a andar na direção do fogo. Fiquei sentada, em um silêncio estupefato, depois me levantei e corri atrás dele, seguindo a trilha de barbante que meu pai arrastava consigo.

O fogo estava muito mais próximo da clareira do que antes, mas ele ainda crepitava baixo pelo chão, consumindo todas as folhas e gravetos que jaziam diante dele, mas apenas lambendo a parte mais baixa dos troncos de árvores antes de seguir em frente. Meu pai dançava bem perto das chamas – avançando e, por vezes, dando um pulo para trás, para longe do calor. Além da fumaça, havia um cheiro fétido e eu o vi jogar as peles de animais no fogo a seus pés. As labaredas estalaram e perfuraram as peles. Tentei tirá-las dali, mas o calor era intenso demais.

– Por favor, volte! – gritei, o braço cobrindo a boca.

Meu pai se virou para olhar para mim, surpreso por me ver ali.

– Está tudo bem, Punzel – disse, o reflexo das chamas bruxuleando pelo sorriso em seu rosto. – Nós vamos juntos. Eu nunca deixaria você.

Ele se abaixou para alcançar o balde, pegou outra coisa e jogou no fogo. Fiquei parada, imóvel, e vi as palavras *La Campanella* se curvarem e dobrarem, e as notas, pautas e a letra de Ute pegarem fogo e se transformarem em cinzas. Deixando o balde onde estava, meu pai voltou para *die Hütte*. Peguei o balde e mais uma vez o segui. Na cabana, ele derrubava nossos pertences das prateleiras com a lateral do braço e enchia o segundo balde com tudo que podia encontrar. Puxei a manga de seu casaco, implorando para que parasse, mas ele me afastou. Fez tudo isso sem parar de falar consigo mesmo, como se eu não estivesse ali. Dizia coisas como:

– É isso, essa é a resposta. Como pude ser tão cego? É claro, vamos juntos.

Ele andou até a mesa do piano e começou a puxar as teclas de madeira, tirando-as de sua posição. Fui até ele, fechei a mão e dei um soco em sua barriga com toda a força que tinha. Meu pai ainda era um homem forte, então acho que foi a surpresa que o fez dobrar o corpo, sem fôlego. Ele caiu no chão, abraçou os joelhos e chorou. Por entre os gemidos do meu pai, ouvi o fogo consumir os arbustos, estalar, e, por um segundo, pensei que talvez ele estivesse certo: seria mais fácil nos libertar de tudo aquilo. Fiquei parada, pensando no que ia acontecer. Senti um líquido descer por minha coxa: o sangue que havia esquecido escorria por minha perna e meu tornozelo. Ao mesmo tempo, olhei para a porta e vi uma cortina de chuva atravessar o vale e subir na direção do fogo. Saí para dar-lhe as boas-vindas.

Para mim, o sangue, a chuva e o fogo ficaram associados à mudança em meu pai. Depois daquilo, ele ficou deprimido por muitos dias, como se soubesse que havia sido uma pessoa ruim. Por várias vezes me perguntei se ele mesmo não havia provocado o fogo. No entanto, percebi que ele não abandonara seus planos para nós. Ao contrário, eles tinham ficado mais claros. Ele continuava se levantado no meio da noite para desenhar diagramas e rabiscos incompreensíveis nas paredes da cabana. De manhã, tentava me envolver nesses planos, tagarelando e pulando na mesa para chamar a atenção para uma discussão específica sobre o sobrevivencialismo.

– Oliver Hannington não saberia responder a isso – dizia ele.

– Oliver Hannington está morto. Estão todos mortos, com exceção da gente – eu respondia, cansada.

No dia seguinte ao incêndio, andei pela floresta de pedras queimadas. Encontrei a parte de metal da pá, mas o cabo estava escuro e se desintegrou em minhas mãos. Um dos nossos pratos estava em uma árvore, o outro abaixo dela, em um arbusto esquelético, com o esmalte queimado. Com um graveto, cutuquei as cinzas que cobriam o chão, mas nenhum pedaço da partitura havia restado. A floresta cheirava a sujeira e a tristeza. As folhas das árvores caíam e a maior parte da vegetação tinha desaparecido. O chão era uma gosma cinzenta. O fogo chegara ao início da clareira e percorrera todo o caminho até o rio, mas a chuva havia começado antes que ele se espalhasse pela montanha até a floresta do outro lado.

Encontrei apenas uma árvore que havia pegado fogo. Ela estava sozinha, negra e retorcida. Sentei-me em uma pedra e observei um corvo voltar a ela várias vezes. A ave parecia incapaz de acalmar-se, era toda asas, movimento e grasnar. O corvo devia ter seu ninho no alto da árvore, onde os galhos haviam se retorcido. Mas não tive pena dele. O sentimento era de inveja. Eu teria dado tudo – a música, as lembranças de Londres, a floresta – para me tornar aquela ave e poder voar para longe, para fazer um novo ninho em uma nova árvore. Mas também percebi que, se *pudesse* tornar-me aquele corvo, também era possível que, muito tempo antes, outra coisa – uma mosca, um coelho, uma abelha – tivesse olhado para mim, Peggy Hillcoat, e sentido inveja do que eu tinha na época e teria no futuro. E, se aquela criatura tivesse desejado com muita força, ela teria desistido de tudo para se tornar uma menina como eu.

19.

Depois do incêndio, quando eu havia parado de crescer e chegado à altura que sempre teria, insisti que queria uma cama para mim. Implorei por ela, bati os pés, dei as costas ao meu pai, recusei-me a fazer tudo o que ele pedia até ele ceder. Minha cama tinha pernas baixas e largas e um estrado torto, feito de tábuas cortadas de um pinheiro. Nós a colocamos contra a parede dos fundos, perto do fogão; então, toda manhã, quando eu acordava com a cabeça aquecida pelo fogo e os pés frios, a primeira coisa que via era meu piano. Eu havia passado todos os meus momentos de folga enrolando caules de plantas nas coxas para fazer cordas grossas e fortes o bastante para cruzar o estrado. Por cima, pus um colchão de palha – rolos de grama seca costurados com mais corda – e uma camada de peles. Sobre tudo, pus o que restava do meu saco de dormir. Tentei esconder minha alegria do meu pai, que embirrara e previra que a corda cederia e que, no fim da primeira noite, minha bunda estaria a centímetros do chão. Eu não me importava.

– Durma com os anjos – disse ele, com amargura, quando estávamos na cama.

Ele reclamou porque sentia frio, porque havia espaço demais em sua cama, mas fiquei deitada no escuro, sorrindo para as vigas. E quando tive certeza, pelo som de sua respiração, de que ele estava dormindo, pus os dedos entre minhas pernas.

Na primeira manhã, levei alguns segundos para me orientar. Acordei com a luz do sol entrando por baixo da porta e não com uma imagem desfocada de tábuas de madeira e farpas, com a cabeça espremida no espaço entre a parede e as costas do meu pai. Levantei da cama em um pulo, abri a tampa da chaminé, pus uma tora de madeira nas brasas e voltei para debaixo das peles, esbaldando-me com meu espaço. Da posição baixa na cama, vi meu nome outra vez – riscado na madeira sob a prateleira ao lado do fogão. Fazia tanto tempo que não pensava em Reuben que não conseguia me lembrar de quando havia tocado nas letras ou as observado pela última vez. Quantos outonos haviam passado desde que eu tinha visto as botas passarem na frente do meu ninho? Oito? Nove? A lembrança delas estava ligada a uma menina diferente, inocente e recém-chegada à floresta. Deitei-me de bruços na cama e estiquei o braço acima da cabeça para tocar com a ponta dos dedos o local onde Reuben havia entalhado seu nome e eu, o meu. Será que ele havia morado em *die Hütte* antes de nós e a abandonado? E onde estaria ele agora? Tinha certeza de que, se morasse do outro lado do rio, eu já o teria encontrado ou visto mais vestígios de sua presença, além de um par de botas molhadas.

Naquele dia, enquanto tocava piano, limpava com o ancinho a terra entre fileiras de novas folhas de cenoura e andava por minha trilha costumeira para conferir e engatilhar as armadilhas, imaginei como seria a cabeça e o rosto na outra ponta das botas. Dei a ele um queixo sem barba, uma juba de cabelos louros e olhos azuis. Também atribui-lhe um sotaque americano, mas começou a me lembrar demais de Oliver Hannington, então comecei de novo com um cabelo enrolado preto e um bigode baixo. Pensei nele atravessando o rio sem ficar assustado, andando pelas corredeiras com suas botas pesadas e meias grossas e subindo a montanha do outro lado. Ele perambulava na beira da Grande Divisa, olhava para a escuridão vazia e não sentia medo.

As tardes de primavera eram minhas, podia fazer o que quisesse. Abrigava-me da chuva no ninho enquanto brotos de samambaia se desenrolavam à minha volta e me perguntava se Reuben tocava piano ou violão. Sonhava com duetos e recitais. Talvez ele morasse em uma casa de tijolos do outro lado do rio e tivesse um espelho e uma banheira. Ou fosse um famoso escritor russo que não falava inglês e estava em busca de mulher e filhos. Talvez tivesse sido encarcerado por engano, acusado de espionagem, fugido para a floresta e ficado preso ali depois de ter acontecido a Grande Divisa. Quando eu encontrava uma área ensolarada para me deitar, punha as mãos atrás da cabeça e me lembrava de como seus tornozelos pareciam bem alimentados. Ele devia caçar e comer cervo, pensei, algo que eu e meu pai nunca havíamos conseguido fazer, ou talvez houvesse javalis do outro lado do rio.

Eu o procurava quando andava entre as quelidônias, suas flores amarelas empalidecendo à medida que o verão passava. Virava-me quando via um movimento com o canto dos olhos, mas o homem era sempre mais rápido. Analisava o solo em busca de pegadas que não fossem nossas, mas via apenas vestígios de cervos, aves e lobos. Um dia, tive a ideia de subir outra vez até a rocha de onde havíamos soltado a pipa para ver o limite de nossas terras através da luneta. Meu pai entrou na cabana quando eu a tirava da prateleira.

– O que vai fazer com isso? – Ele pareceu imediatamente desconfiado.

– Ver se funciona. Vou escalar a montanha.

– Não tem nada para ver. Só árvores e a cordilheira.

Ele deixou as toras que carregava caírem ao lado do fogão.

– Então vou só olhar para as árvores e a cordilheira – disse, segurando a luneta atrás das costas, como se pudesse escondê-la dele.

– Não é um brinquedo. Você vai deixar cair.

Ele estendeu a mão. Eu era um cachorrinho sendo adestrado.

– Não vou. Vou tomar cuidado. Prometo.

Fiz menção de sair da cabana.

– Punzel. Não! – Ele estendeu a mão e puxou meu pulso, espremendo-o. – Não pode fazer isso.

– Por que não? Não pode me impedir. A luneta é minha.

Puxei o braço de volta, mas ele o segurou com mais força, queimando minha pele.

– Não quero que brinque com ela.

– Não vou brincar. Vou usar para olhar para o outro lado do *Fluss*.

– Não quero que faça isso.

– Por que não?

– Porque não. Já chega!

– O que eu faço não é da sua conta! – Eu já estava berrando.

– Dê-me isso – gritou ele de volta. Eu era o cachorro desobediente, com um osso que havia pegado da mesa do meu dono. – A luneta, Punzel.

A palma de sua mão esquerda estava estendida, os dedos voltados para trás; os tendões em seu pulso tremiam. Foi então que percebi que Reuben realmente morava do outro lado do rio e meu pai sabia.

– É minha. Foi um presente da...

Percebi que não me lembrava de quem tinha me dado. Tive uma centelha de lembrança – eu rasgando o papel de presente, vendo as rugas do rosto de Ute aumentadas e cercadas pelo metal, mas não me lembrava de uma imagem ou do nome de quem me dera.

Naquele segundo de dúvida, chocada ao perceber como minha vida anterior havia desaparecido de maneira tão completa, meu pai arrancou a luneta das minhas mãos. Sem pensar – como acontecera depois do incêndio –, fechei a mão e o soquei. Dessa vez, o golpe foi fraco, patético. Esbarrou no peito dele, mas foi o bastante para que meu pai me batesse de volta. A ponta do tubo de metal atingiu minha sobrancelha, abrindo a pele. Berrei quando o sangue escorreu sobre os meus olhos e o nariz. Meu pai deu um passo para a frente – com certeza para pedir desculpas –, mas pressionei a cabeça com a mão, virei-me e saí correndo. Corri para a floresta, sem parar, mesmo quando ele gritou meu nome. Andei rápida e cegamente por entre as árvores, as lágrimas se misturando ao fluxo de sangue, e subi a montanha, sujando de muco os tufos de grama que usava para me puxar para cima. Quando cheguei à plataforma de onde tínhamos soltado a pipa, protegi os olhos com as mãos e olhei para o lado oposto do rio, para a montanha na outra ponta. Como meu pai havia dito, só vi árvores: árvores e nuvens negras se formando sobre o topo da cordilheira, desenhando uma linha no limite do meu mundo.

Fiquei sentada ali por muito tempo, procurando uma nuvem de fumaça ou o movimento de um homem, mas não vi nada. O sol do meio-dia passou por cima de mim e, enquanto descia a montanha tropeçando, o céu escureceu e as primeiras gotas de chuva caíram. Quando comecei a andar pela floresta para chegar ao meu ninho, a chuva já caía forte, de modo que era difícil ver um ou dois passos à minha frente. Enquanto me encolhia dentro dele, ouvi meu pai chamar meu nome outra vez – a voz abafada e distante por causa da chuva. Encolhi-me sobre o musgo, de estômago vazio, evitando a água que penetrava pelas samambaias e torcendo para que eu morresse antes do dia seguinte, pensando que seria um bom castigo para meu pai.

Tentei dormir, mas a chuva ficou mais pesada e o musgo, esponjoso. Não importava onde me deitasse, uma água barrenta molhava minhas roupas. Havia poucos ruídos além dos pingos constantes, apenas um arrastar e escorregar ocasional que mantinha meus olhos e ouvidos atentos à escuridão. A chuva continuou desabando e, depois de um tempo, pensei ter ouvido outro barulho, um correr de água e árvores rangendo e reclamando. Ouvi uma batida em algum lugar da montanha às minhas costas, que sacudiu o chão sob meu corpo, uma interrupção de um segundo na chuva, outra batida, e ainda outra, então madeiras se rachando, quebrando, e um enorme ruído de madeira rolando pela montanha em minha direção. Ouvi um arfar sem fôlego e percebi que era eu. Meu coração pulsava na garganta. Estava pronta para correr ou enfrentar a coisa que chegava. Era um monstro pronto para atacar, as garras à mostra, os dentes afiados. Arrastei-me rápido pelo chão úmido e tinha acabado de pôr a cabeça para fora da entrada quando uma última batida assustadora, que viajou pelo chão até meus ossos, veio de trás de mim e uma pedra maior que meu ninho caiu na floresta à minha frente. Ela foi seguida por uma chuva de pedras menores, que caíram por entre as folhas do ninho, e tudo o que pude fazer foi me encolher e cobrir a cabeça. Quando a tempestade de pedras cessou, a floresta monocromática cambaleou, assentou-se e se remexeu em seu sono.

Caminhei pelo resto da noite, tremendo até a chuva parar. Estava decidida a nunca mais voltar para meu pai. Quando o dia nasceu, escondi-me atrás de uma árvore, observei a fumaça subir de nossa chaminé para o céu azul e senti o cheiro do café da manhã no fogão. Por fim, a porta se abriu e meu pai apareceu. Ele parecia magro e forte de longe, com a barba desgrenhada e o longo cabelo preto subindo como uma maré e deixando exposta a praia de sua testa bronzeada. Ele andou pela parte detrás da cabana e chamou meu nome, depois outra vez, mais longe.

Quando achei que seria seguro, corri pela clareira e entrei na cabana. Parei em frente ao fogão e comi mingau de bolota direto da panela, queimando a boca. O lugar parecia diferente após a noite em que estive fora – menor, mais escuro –, mas tinha cheiro de casa. Reuni alguns objetos especiais em minha mochila, mas a luneta havia sumido e eu não a vi outra vez até o verão acabar.

Fiquei na ponta dos pés ao lado do meu *wintereye* favorito e, onde os galhos se erguiam do tronco, senti com os dedos a bacia de água morna que a árvore mantinha em seu coração secreto. Naquela pequena piscina, pus uma caveira de esquilo. No outono anterior, apenas para ver o que havia dentro, eu havia fervido a cabeça do animal até a pele cair e todos os dentes brilharem, muito brancos. Depois da caveira, pus uma pena de pega – escura, com uma mancha azul como petróleo em uma poça. Por fim, um fio de cabelo escuro que eu havia retirado do pente, quebrado muito tempo antes. Aquilo me fez pensar no cabelo de Becky amarrado atrás de seu rosto ainda infantil. Para mim, Becky tinha oito anos.

Estava fazendo a coisa certa ao dar meus tesouros para a floresta, para agradecer por ela ter me mantido protegida contra a pedra e para pedir que algo diferente, qualquer coisa, acontecesse. Depois de dar os presentes à árvore, andei em uma linha diagonal, atravessando a floresta. O sol do início do verão já estava quente e as sombras tênues que as árvores formavam eram um alívio. Criando as regras enquanto andava, ignorei as trilhas de cervos e andei pelos arbustos, sobre troncos podres, arranhando as pernas e os braços em amoreiras e cardos. Peguei um graveto e abri caminho com ele. Quando as árvores rarearam, mas antes de o solo de folhas desaparecer, parei sob uma árvore que chamávamos de "tatuzinho". Era minha segunda árvore favorita da floresta, depois dos *wintereyes*, porque ficava sozinha, triste, o tronco curvado sob o peso de um corte de cabelo horrendo. No outono, ela ficava coberta de pequenas maçãs. Toda vez que apareciam, eu não resistia e provava uma, mas o amargor sempre me secava o céu da boca, travava meus lábios e me fazia cuspi-la, decepcionada.

    Com uma pedra que havia trazido da prateleira, fiz um pequeno buraco debaixo do tatuzinho, mais ou menos do tamanho do meu punho. Do bolso, tirei a cabeça de Phyllis. Fiz carinho em seu cabelo, tirei-o de seu rosto e dei um beijo em sua testa. Pus a cabeça no buraco e a cobri com um pouco de terra, desejando que ela tivesse olhos que se fechassem quando a cabeça era virada. Mesmo que não brincasse mais com ela, sua cabeça foi o objeto mais difícil de sacrificar, e retirá-la de seu pescoço havia feito meus olhos arderem e se encherem de lágrimas. Eu não havia conseguido olhar para o corpo decapitado e, por isso, o havia enfiado embaixo das tábuas do piso, onde guardávamos as sementes que colhíamos ao fim de cada verão. Depois que Phyllis foi salpicada de terra, enchi o buraco e pus dois gravetos em cima, um sobre o outro, na forma de uma cruz.

    Depois, deixei para trás a cabeça enterrada e caminhei por uma trilha até o rio, para formar um triângulo com as oferendas. Na maior parte do tempo, segui uma trilha de cervos até chegar à clareira. Atravessei-a correndo, bem agachada, mais me arrastando que correndo, para o caso de meu pai estar em *die Hütte*. O rio me incomodava no verão. Apesar de ser mais raso e lento que seu primo invernal, eu não conseguia olhar para o movimento constante nem deixar de lado a sensação de que a água estava fingindo ser calma, sem um lugar específico para ir nem nada para fazer. Sob a superfície, ela vivia e respirava – malevolente e esperta.

No bolso, eu tinha uma folha tirada do *wintereye* e outra que arrancara do tatuzinho. Segurando uma em cada mão, cambaleei pelos seixos enlameados até a margem do rio onde meu pai pescava. Tensa, segurando o fôlego, estiquei-me sobre a água, pus ambas as folhas na superfície e soltei. A corrente as levou, como um dia fizera comigo.

– Levem meu amor para Ute – gritei para elas, apesar de saber que Ute estava morta e as folhas nunca chegariam a ela.

A água fez as folhas dançarem e as girou até que ficassem zonzas e desorientadas. Corri ao lado delas gritando outra vez:

– Levem meu amor para Ute.

Com um turbilhão repentino, elas foram sugadas para baixo, para fora do meu campo de visão, como se alguém as tivesse puxado para um túmulo aquático. Eu me afastei da margem, temendo que os mesmos dedos puxassem meus tornozelos.

Enquanto recuava rapidamente pela grama, vi algo preso na margem sob os arbustos – a ponta de um sapato ou uma bota surgindo da lama. Com um grito, pensei que todos os desejos, pensamentos e oferendas tinham sido em vão. O rio já havia levado Reuben, engolindo-o todo e deixando seus ossos na terra, antes que eu tivesse a chance de conhecê-lo. Puxei o sapato escuro com ambas as mãos e escavei em volta dele com a pedra que ainda trazia no bolso. Imaginei a meia de Reuben enfiada na bota, a perna e o resto do seu corpo marrom e seco, preservado pela lama, como o Homem de Tollund, sobre o qual eu aprendera na escola. Puxei outra vez o sapato escorregadio e, com um arroto, a lama o soltou e caí para trás. Ele estava vazio e era meu sapato – o mesmo que tinha perdido ao cruzar o rio pela primeira vez. Fiquei sentada, abraçando-o com o alívio e a certeza de que coisas mágicas e incríveis começariam a acontecer. Limpei a lama do calcanhar e vi o gato saltitando outra vez.

Segurei o sapato reencontrado contra o peito e segui o fluxo do rio, planejando andar o máximo que pudesse, até que a montanha me impedisse. Eu passeava, sonhando com novos laços verdes, quando vi o homem.

20.

Londres, novembro de 1985

Quando cheguei ao hall, ouvi a tampa do piano ser aberta, com alguém a batendo sem cuidado contra o corpo do instrumento, e percebi que não podia ser Ute. Oskar estava sentado ao piano, as mãos em posição, pronto para tocar.

– Entre e feche a porta ou vá embora – disse ele, fazendo uma cara feia.

Entrei.

– O que está fazendo? – sussurrei. – Ela vai matar você.

Ele fez uma cara de preocupação artificial e se afastou para o lado do banco para que eu pudesse me sentar a seu lado.

– Aprendi isso na escola. Se ela não se dá ao trabalho de me ensinar, tenho que aprender sozinho. Quer ver? – Sem esperar minha resposta, ele continuou: – Dobre todos os dedos, menos esses dois.

Ele esticou os indicadores lado a lado, como Cosme e Damião. Eu o imitei, escondendo um sorriso para manter meu segredo.

– A sua tarefa é tocar essas duas notas. – Ele pôs os dedos sobre o fá e o sol. Suas mãos estavam frias e eram tão grandes quanto as minhas. – Tem que pressionar as notas seis vezes, está bem?

Pressionei as teclas com força suficiente para ouvir o martelo bater no piano. Devia ser a primeira vez que eu fazia um piano produzir um som real.

– Não, ainda não – disse ele. – Só quando eu contar até seis. E faça bem baixinho.

Oskar abriu os dedos e começou a tocar. Olhar para ele, que fazia que sim com a cabeça mordendo o lábio, deixou-me contente. Ele acenou com a cabeça claramente, mas eu estava ocupada demais observando seu rosto.

– Cadê você? – disse. – Tem que estar pronta. Depois do seis.

Fiz que sim com a cabeça.

Tocávamos de forma desajeitada e irregular, mas estávamos criando música. Sob as instruções de meus dedos, apenas dois de cada vez, o piano respondeu. Quando tínhamos tocado seis notas, ele parou.

– Por que está fazendo esse barulho? – perguntou.

– Qual?

– Você está cantarolando de um jeito estranho.

– Desculpe.

– Acho que ia ficar melhor se não fizesse isso. – Segurou meus dedos de novo. – Agora você tem que passar o esquerdo para a tecla seguinte e manter o direito no mesmo lugar e tocar essas notas seis vezes.

Estávamos seguindo ritmos diferentes, mas Oskar não pareceu se incomodar. Ele me ensinou outras quatro notas.

– Você acha que consegue se lembrar? Quatro grupos de seis.

Começamos outra vez do início, com muitos acenos de cabeça. Oskar olhava para as próprias mãos com uma concentração intensa, mas a esquerda ainda ficava atrasada em relação à direita.
– Acho que você pegou – disse ele.
Tocamos o dueto algumas vezes, cada vez mais rápido, até não pararmos entre as notas e as tocarmos em sequência várias vezes, até um de nós errar e nos interrompermos, sem fôlego e rindo.
– Mais uma vez! – gritei, e começamos a apertar as teclas com o máximo de força e rapidez, sem pensar no barulho.
Depois de alguns minutos, Ute escancarou a porta da sala, as mãos dentro de luvas de cozinha.
– O bife! – gritou ela. – No Bösendorfer!
– Ah, mamãe... – berrou Oskar de volta, levantando-se e empurrando o banquinho com as pernas, fazendo-o arranhar o chão de novo. – Ninguém se diverte nesta casa.
Ele passou por ela batendo os pés e saiu da sala, deixando-me sentada sozinha.
Ute veio até o piano.
– Se quiser aprender, posso conseguir aulas para você. – Ela tirou as luvas e começou a baixar a tampa e não tive escolha a não ser afastar os dedos. – O almoço vai sair em cinco minutos – disse ela por sobre o ombro, antes de voltar para a cozinha.
Apoiei a testa na madeira polida, fechei os olhos e me lembrei do piano que meu pai havia feito, de quanto esforço tinha sido dedicado à sua criação, da madeira engordurando sob meus dedos, dos seixos se soltando e caindo no piso, da

música de *La Campanella* gravada em cada célula minha. Eu me ajeitei no banco, abri a tampa outra vez e tracei as letras douradas da palavra *Bösendorfer* com os dedos da mão direita. A esquerda se assentou em uma posição familiar sobre as teclas e, quando a ponta do meu dedo chegou à curva final do último *r*, a direita se juntou à esquerda.

Não senti que estava pressionando as teclas, mas como se estivesse diante de um piano automático e o marfim se movesse sozinho, seguindo o padrão de buracos abertos em um rolo de papel localizado nas profundezas do mecanismo, e eu estivesse apenas acompanhando. Minha mão esquerda tocou as três primeiras notas e a direita, o eco sustenido. Então, uma baixa, duas altas, repetidas. Depois a menor das pausas.

– O almoço está pronto! – gritou Ute da cozinha.

O feitiço se quebrou e a música parou. Ouvi Oskar descer correndo a escada, dois degraus de cada vez como eu costumava fazer. O estômago vazio o fizera superar sua breve discussão com Ute.

– Peggy, está pronto! – berrou Ute de novo.

Fechei o piano e fui para a cozinha.

21.

O homem estava encolhido sob as árvores, a cabeça de perfil. De início, eu o confundi com uma pedra – não uma que tivesse rolado da montanha na tempestade anterior, mas uma rocha que estava naquele lugar havia anos, enquanto a grama crescia em torno dela e sua superfície manchava-se de líquens alaranjados e esverdeados. Parei no meio do movimento, o coração disparado. Observei-o com olhos arregalados, esperando para ver seu próximo movimento antes de fazer o meu.

Ele havia separado a grama e as samambaias molhadas como um par de cortinas e olhava com atenção para a frente, através da abertura. Eu havia desejado aquilo, feito oferendas por causa daquilo, mas, naquele instante, queria só correr de volta para *die Hütte*, apesar de saber que a resposta de meu pai provavelmente seria pegar o machado e ir atrás do homem ou pôr fogo na floresta para queimá-lo vivo. Ergui e levei uma perna para trás. Mas, antes que meu pé tocasse o chão, o homem tirou as mãos da grama e, lenta e deliberadamente, virou a cabeça para mim, como se já soubesse que eu estava ali. Cabelos desgrenhados caíam em seus ombros e sua barba derramava-se sobre a camisa quadriculada verde e laranja, como um enxame de abelhas. Ele parecia triste, como se estivesse prestes a chorar com o que havia visto por entre a grama; mais tarde, porém, notei que era sua expressão natural: melancólica, como se não aguentasse falar de uma terrível tragédia que havia acontecido. Tudo em seu rosto pendia para baixo: os olhos, a boca e até o bigode grosso e mal aparado.

Ele levou o indicador aos lábios e, ao mesmo tempo, fez uma inclinação de cabeça, chamando-me. Fiquei onde estava, quase tentada a olhar para trás para conferir se ele não estava chamando outra pessoa. Ele repetiu o movimento de cabeça e, sem esperar para ver se eu iria até ele, abriu a grama com as mãos e olhou por entre ela. Cautelosamente, andei na direção dele. Se ele tivesse virado a cabeça para mim mais uma vez, tenho certeza de que teria fugido, mas a intensidade de seu olhar atrás da grama me atraiu. Andei até ele e me agachei ao seu lado. Ele tinha um cheiro diferente do meu e do de meu pai. Tinha o aroma da floresta – fogueiras, frutas outonais e couro – e, sob tudo isso, algo doce, talvez sabonete. Entre suas pernas dobradas estavam as botas, mais uma vez molhadas e arranhadas nos bicos. Ele continuou sem demonstrar que me via ali. Simplesmente abriu mais a grama para que eu pudesse ver o que ele estava observando. Entre as samambaias pisoteadas, uma corça lambia seu filhote recém-nascido, ainda escorregadio de sangue. A língua grossa da mãe passava pelo bebê, limpando e conferindo. Ela ergueu a cabeça e pôs os grandes olhos castanhos sobre nós, mas, da mesma maneira que o homem ao lado do qual eu estava agachada havia me olhado, a corça nos viu e continuou seu trabalho. Ela cutucou o filhote com o nariz, incentivando-o a ficar de pé. Ele cambaleou e o homem retirou os braços do buraco, deixando a grama voltar a seu lugar.

– Eu acho que não somos muito bem-vindos aqui agora – disse ele, levantando-se e se esticando, como se tivesse ficado agachado por horas.

Fiquei chocada ao ouvir outra voz humana na floresta, uma que não era a minha nem a de meu pai. Quis que ele continuasse falando para ter certeza de que não estávamos sozinhos. Ele ergueu os braços sobre a cabeça e estalou os cotovelos. Pareceu crescer até o infinito. Imaginei que, quando havia entrado em *die Hütte* para entalhar seu nome ao lado do fogão, tivera que baixar a cabeça para passar pelo batente da porta. Também fiquei de pé e olhei para cima enquanto ele bocejava. Sua barba se abriu, formando um buraco rosado no meio do rosto, e eu desviei o olhar, envergonhada.

– Você é a Punzel, não é? – Então, estendeu a mão e disse: – Sou o Reuben.

Desajeitada, apertei a mão dele, como havia feito com a dos sobrevivencialistas que cumprimentara à porta de nossa casa em Londres. Ele era mais jovem do que eu havia imaginado inicialmente, tinha o rosto menos envelhecido e enrugado que o de meu pai, cuja pele se tornara grosseira por causa do tempo que passava ao sol e ao vento. Reuben sorriu e as maçãs expostas sobre a barba formaram bolsas.

– Você está com o rosto mais sujo que já vi – ele disse.

Ele estendeu a mão na direção da minha têmpora e percebi que ainda não havia lavado o sangue do dia anterior nem a lama do rio. Reuben olhou para onde eu segurava o sapato, perto do peito.

– É uma coisa estranha para uma menina carregar pela floresta. Quer limpar o sapato? E o seu rosto?

Hesitei e, como se ele entendesse minha relutância, disse:

– Não no rio. Podemos ir até o riacho.

Reuben não esperou resposta. Apenas começou a andar para longe da corça e de seu filhote, supondo que eu o seguiria. Fiquei parada olhando para as costas que se afastavam, depois fui atrás dele. Reuben parecia conhecer a floresta tão bem quanto eu e andava pelas mesmas trilhas que eu usava todos os dias. Perguntei a mim mesma mais uma vez como ele podia ter estado ali sem que eu o visse. Em meio aos *wintereyes*, ele virou à direita e subiu a montanha, passando a apenas alguns metros do meu ninho.

– Parece que houve um deslizamento na noite passada, depois de toda aquela chuva – disse ele, dando uma série de tapinhas na pedra que quase me matara.

Continuamos andando até ficarmos na beira do canal profundo. A pilha de pedras cheias de musgo havia sido deslocada pela tempestade e rolara pelo riacho, levando massas de terra com ela. O tronco de uma árvore tinha ficado preso entre as margens e escombros da floresta acumularam-se atrás dele, fazendo a água penetrar pelas falhas de um emaranhado de galhos e toras.

Reuben desceu com cuidado o declive, com uma prática óbvia, cada pé sendo posicionado com confiança, sem nem olhar para o dique temporário acima de nós. Foi apenas quando estava de pé sobre as pedras do fundo que olhou para mim, ainda hesitante no topo da margem.

– Ah – disse, surpreso por eu não estar atrás dele. – Espere aí.

Mas, antes que ele tivesse a chance de voltar para me buscar, escorreguei até ele com o bumbum no chão, enchendo a parte de trás do meu short de lama. Enfiei o calcanhar dos mocassins na margem, segurei-me em tufos de grama e, com um salto cego, cheguei às pedras e ao lado dele.

– É outro jeito de fazer isso – disse ele, sorrindo.

Equilibrando-se em uma pedra verde, ele se abaixou, pegou outra pedra com ambas as mãos e virou-a para o lado, revelando o fluxo secreto de água correndo por baixo. Retirou um pouco de musgo da margem e mergulhou na água. Sentamos lado a lado para que Reuben pudesse limpar meu rosto com a água. Encolhi-me com o choque frio dela.

– Desculpe – pediu ele, ainda me limpando. – Nunca vi tanta lama e tanto sangue em um rosto. Quente ou frio?

Olhei para ele.

– Diga, quente ou frio?

– Quente – respondi, começando a entender.

– Interessante. Cidade ou floresta?

Ele jogou o musgo fora e pegou outro pedaço.

Eu não quis lembrá-lo de que a primeira escolha não estava mais disponível, por isso disse:

– Floresta.

De perto, enquanto ele estava ocupado limpando o sangue e a lama do meu rosto, percebi que cada pelo de sua barba era de uma cor diferente: fios ruivos, castanhos e louros se misturavam na paleta de seu queixo, até se fundirem em uma cor de ferrugem.

– Floresta ou rio?

– Floresta – disse, apesar de estar preocupada com o perigo atrás de nós, uma explosão repentina que poderia nos levar embora.

– Dia ou noite?

– Definitivamente o dia – respondi, lembrando da noite anterior.

Mantive o olhar distante do dele, mas tinha consciência de sua respiração e de sua concentração enquanto me limpava. Ele ficou em silêncio por um instante.

– Coelho ou esquilo?

Eu ri.

– Nenhum dos dois.

E Reuben riu também.

– Está bem. Maçã ou pera?

– Maçã – respondi, porque não queria dizer a ele que não me lembrava do sabor de uma pera.

– É uma pena – disse ele. – Não tem maçãs aqui.

– Tem as do tatuzinho – falei, olhando nos olhos dele pela primeira vez.

A mão que segurava o musgo parou.

– Ah, é, o tatuzinho. Umas coisas amargas horríveis.

Quis proteger a árvore, dizer algo em sua defesa, mas Reuben falou, antes de jogar o musgo fora:

– Pronto. Tudo limpo. – E então: – Mas acho que você vai ficar com uma cicatriz. Como fez isso? – Seus dedos tocaram minha sobrancelha outra vez.

– Não foi nada – respondi, afastando-me.

Um ruído forte soou atrás de nós. Levei um susto e olhei para o dique e o novo fio de água que corria entre as pedras, sob os nossos pés, e seguia caminho, descendo o riacho. Reuben continuou falando como se não tivesse notado.

– E esse sapato que está segurando. Não é nada também? Ele ainda estava em meu colo e a lama secava em flocos. Ele o pegou e o mergulhou na água que passava por nós – já mais rápida, carregando folhas e gravetos com ela. Reuben pôs a mão dentro do sapato para tirar anos de lama compacta do rio. Esfregou o exterior, fazendo o gato saltitante do calcanhar aparecer mais. Uma onda de saudade me tomou, mas não tive certeza se era de Londres, das lojas de sapatos e das calçadas ou de meu pai e de *die Hütte*. Queria tanto ficar quanto fugir. O rosto de Reuben era novo demais. Eu ainda não entendia o significado de cada ruga em sua testa, cada movimento de seus lábios, cada apertar de sua mandíbula. Estar tão perto dele me deixava zonza, como uma festa de aniversário à qual fora uma vez, em que as risadas, as brincadeiras e a comida abundante haviam sido demais e Ute tivera que me buscar e levar para casa. Antes que eu pudesse ver ou ouvir alguma coisa, queria ir para um cômodo escuro entender aquele novo ser humano.

– É seu? – perguntou ele sobre o sapato. Só pude fazer sim com a cabeça. – Não vai calçá-lo?

Dei de ombros. Ele ergueu minha perna direita e pousou meu tornozelo sobre seu joelho. Era a primeira vez que sua pele tocava a minha. Empurrei o mocassim. Não havia meia para tirar – todas as nossas meias tinham se reduzido a tubos surrados muitos invernos atrás. A renda tinha apodrecido depois de anos na lama e se desintegrou quando Reuben abriu o sapato e tentou calçá-lo em meu pé. O interior estava gosmento e molhado e tive que encolher os dedos para colocá-lo. Ele quase não coube. Meus ossos tinham crescido, mas eu não havia engordado desde que tínhamos ido morar na floresta. As roupas que não haviam se desfeito ainda eram praticamente do tamanho certo para mim. Todas as minhas calcinhas tinham se tornado farrapos cinzentos e as calças haviam se rasgado tanto nos joelhos que eu as cortara com uma faca e usara as partes de baixo para fabricar mangas para uma túnica feita com peles de coelho e esquilo. Durante vários invernos, usei os dois vestidos de Ute, mas nunca crescera a ponto de chegar à altura dela. Agora estavam esfarrapados e gastos. Eu cuidava apenas das minhas luvas azuis e do meu gorro: lavava-os regularmente em um balde de água e os pendurava sobre um arbusto espinhoso ao sol, para que a lã retomasse a forma normal.

Mas meu cabelo havia crescido – ficava castanho-escuro no inverno, mais claro no verão e caía bem próximo do meu rosto; atrás, cobria boa parte das costas. Ficava grudado em mechas, e até mesmo os dentes restantes do pente se recusavam a atravessá-las. Eu trançava as mechas que ainda conseguia soltar e, no inverno, muitas vezes as enrolava em torno das orelhas para mantê-las aquecidas.

Reuben ajeitou o corpo, orgulhoso, olhando para meus pés, um diferente do outro, como os vendedores de que me lembrava da Clarks, na Queen's Avenue. Antes que ele pudesse dizer outra coisa, deixei escapar:

– Tenho que ir agora.

Levantei-me num pulo. Como se meu movimento repentino tivesse deslocado uma pedra ou um galho, ouvimos um rangido de madeira raspando contra madeira, um fluxo de água, e o dique explodiu. Corri para cima da margem, ciente de que Reuben estava bem atrás de mim. Podia ouvir a água, mas não me virei para olhar. Apenas tropecei de volta pelo caminho que havíamos usado. Reuben chamou meu nome, mas mesmo assim não me virei nem diminuí o ritmo.

– Use seus dois sapatos amanhã – gritou ele para mim, e eu imaginei suas mãos grandes em volta de sua boca barbuda.

Sorri enquanto corria, apesar de o sapato apertado estar machucando meu pé. Pulei sobre árvores caídas e saltei pelos troncos que meu pai havia derrubado, cheia de uma energia que poderia ter me feito correr pelo resto do dia.

Cheguei correndo à clareira, pronta para contar tudo a meu pai, apenas pela alegria de ter novidades – esquecendo--me de nossa última briga –, mas a porta da cabana estava aberta e, mesmo antes de entrar, pude ouvi-lo cantando triste e tocando as teclas de madeira do piano:

E meu pai me disse assim, ô lê lê ô baía,
quando casar, você vai ver, ô lê lê ô baía,
os seus sonhos de alecrim, ô lê lê ô baía,
um paraíso para vocês, ô lê lê ô baía.

Apoiei-me contra a lateral da cabana para recuperar o fôlego enquanto sua voz flutuava até mim. O sol do verão mergulhou atrás da montanha e surgiu um novo frescor, que sempre me fazia pensar em novos começos. Acrescentei um tom harmônico ao canto do meu pai, primeiro baixinho e tímido, depois mais alto, com confiança:

– *Ô lê lê ô baía.*
Meu pai parou de tocar, correu até mim e me abraçou.
– Ai, Ute, achei que tinha perdido você. A gente tem que ficar junto para sempre. Prometa para mim que vamos ficar juntos para sempre.
Ele não parou para explicar onde achava que eu tinha ido nem me deu oportunidade de corrigi-lo.
– Tenho uma surpresa para você – disse, soltando-me e pegando minha mão.
As paredes de *die Hütte* tinham sido lavadas e todas as anotações a carvão, sumido. Um dos baldes estava no meio do cômodo e, no fundo, reconheci minha camisola, agora um farrapo cinzento úmido.
– Viu? – perguntou ele, abrindo bem os braços.
Eu me virei, analisando as quatro paredes.
– Temos muito espaço para listas novas, ideias novas. Um novo começo.
Parecia muito feliz consigo.
Deixei que me abraçasse e me chamasse de Ute outra vez, porque tinha um segredo só meu. Ele me envolveu em um abraço e, por sobre o ombro dele, li a lista que tinha começado na parede atrás da porta:

Beladona
Acônito
Teixo
Samambaia-do-campo
Nigela-dos-trigos
Anjo-destruidor-europeu

22.

Não contei a meu pai sobre Reuben naquele dia nem na manhã seguinte, quando acordei, o estômago se revirando de animação. Decidi guardá-lo apenas para mim. À luz do início da manhã, trabalhei na horta, tirando ervas daninhas e limpando o terreno. Cortei madeira e a empilhei ao lado do fogão e virei os cogumelos que estavam dispostos para secar nas prateleiras em torno da chaminé. Fiz todas as minhas tarefas, com exceção de conferir as armadilhas, até o horário do almoço. Não estava com fome. Tentei esconder minha inquietação de meu pai, mas ele ergueu as sobrancelhas quando pus um vestido que eu havia feito no verão anterior, usando o que restara do vestido de camelo de Ute e pedaços de pele de coelho na gola. Eu havia cortado a saia rasgada, mas a deixara longa para esconder meus joelhos, que considerava grosseiros demais para uma menina. Sempre que usava aquele vestido, ele me fazia querer ficar de pé, com as costas retas, e dar pequenos passos na ponta dos pés.

– É alguma ocasião especial? – perguntou meu pai.

– Só vou sair – respondi, trançando as mechas de cabelo que caíam na lateral do meu rosto.

– Aonde você vai?

Ele se apoiou no batente da porta, observando-me, um sorriso irritante no rosto.

– Só vou sair – retruquei.

Enrolei as tranças e as prendi com penas. Enfiei as penas com força entre os fios e me passou pela cabeça que, se elas ficassem presas no lugar, Reuben estaria me esperando na floresta. Calcei os sapatos: o novo, quase seco depois de ficar ao lado do fogão a noite toda, e o antigo, que havia guardado. Tinha cortado as pontas para poder usá-los de maneira confortável, apesar de meus dedos ultrapassarem a sola. Tentei passar por meu pai e ele agarrou meu braço, interrompendo-me, sem mais sorrir.

– Quero que você volte antes do escurecer. – Seus dedos me beliscavam e tentei me afastar, mas ele não me soltou. – Punzel? – Ele disse meu nome baixinho, em uma ameaça velada.

– Está bem!

Puxei o braço com força e fui para a floresta. Quando cheguei às árvores, olhei para trás. Meu pai ainda estava ali, apoiado no batente, observando.

Fui direto para o riacho e olhei para o canal onde havíamos nos sentado no dia anterior. O tronco ainda estava preso entre as duas margens, mas todos os escombros da floresta que haviam ficado emaranhados atrás dele tinham sido levados, como se nunca tivessem estado ali. A pedra que Reuben erguera para alcançar a água e limpar meu rosto tinha até sido posta de volta no lugar – tudo parecia igual, mas tudo estava diferente. Sentei-me na margem, dando uma série de tapinhas no cabelo para ver se as tranças estavam no lugar, presas com as penas. Tentei várias posições e expressões: cotovelos nos joelhos, como se estivesse irritada; sentada com o vestido formando um círculo à minha volta; deitada de costas ao sol da tarde, com os olhos fechados, cantarolando. Ele não apareceu. Nosso pedaço de terra continuou se movendo enquanto eu esperava, girando para longe do sol até eu me perceber sentada à sombra. E de repente pensei que Reuben não esperaria me encontrar ali, ao lado do riacho. Ele devia estar observando a corça outra vez. Desci a colina correndo, percorrendo as trilhas por onde havíamos passado no dia anterior e diminuindo o ritmo para um caminhar tranquilo, quando cheguei perto de onde o havia visto. Ele também não estava ali. Dei alguns passos cuidadosos para a frente e separei a grama como Reuben havia feito. O filhote e sua mãe tinham sumido. Os únicos vestígios de que o nascimento acontecera eram algumas samambaias amassadas.

Conferi as armadilhas, arrastando-me de uma para outra. Dois coelhos e um esquilo foram parar na mochila pendurada em meu ombro. Talvez Reuben tivesse atravessado o rio de manhã. Talvez tivesse passado para me pegar em casa, cumprimentar meu pai e perguntar se podia passear comigo. Podia estar lá naquele instante, ou talvez estivesse doente, morrendo, sendo levado pelo rio. Eu estava a alguns metros do tatuzinho quando lembrei que havíamos conversado sobre as maçãs azedas no dia anterior. Então fui até ele e vi Reuben sentado sob a árvore, tomando sol, as costas apoiadas contra o tronco, escrevendo em um livro. Ele apertou os olhos para olhar para mim.

– Fico feliz em ver você com os dois sapatos hoje – disse.

Não pude deixar de sorrir. Ele sorriu de volta e as bolsinhas voltaram a aparecer sobre as bochechas cabeludas.

Pensei em quantos anos ele teria, onde ele havia nascido e quem havia sido a mãe dele.
– O que está escrevendo?
Pude ver as formas de palavras azuis na folha, mas não distingui o que diziam. Quis lê-las e pegar a caneta de sua mão e escrever, lembrar-me da sensação de letras e palavras surgindo da ponta dos meus dedos. Ele fechou o livro rapidamente.
– Ah, nada. Só umas coisas, ideias. – Ele se levantou e pôs o livro e a caneta em uma bolsa que trazia transpassada ao peito. – Quero mostrar uma coisa. Talvez a gente já a tenha perdido.
Enquanto permitia que ele me puxasse por uma trilha que seguia até o riacho e se afastava do tatuzinho, lembrei-me do túmulo de Phyllis e de sua cabeça enterrada. Quando olhei para trás, por sobre o ombro, vi que os gravetos que o marcavam não estavam mais deitados no chão, mas tinham sido amarrados com barbante e formavam uma cruz que agora estava fincada no solo.
– Espere! – gritei, rindo também, enquanto ele me arrastava atrás dele. – Aonde a gente vai? Por que está correndo?
– Venha – ele incentivou. – Prometo que vai valer a pena.
No riacho, ele desceu uma parte da margem íngreme.
– Tenho uma ideia melhor – disse. Ainda segurava minha mão e me puxou de volta para cima. – Vamos atravessar pelo tronco.
A árvore ainda estava presa às duas margens, mas a maior parte de sua casca tinha sido arrancada, revelando o borne macio e pálido sob ela.

– Abra os braços e não olhe para baixo – pediu, pisando no tronco.

Ele andou com confiança. Um, dois, três passos longos e estava do outro lado.

Reuben me encarou.

– É fácil – disse.

Fiquei parada à margem, as pontas dos dedos suando e a boca seca. Olhei para ele e para o tronco. Dei um passo adiante – um pouco mais largo que meu pé. Dei outro passo e meu centro de gravidade pendeu para o riacho. Tentei compensar, mas me movimentei demais na direção oposta. Dei outro passo rápido demais. Reuben estava inclinado em minha direção, os braços estendidos, mas não consegui me estabilizar na superfície escorregadia do tronco. E caí. Ouvi meu próprio grito e senti uma pontada de dor no quadril e no peito ao bater nas pedras abaixo do tronco.

– Punzel! – berrou ele. Então desceu pela lateral do riacho e me ajudou a levantar. – Deus do céu, você quebrou alguma coisa?

Meu quadril doía e a mão que ficara sob meu corpo parecia ter sido esmagada, mas eu disse:

– Não, não, estou bem. De verdade, está tudo bem.

Ele ergueu minhas mãos e me olhou de cima a baixo.

– Seu vestido rasgou – disse.

Havia uma abertura no tecido bege.

– É bem velho. Não tem importância.

Estávamos nos equilibrando nas pedras úmidas do fundo do riacho. Puxei as mãos de volta para sacudir a lama e os pedaços de musgo do vestido e olhar para baixo enquanto me esforçava para não chorar. Não conseguia lidar com o fato de ser o centro da sua atenção.

– O que você queria me mostrar? – perguntei.

– Tem certeza de que ainda quer ir? A gente pode ver outro dia.

– Mostre o caminho – pedi, começando a subir a margem e tentando não mancar nem estremecer de dor.

No topo, fui para a esquerda, desviando dos arbustos em direção à montanha, consciente de que Reuben me seguia.

– É depois da encosta – disse ele, ultrapassando-me. – Era por isso que precisava dos seus sapatos.

Atrás dele, ergui o vestido para examinar meu quadril. A pele estava ralada e a região sobre o osso já ganhava um tom avermelhado.

O solo sob nossos pés se movia, escorregando para trás enquanto subíamos a montanha. Todos os anos, a neve corroía a lateral da montanha e os fragmentos de rocha caíam como um fluxo cinzento de lava. Escalamos o declive por cinco ou dez minutos até que, após a escarpa, o terreno se tornou plano e paramos para recuperar o fôlego e olhar para trás. A vista nos carregou por sobre as pontas irregulares dos *wintereyes* até os pinheiros do fundo do vale. O rio prateado brilhava, e uma colina verde se erguia da água antes de, por fim, uma linha nua de rochas marcar o fim do mundo.

– É lá que você mora, não é?

– Venha, o sol está se pondo – disse Reuben, guiando o caminho pela lateral da montanha, enquanto pedras soltas rolavam debaixo de nossos pés e caíam pelo declive. Chegamos a uma área com urzes cobertas por uma porção de flores roxas, parecidas com aquelas em que havia encontrado larvas, muitos invernos antes. À sombra da montanha, Reuben se agachou e me puxou para que ficasse ao lado dele.

— Agora, a gente tem que esperar.

Ele ficou parado, olhando direto para os arbustos. Achei que fosse uma piada, mas ele não se mexeu, não olhou para mim nem disse mais nada. Então me agachei também e esperei até o sol passar por nossas costas e bater na urze, que estremeceu sob a luz, e erguer suas flores para o sol. Enquanto observávamos, a urze flexionou suas pétalas, roxas e rosas, com manchas pretas. Como uma onda em um lago imóvel, as flores bateram as asas sob o calor do sol e, em uma reação em cadeia, alçaram voo, erguendo-se em bando e pairando no ar à nossa volta.

— Borboletas têm sangue frio — disse Reuben. — Elas só conseguem se mover quando o sol aquece seus músculos.

Ficamos sentados ali até o sol aquecer a todas, e apenas algumas continuarem dançando sobre nossas cabeças.

— Elas só vivem duas semanas. Uma vida curta, mas linda — explicou ele.

Quando todas as borboletas tinham sumido, Reuben perguntou:

— Está com fome?

Eu estava sempre com fome, mas dei de ombros. Continuamos andando pela lateral da montanha. O caminho estreito desapareceu depois que deixamos o declive e o solo se tornou gramado e irregular, e tufos verdejantes começaram a surgir de rochas e depressões escondidas. Pude ouvir água correndo sob nós, brotando da montanha, pequenos fios que se reuniam em segredo, concentrando-se, ganhando forças, até encontrarem o caminho para o riacho. Quando a montanha ficou mais íngreme, nós a descemos. Eu andava com cuidado, segurando a saia e pulando de um montinho gramado para outro, o quadril reclamando a cada passo. Testava o chão antes de me apoiar, com medo de prender o pé em um buraco e rolar montanha abaixo. Reuben, à minha frente, primeiro começou a descer da mesma maneira, depois se levantou e, dando um grito, pôs-se a correr. Pulava de uma pedra para outra, os braços erguidos, o corpo inclinado para a frente em um ângulo alarmante, como se fosse saltar no ar. Muito antes de mim, ele chegou ao bosque de *wintereyes* e sua respiração estava normal quando o alcancei. Havia parado embaixo de uma árvore e olhava por entre as folhas. Então subiu nos galhos como um macaco e voltou com dois ovos em uma das mãos.

– O seu lanche da tarde – disse, oferecendo-os a mim.

Os ovos tinham a cor azul do meu gorro, pontuada por manchas marrons.

– Não posso comer isso – falei. – Não consigo comer filhotes de passarinhos.

Ele riu.

– Esses não têm embriões. – Ele os ergueu contra o sol. – Viu? Não têm veias. Não foram fertilizados. Só não os deixe cair no chão – pediu, colocando-os em minha mão. – Vamos fazer uma omelete de cogumelos.

Subimos a montanha e olhamos para *die Hütte*. A fumaça da chaminé se erguia sonolenta no ar e, como sempre, além dela, era possível avistar a terra do outro lado do rio.

– Você mora lá sozinho? – tentei outra vez, mas Reuben se levantou num pulo e foi apanhar gravetos para fazer uma fogueira; depois sacou de sua bolsa coisas para acendê-la, e também uma panela, uma faca e uma pilha de cogumelos enrolados em folhas. Ficamos sentados na beira do penhasco, as pernas balançando no ar, e comemos com os dedos, observando meu pai, um homem em miniatura, cortando madeira, andando até o rio com os baldes, regando a horta. Nós o vimos erguer a cabeça e chamar meu nome e saímos correndo da beira do penhasco para nos esconder à sombra da montanha, rindo.

Naquela noite, em *die Hütte*, escondi o vestido de meu pai, enrolando-o como uma bola e o enfiando ao lado da minha cama. Sabia que o rasgo no tecido e o hematoma que se formara em meu quadril o deixariam irritado.

Naquele verão, Reuben e eu nos encontramos todas as tardes. Nós nos escondíamos de meu pai e andávamos pelas trilhas conhecidas, sentávamos em pedras da floresta, escalávamos a montanha, mas nunca cruzávamos o rio.

– Becky e eu sempre dizíamos uma frase quando alguma coisa inesperada acontecia – disse a ele um dia, quando estávamos colhendo amoras do outro lado do riacho. – "Costumávamos dizer que a vida era chata, que nada acontecia como nos livros. Agora alguma coisa *realmente* aconteceu".

Aquele verão foi bom para colher amoras. Os arbustos estavam mais altos que Reuben e cobertos de frutas maduras e doces – bastava um apertão para que se soltassem dos galhos. Eu ia levá-las para casa, mas a mesma quantidade que punha na cesta também ia para minha boca.

– O que era inesperado? – perguntou ele, os lábios escuros de suco de amora.

– Coisas bobas, como nosso professor espirrar no meio de uma aula ou ver que Jill Kershaw, à nossa frente na fila do jantar, havia pegado a última porção de purê.

Reuben formou uma ruga entre as sobrancelhas.

– Era uma piada – eu disse. – Não eram coisas inesperadas como isto.

– Isto? – repetiu ele. – Colher amoras?

Um calor subiu pelo meu pescoço. Desviei o olhar e comecei a catar frutas dos galhos de um arbusto.

– É uma frase de *Quando o coração bate mais forte*. Você não conhece? Eu tinha o disco em Londres. A Becky e eu o ouvíamos o tempo todo.

– Não, acho que não – respondeu ele.

– Você não tinha um toca-discos quando era pequeno?

– Não, não tinha.

Quis fazer mais perguntas, quis saber tudo sobre ele, mas, em vez disso, apenas disse:

– Você teria gostado da Becky.

– Ah, é? Por quê?

– Não sei. Ela era engraçada, interessante, esperta – respondi, livrando-me dos galhos de amoreira.

– E você não é tudo isso?

Ele se aproximou de mim, uma pilha de amoras maduras entre as mãos.

Senti o rubor surgir em meu rosto outra vez.

– Tome. – Ele as jogou na cesta. – Amoras para o jantar.

– Estendeu a mão e limpou o canto de minha boca com o

dedo. – Você não ia querer que seu pai soubesse quão poucas chegaram em casa – disse, antes de abrir um sorriso.

– E no cinema? Talvez você tenha visto *Quando o coração bate mais forte* no cinema.

– Não, acho que não – respondeu. – Sabia que a amora pode ser diferenciada da framboesa não só pela cor, mas porque a amora mantém o hipanto, o talo branco dentro da fruta, e o da framboesa fica no galho quando ela é colhida?

– Papai! Meu papai! – Era minha melhor imitação de Roberta na plataforma da estação.

Reuben balançou a cabeça.

– Ao que você assistia, então? – perguntei.

– Pouca coisa. Nunca fui muito fã de TV.

– E os livros? Você lia livros, não é, onde morava?

Estávamos andando pela floresta, a cesta de amoras pendurada em meu braço.

– Às vezes, não muitos.

Tentei me lembrar das prateleiras do meu quarto em Londres. Havia várias fileiras de livros, mas me lembrei apenas de *Alice no País das Maravilhas*.

– Mas você está sempre escrevendo. Naquele seu livreto que você não me deixa ver.

– Você é a menina mais intrometida que já conheci. – Ele riu, mas eu sabia que era um pedido para que deixasse de ser enxerida.

Andamos em silêncio até chegarmos às árvores na entrada da clareira. Entrei na luz do sol. Quando olhei para trás, Reuben já havia sumido.

Quase uma semana depois, mostrei meu ninho a Reuben. Tínhamos saído para colher amoras outra vez, mas já estavam estragando – tão maduras que, quando as tocávamos, as macias se soltavam e ficavam perdidas entre os espinhos. Uma chuva começou a cair em pingos grossos, sugados pelo solo sedento da floresta, deixando o ar com um aroma de terra úmida. Quando viu o ninho, primeiramente Reuben ficou surpreso e, depois, irritado por existir um lugar na floresta sobre o qual nada sabia.

No dia anterior, eu havia atapetado o ninho com musgo fresco e coberto as paredes e o teto com flores trançadas, dizendo para mim mesma que ele precisava de uma boa arrumação, afastando da cabeça outras possíveis razões. Com Reuben espremido a meu lado, o que parecia um espaço grande ficou apertado. Ele teve que inclinar a cabeça em um ângulo estranho e dobrar as pernas para trás. Fez-me lembrar de Alice, depois que ela havia bebido a poção e crescido demais para entrar na toca do coelho. Estávamos a centímetros de distância, mas eu tomava cuidado com cada movimento que fazia para que não nos tocássemos. No entanto, o hálito – com aroma de amoras – e o corpo dele, sua presença, preenchiam o ninho superlotado.

– Como você já sabia meu nome quando a gente se conheceu? – perguntei.

– Acho que não sabia – disse. – Você se apresentou. Por falar nisso, obrigado por me trazer aqui.

– De nada – respondi, tentando lembrar se ele estava certo ou não. – Só fiz isso para também receber um convite seu.

Reuben soltou um "hummm" vago e se remexeu para evitar uma goteira que pingava do teto de samambaias.

– Desculpe por ser tão pequeno aqui. Eu estava pensando em construir uma estufa voltada para o sul, para pegar o sol do inverno.
– Aí você poderia cultivar samambaias o ano todo.
– Orquídeas e uvas.
– Com aves-do-paraíso exibindo as penas de suas caudas.
– E fazendo cocô na mobília de bambu.
– Que lindo... – disse ele.

Ficamos em silêncio. Arranquei uma flor de cardo do telhado e puxei as pétalas uma a uma, deixando-as flutuar entre nós.

– Como é o lugar onde você mora? – perguntei.
– Parecido com aqui. Árvores, floresta, rio.
– Mas é uma cabana, uma barraca ou o quê?

Tentei não deixar transparecer minha irritação com as evasivas dele.

– Fica depois da montanha, entre as árvores.
– Nunca fui lá. Só quando a gente chegou, antes... – Eu me interrompi.
– Quer ir?

Eu havia imaginado a Grande Divisa muitas vezes. Ela aparecia em meus sonhos. Ficaria de pé, equilibrando-me na beira do penhasco, os pé jogando pedrinhas para a escuridão, pedrinhas que nunca atingiriam o fundo. Ou voaria sobre nosso pedaço de terra, as montanhas como mãos em cuia e o rio correndo pelo vale que formavam. Mas, enquanto voasse, poderia ver que ela flutuava em um mar negro infinito. Eu procuraria outras ilhas de vida, mas não veria nada.

— Posso levar você — disse ele, deitando de costas, esticando as pernas e atingindo as plantas trançadas da ponta do ninho.

— Talvez.

Havia pedaços de musgo na barba dele.

— Agora.

— Não sei.

— Você sempre tem medo demais de fazer as coisas — retrucou ele. — Vai acabar seus dias naquela cabana caindo aos pedaços com seu pai esquisito, sem ter feito nada por vontade própria.

— *Die Hütte* não está caindo aos pedaços — falei.

Era a única resposta de que tinha certeza.

— Eu poderia soprar e derrubar a casa inteira.

Ele apertou os lábios e soprou, e tufos brancos de cardo voaram à nossa volta.

— Está bem, vamos lá agora — eu disse, mas nenhum de nós dois nos mexemos.

Continuei deitada de costas, observando um tatu-bola andar pelo teto. Eu esperava alguma coisa, mas não sabia o quê.

— Tatus-bola têm os pulmões nas pernas traseiras — explicou Reuben. E então: — Você não precisa voltar para cá.

Eu não disse nada, apesar de saber que era uma pergunta e que ele esperava uma resposta.

— Você poderia ficar do meu lado do rio. — Ele não disse "ficar comigo".

— Você tem um piano?

— Não, claro que não.

Com certa dificuldade, ele se virou de bruços, se arrastou para fora do ninho e me perguntei se minha chance de ter algo que não entendia direito havia sido perdida.

Andamos na chuva, de cabeça baixa, até a pedra chata onde todos os dias meu pai descia o balde até o rio. Era um lugar aberto e perigoso. Ficamos parados juntos, na beirada verde e escorregadia, e olhamos para baixo. Gotas de chuva se juntavam à água do rio muitos metros abaixo.

– Você só precisa pular – disse Reuben. – A corrente vai levar você pelo rio até o outro lado.

A margem oposta era coberta de várias camadas de rocha até chegar ao nível do rio. Ali, arbustos e árvores amontoadas preenchiam a água, reduzindo o caminho que meu pai e eu havíamos atravessado quando eu era criança.

– A gente não pode entrar lá embaixo, depois dos juncos?

– E ser levado rio abaixo, bater a cabeça em uma pedra e nunca mais sair? – retrucou ele, fazendo-me estremecer.

Contemplei a piscina imóvel outra vez e percebi que nunca conseguiria pular. Meu corpo resistiria à tentativa de deixar a rocha sólida e saltar no ar e na água. Eram os elementos errados, não feitos para mim.

– Pelo amor de Deus, Punzel. É só um pulinho.

– Não consigo. – Balancei a cabeça e andei para trás.

Ele ficou irritado, gritando que eu era uma criança patética, que ele não tinha ideia de por que perdia tempo comigo e que seria muito melhor para nós dois se ele pulasse naquele instante e nunca mais voltasse. Encostei o queixo no peito, deixando as gotas de chuva seguirem a curva da minha cabeça e correrem frias até o buraco secreto na base do meu pescoço.

Perguntei-me se ele estaria certo, se tudo seria melhor se eu nunca tivesse conhecido aquele homem estranho e simplesmente deixado os planos do meu pai acontecerem. Por fim, Reuben ficou em silêncio e nós deixamos o rio e subimos o declive pelas árvores, margeando a clareira. Quando nos sentamos sob meu *wintereye* favorito, a chuva havia parado, deixando gotas de água penduradas nas samambaias. O sol saiu e brilhou sobre a cabana, abrigada na dobra do cotovelo da montanha.

– Meu pai me disse que ele e eu somos as duas últimas pessoas que sobraram no mundo – falei.

– Ele está mentindo – disse Reuben. – Eu também estou aqui.

E apontou para uma águia bem acima de nós, as pontas das asas abertas como dedos, enquanto acompanhava, em círculos, uma corrente de vento. Senti o aroma de amoras nas palavras de Reuben outra vez e me aproximei, inspirando seu cheiro.

Ele olhou para baixo.

– Você não está prestando atenção – ele disse, rindo.

Achei que talvez tivesse me perdoado por não ter atravessado o rio. Ele pegou meu queixo com uma das mãos, ergueu minha cabeça e me beijou.

23.

No resto dos dias de verão, fiquei fora do caminho de meu pai, mantendo uma distância física entre nós – pressionando as costas contra o piano ou as prateleiras quando ele passava por mim. No entanto, às vezes ele ainda me alcançava, puxava meu vestido e me prendia entre os joelhos. Eu ficava rígida e quieta, para que mais tarde tivesse certeza de que não havia feito nada para incentivar aqueles episódios de choro ou raiva e as desculpas subsequentes.

Ele muitas vezes me chamava de Ute e eu desisti de corrigi-lo. Lembrava a confusão causada quando eles haviam se casado, rindo de como tinham fugido de um fotógrafo de jornal que os caçara. Ficava frustrado quando eu não lembrava dos nomes e da localização dos hotéis em que haviam se escondido quando estavam em lua de mel. Em outros momentos, falava como nós três devíamos ficar juntos outra vez. Essa ideia cresceu de forma tão gradual que era impossível lembrar uma conversa ou o momento exato em que o curso de nossas vidas mudou e ele tomou aquela decisão. Na maioria das noites, depois que eu ia para a cama, ele escrevia mais palavras nas paredes da cabana, elaborando planos e listas. Dizia até que tinha uma lista de pessoas a matar e ria da própria piada. Da cama, eu por vezes o ouvia chorar, murmurando e enterrando a cabeça embaixo do travesseiro. As noites de choro faziam com que eu me sentisse imaterial, como se apenas existisse na cabeça do meu pai. Mas era pior quando, no escuro, ele tentava me envolver em seus planos.

– Se tivéssemos dinamite... É, dinamite resolveria tudo. *Cabum*! – Ele soltava uma risada amarga. – Poderíamos explodir *die Hütte*. Fazer a montanha desabar na nossa cabeça. – Ele soltou um grunhido, como se estivesse sentindo dor. – A Ute, ela me deixou. É fácil morrer quando não é a gente que tem que fazer, mas você e eu, Punzel, a gente tem que achar um jeito. Vamos fazer isso juntos, não é?

Quando eu não respondia, ele gritava meu nome, como uma criança chamando a mãe no escuro. Eu fingia estar dormindo, mas ele saía da cama para me sacudir.

– Promete que vai vir comigo? Prometa.

– Prometo – sussurrava eu.

– Tem que falar a verdade. Se a gente se compromete com uma coisa, tem que manter a promessa. Não como a Ute fez. Vamos juntos, não é?

– É.

– Só temos que descobrir como.

Ele se sentava em minha cama roendo as unhas, planejando.

– A Ute quebrou a promessa dela – dizia, engasgando-se com as palavras.

Então se encolhia no chão, tremendo e chorando, até que eu estendia a mão para tocá-lo e repetia:

– Prometo.

Reuben e eu nos encontrávamos depois que os legumes haviam sido regados, as armadilhas conferidas e o piano tocado. O verão estava quente, as samambaias haviam crescido mais do que nunca, o musgo nos *wintereyes* ganhara cor de ervilhas enlatadas e a chuva, quando caía, nunca durava muito tempo. Certa manhã, um aroma apareceu no ar, o cheiro da estação mudando, das folhas se acumulando nas fendas da montanha, das amoras fermentando sob uma grande camada macia de mofo.

– Como a aranha faz a teia? – perguntei a Reuben, olhando para as teias acima das nossas cabeças.

Estávamos deitados de costas sob os *wintereyes*, a luz da manhã batendo nos fios de seda.

Reuben estava em silêncio, de olhos fechados. Moscas zumbiam sobre nós e eu me perguntei se a pele no resto do seu corpo era tão clara quanto a do seu rosto. Cutuquei suas costelas.

– Oi? – disse ele.

– A aranha. Como ela começa a fazer a teia? Cospe o primeiro fio ou pula, ou o quê?

– Ou o quê? – respondeu ele, sonhador, sem se mexer.

Passei uma folha de grama pelo nariz dele. Ele passou as mãos diante do rosto como se uma aranha estivesse andando por ele. Passei a folha pela pele dele outra vez e, então, ele abriu os olhos.

– Está bem – disse, suspirando. Não tinha certeza se estava irritado ou cansado. – Ela deixa o vento levar. Onde quer que a teia pare, é onde ela constrói sua casa.

– Igual a você. Você mora onde quiser, não é? – perguntei.

Reuben já havia fechado os olhos.

Cerrei os meus também e deixei a tarde quente me levar. Em meu sonho, estava na cama, na cabana. Reuben estava encolhido ao meu lado, o braço sobre minha cintura, os dedos movendo-se ritmadamente entre minhas pernas. A barba e o hálito quente faziam cosquinhas em minha nuca e, mais do que tudo, eu queria que enterrasse os dentes em minha pele. Fiquei imóvel, ouvindo o curioso rangido que o movimento circular de sua mão fazia, como se algo dentro de mim precisasse ser lubrificado. Ainda sonhando, virei-me de costas, vi as solas das botas do meu pai acima de minha cabeça, balançando levemente, e percebi que seu corpo pendia de uma das vigas. Acordei gritando, com o sol em meus olhos. Reuben havia saído de perto de mim e deixara para trás a forma de um corpo sobre a grama amassada. Olhei para cima e o vi sentado em um galho, os pés pendurados sobre mim. Atrás dele, a sombra da montanha crescia.

– O que está vendo? – perguntei, levantando-me.

– Seu pai. Ele está procurando alguma coisa embaixo das faias.

Meu estômago se revirou. Reuben segurava seu livro, mas não escrevia.

– Meu pai está procurando anjos-destruidores-europeus – falei, tentando soar despreocupada.

– *Amanita virosa*: o cogumelo mais venenoso e mortal. Coma qualquer parte do seu corpo branco e as toxinas vão penetrar em suas entranhas, seu fígado, seus rins e até em seu cérebro. Não há antídoto conhecido. – Com um movimento violento, ele arrancou uma folha de seu livro. – São as árvores erradas. Fale para ele procurar embaixo dos pinheiros. E, de qualquer maneira, é cedo demais para os anjos-destruidores crescerem. Suba aqui para ver.

Precisei de várias tentativas para subir no galho mais baixo da árvore. Lá em cima, inclinei-me em direção ao tronco e dei um impulso até chegar onde Reuben estava. Ele não olhou para mim nem se mexeu. Arranhei o joelho na superfície grosseira e, quando ergui a saia, gotinhas de sangue surgiram na pele rasgada e lágrimas cresceram em meus olhos. Agarrei a madeira e, com dedos suados, fui chegando mais perto dele. No chão, um galho caíra na grama alta. A casca se soltara dele, deixando à mostra algo como um osso pálido sob nós.

Reuben havia enrolado a folha do caderno como um cigarro e o enchido de grama seca. Consegui identificar algumas palavras: *nada deu certo*, escrita em tinta azul, formando uma espiral. Com um fósforo, ele acendeu os filamentos marrons que saíam da ponta do cigarro. Eles se acenderam e o papel pegou fogo. Reuben estendeu-o para mim, segurando o fôlego.

– Quer?

Tomada de tristeza, balancei a cabeça, observando as palavras que ele nunca havia permitido que eu lesse brilharem e se tornarem cinzas enquanto soltava fumaça pelo nariz.

– Tudo parece perfeito de longe, não é? – disse Reuben.

Meu pai, agachando-se de tempos em tempos, talvez estivesse colhendo flores para a mesa.

– Ele me protegeu durante muito tempo. É muito bom em cortar madeira e escalpelar coelhos.

– Para que ele quer anjos-destruidores?

— E esquilos. Consegue tirar a pele de um esquilo em dois segundos.

— Ele quer acabar com tudo, não é? — Reuben tragou o cigarro e a brasa se avivou.

A barba e o bigode tinham ficado amarelados de um lado. Com um peteleco, ele jogou a bituca longe e nós dois ficamos observando a chama cair na grama. Um minuto depois, uma coluna muito fina de fumaça surgiu no ar pesado e eu rezei para que meu pai tirasse os olhos do chão e viesse correndo. Mas ele examinava alguma coisa. Trouxe-a para perto de seus olhos e a pôs na cesta de junco presa à sua cintura.

— Ele cuida de mim há muito tempo — falei.

— Eu tomaria cuidado com o que ele prepara no jantar — disse Reuben, soltando uma risada.

Balancei as pernas, mas a sensação de não ter nada sólido sob meus pés me deixou enjoada e eu parei depois de alguns chutes.

— Ele é bom cozinheiro.

— Um ensopado de *amanita virosa* com salada de nigela. Uma combinação letal. Ele vai comer também?

— Disse que já viu essas coisas aqui.

Reuben ergueu uma das sobrancelhas e passou a mão pela barba, produzindo um som de folhas secas.

— É mesmo?

— Disse que temos que ir juntos.

— Ir para onde? O que isso significa?

— Diz que eu não sobreviveria aqui sem ele.

— Você parece se virar muito bem. Para uma menina. — Reuben piscou para mim.

– Ele diz que não seria certo a última pessoa no mundo ficar sozinha.

– Diga que sobraram três pessoas.

– Não posso fazer isso – respondi, baixinho.

– Mas você não vai aceitar isso, vai? – perguntou ele, surpreso.

Fechei os olhos, mas senti que estava caindo para trás, então voltei a abri-los. Uma gota de suor ou um inseto desceram pela minha lombar, mas eu não pude me soltar do galho para me coçar.

– Prometi a ele.

– O quê? Você prometeu que ia morrer com ele?

– É.

– Promessas podem ser quebradas. Punzel? – O rosto de Reuben estava ainda mais pálido que o normal, as sobrancelhas erguidas, como se só naquele instante ele tivesse percebido que eu não estava brincando. – Só porque um velho quer se matar não significa que você tem que se juntar a ele num pacto suicida maluco. – Ele parecia horrorizado.

– Já combinamos. Assim que ele achar os cogumelos – expliquei, direta.

Mas, enquanto eu via meu pai subir a colina em direção a *die Hütte*, meu corpo tremia ao pensar no que havia em sua cesta e um arrepio se espalhou por minhas costas quando a sombra da montanha chegou até nós.

– Ele disse que sobrevivemos muito mais tempo que o resto do mundo, mas que agora é hora de ir.

– Mande o filho da mãe ir para onde ele quiser, mas você vai ficar.

— Eu prometi — repeti.

— Isso é ridículo.

Reuben segurou meu pulso. Em resposta, a grama e as pedras abaixo de mim balançaram e eu achei que fosse vomitar.

— Tenho que ir para casa agora — disse, apesar de não saber direito como desceria da árvore.

Tentei me mexer sobre o galho e a floresta girou em torno de mim.

— Punzel, prometa que não vai comer aqueles cogumelos. — Ele fez uma pausa e nós dois olhamos para seus dedos em volta do meu pulso. Eles lembravam os do meu pai. — Eu não...

Ele se interrompeu outra vez e não terminou a frase. Em vez disso, me soltou e continuei me arrastando até o tronco. Reuben ficou onde estava, olhando para a paisagem.

Eu queria que nós dois nos despedíssemos direito. Queria que ele me beijasse outra vez. Foi ainda mais difícil descer do que subir. Não conseguia olhar para baixo, então pressionei a bochecha contra o tronco e fui tateando, procurando um lugar para pôr os pés. Pulei na última parte, caindo em cima do pé.

Quando estava sob o galho, Reuben gritou:

— Promessas podem ser quebradas.

De onde eu estava, no chão, vi os incisivos dele, grandes e pontudos como os de um gato, e me perguntei como nunca os havia notado. Saí da sombra e entrei na faixa do caminho onde batia sol, imaginando os olhos de Reuben em mim. Mantive as costas retas e a cabeça erguida, mas, quando cheguei a *die Hütte*, não resisti e me virei para lançar um último olhar para ele. Quase ergui o braço para acenar, mas o galho já estava vazio.

Na cabana, meu pai picava as cenouras que eu havia colhido e lavado de manhã. No chão ao lado da mesa, estava a cesta.
– Encontrou algum? – perguntei.
– Alguns. O suficiente – respondeu ele, ainda picando.
– Tem certeza do que são?
– Absoluta. Achei que poderíamos comer no café da manhã. Fazer nosso último jantar hoje – disse meu pai, sorrindo. – Ensopado de bolinhos de bolota, batata assada e bolo de mel. Gostou?

Ele parecia muito são.
– Vai doer?
– Ah, Punzel... Eu nunca deixaria nada machucar você. Não, acho que vamos só dormir e não acordar. – Ele pousou a faca e fez carinho em meu cabelo. Depois, ergueu meu queixo. – Você sabe que isso é o certo.

Não era uma pergunta, mas fiz que sim com a cabeça.

Depois do jantar, fomos direto para a cama. Meu pai não falou nada pela primeira vez. Acho que não havia mais nada a dizer. Eu o ouvi chorar, mas não tive forças para reconfortá-lo. Um pouco depois, ele saiu da cama e andou até a minha.
– Ute, me deixe entrar – sussurrou, puxando as cobertas de pele.

Fingi estar dormindo.
– Ute, por favor – choramingou ele.

Segurei as cobertas com os joelhos e as agarrei com as mãos.

— É nossa última noite — disse, puxando as cobertas para que se soltassem do meu corpo e ele pudesse se deitar ao meu lado.

Fiquei parada com os braços abaixados e os olhos fechados e pensei na imagem que vira da árvore, em como a terra descia em uma curva graciosa até o rio e subia pelo outro lado. Em como os *wintereyes* e as faias da outra margem do rio pareciam perfeitos de longe, assim como as cabeças verde-escuras de couve que eu cultivava na horta, complexas e convolutas. E pensei em como todas as coisas ruins — a cobra que comia os ovos dos pássaros, a águia que rasgava o rato em farrapos sangrentos, as formigas no mel — eram detalhes necessários em um mundo que ainda existiria depois que tivéssemos sumido. Passado um tempo, meu pai voltou para sua cama. Ouvi sua respiração mudar quando adormeceu. Fiquei deitada no escuro por muito tempo. Imaginei que estava escalando a árvore de novo, desta vez sem dificuldade, e ficando de pé no galho com os braços abertos. Mergulhei e uma brisa quente me pegou. Então, como a águia, voei sobre o topo das montanhas, sobre o tatuzinho, sobre a urze cheia de borboletas e os *wintereyes*.

— Punzel. — Reuben sussurrou meu nome no escuro. — Punzel! — Sua voz ressoou outra vez em meu ouvido.

Abri os olhos. Eu ainda estava na cama, as primeiras luzes da manhã surgiam e Reuben estava inclinado sobre mim. Ele usava um gorro de lã azul que eu nunca havia visto. O cabelo preso dentro dele o fazia parecer careca à meia-luz.

— Venha.

Ele tirou as cobertas de mim e me puxou. Pegou minha mão e juntos saímos da cabana. O primeiro nevoeiro do fim do verão lavava o fundo do vale.

– Meus sapatos! Tenho que pegar meus sapatos! – avisei, assim que saímos e senti pedras furando a sola dos meus pés.

– Não temos tempo – disse ele, correndo pela clareira e me arrastando junto.

– Espere, vá mais devagar. Está doendo – pedi.

– Rápido!

Os olhos de Reuben brilhavam, animados. Gotas d'água pendiam de sua barba, como se o orvalho tivesse ficado preso nela.

– Aonde a gente vai?

Mas ele já me puxava para a floresta. Corremos para o ninho, eu na ponta dos pés, tentando mantê-los no meio das trilhas gastas para evitar a maior parte dos gravetos e pedras. À luz cinzenta, vi que o lado de fora do ninho havia sido novamente tapado com samambaias e, depois que entramos, percebi que o chão fora coberto com musgo fresco.

– E agora? – perguntei quando recuperei o fôlego.

Reuben e eu estávamos agachados lado a lado, como duas sementes em uma fava.

– Seu pai pode comer aqueles cogumelos idiotas – disse ele, pressionando a palma das mãos contra o teto a alguns centímetros de sua cabeça.

– Que ele tome o próprio remédio – falei. Ambos rimos.

– Não, a sério, e agora? – perguntei, preocupada.

Então, Reuben se aproximou para me beijar. A barba e o bigode espetaram minhas bochechas e meu queixo e me fizeram rir outra vez.

– Isso faz cócegas.

Reuben se afastou.

– Andei pensando em tirar – disse, passando a mão pela barba.

– Não, não faça isso. Gosto assim.

Pus os dedos na barba dele, fazendo buracos nela, puxei seu rosto para mim e o beijei de volta. Ele abriu a boca e pus a língua nela. Reuben tinha um sabor salgado e me perguntei o que ele havia comido. Ele estendeu a mão e tocou meu seio por sobre minha camisa. Tinha sido do meu pai; era de um verde gasto e chegava até minhas coxas. Estava rasgada e manchada em alguns lugares. Pensei que devia ter colocado um vestido. Puxei a barra da camisa, tentando cobrir as pernas. O tecido se esticou sobre meus seios e Reuben passou os dedos sobre um dos meus mamilos, que enrijeceu com o toque. Apenas dois botões não tinham caído da camisa e Reuben pôs a mão dentro dela, cobrindo meu seio. Senti sua mão fria em minha pele. Ele abriu um botão e se abaixou para tomar meu mamilo com a boca. Entre minhas pernas, a sensação de que uma tempestade se formaria cresceu. Seus pelos me fizeram cócegas outra vez e me deram vontade de me coçar e rir, mas fiquei quieta. Ele beijou meu outro mamilo e depois minha boca. Nossos corpos inteiros se uniram e tentei abrir a camisa dele, mas tinha um monte de botões e o ninho era muito pequeno. Nossas pernas se enroscaram e, sem querer, chutei o tornozelo dele, fazendo-o soltar um gemido.

Por fim, fiquei parada, enquanto Reuben se contorcia para se despir, tirava o gorro e empurrava as botas e as roupas para o fundo do ninho com os pés. Seu corpo pálido parecia quase luminoso naquele espaço restrito, como uma criatura marinha exótica. Tentei me concentrar no musgo e nos gravetos presos nos pelos do seu peito, para ver apenas pelo canto dos olhos sua coisa ereta saindo do ninho. Reuben me ajudou a tirar a camisa e me cobri com as mãos.

– Estou sem calcinha – disse.

– Você é linda – falou ele, afastando minhas mãos e colocando uma delas em volta de si.

Senti sua rigidez e seu calor e me perguntei se aquele era o motivo de suas mãos estarem tão frias. Depois de segurar a coisa por um instante, Reuben começou a mexer o corpo, fazendo-a deslizar para a frente e para trás em minha mão, até eu aprender a copiar o movimento. Ele exalou em meu corpo e pressionou o rosto contra o meu, fazendo nossos dentes baterem e sua língua entrar em minha boca. As pontas afiadas das pedras sob o musgo pressionavam minhas costas enquanto ele traçava o formato de minha cintura e meu quadril fino com as mãos, as curvas de minhas coxas, até acariciar os joelhos e subir por entre minhas pernas. Seus dedos me exploraram e circundaram uma parte de mim que eu não sabia nomear. Ele me fez esquecer de beijá-lo, esquecer de continuar movendo minha mão. Pôs seu corpo sobre o meu e abriu minhas coxas com as suas. Sua coisa encostou em mim e, por um segundo, senti todo o seu peso. Apoiando-se em um dos cotovelos, ele usou a outra mão para penetrar em meu corpo. Um grito, quase de dor, escapou de mim e uma resposta sussurrada ecoou dele. Ele se apoiou nos cotovelos e nós olhamos um para o outro. A luz do dia entrava pela abertura do ninho e vi um sorriso se abrir no rosto dele.

– Faz muito tempo que eu queria isso – disse Reuben.

Ele pegou minha mão, guiando-a entre nossos corpos, e moveu o quadril para cima e para a frente. De início lentamente, depois mais rápido, e, durante todo esse tempo, meus dedos seguiram o ritmo dele. Reuben enterrou o rosto em meus cabelos e gemeu. Com o nariz apoiado no meu, ele me penetrou com mais força, o rosto mudando, os olhos perdendo foco. Eu o acompanhei, respirando mais rápido e com mais dificuldade, até o momento em que um tipo de fogo se espalhou entre minhas pernas e eu estremeci e ouvi o barulho animal, gutural, de Reuben. Então, de muito longe, talvez do rio, ouvi meu nome sendo chamado:

– Punzel!

O corpo de Reuben ficou tenso outra vez e ele rolou para longe de mim, ficou de quatro e pôs a cabeça para fora, sob a luz. Arrastei-me para o fundo do ninho, encontrei minha camisa e a vesti.

– Punzel – disse a voz do meu pai outra vez. Ansiosa, mais próxima.

– Tenho que ir – falei, puxando o braço de Reuben para poder passar por ele e chegar à abertura.

– O quê? – indagou ele, virando a cabeça para mim, incrédulo. – Não. Isso não vai acontecer. Não agora.

– Não tenho escolha.

– Vamos nos esconder – disse Reuben.

Sua coisa estava pendurada entre suas pernas, ainda úmida, mas já mole. Ele puxou as roupas para si com os pés e as vestiu.

— Ele vai me encontrar.

— Vamos atravessar o rio — sugeriu ele, casando os botões de sua camisa com os buracos errados.

Olhei para minhas mãos calejadas, já velhas.

— Está bem, não o rio. Vamos escalar a montanha.

— Não trouxe meus sapatos.

— Deus do céu! Você quer morrer com ele, não quer? — Estava quase gritando. — Lute contra isso, droga.

Ele segurou meus ombros e me sacudiu. Eu apenas balancei com ele, sentindo as lágrimas se acumularem. Ele me deu um empurrão desesperado.

— Punzel — disse, fazendo o grito ecoar na floresta mais uma vez. Estava esgotado. Um uivo.

Reuben e eu ficamos sentados no ninho, os joelhos se tocando, sem falar. Por fim, ele disse:

— Não quero que você morra.

Então deixei que ele me pegasse pela mão e me levasse para a floresta.

Fomos para a esquerda, na direção do riacho, mas bem devagar. Eu não conseguia correr, tinha que andar vagarosamente pelas trilhas, mas mesmo assim minhas pernas foram perfuradas e arranhadas por pedras e arbustos. O líquido que Reuben havia deixado dentro de mim escorria por minha coxa, coagulando em minha pele enquanto eu andava.

— Vamos dar a volta, voltar a *die Hütte* e pegar seus sapatos.

— Seu gorro — falei, puxando a mão dele. — Você deixou seu gorro lá.

— Não tem problema.

Quando chegamos ao riacho, olhei para trás e tive certeza de que algo se movia entre as árvores, seguindo-nos pela floresta. O riacho estava úmido e cheio de musgo como sempre, mas era mais fácil andar por ele do que pelo solo da floresta. Todos os pensamentos sobre a água que caía abaixo de nós desapareceram enquanto eu seguia Reuben, pulando descalça de uma pedra escorregadia para outra, recuperando o equilíbrio no último minuto com os dedos dobrados. Escorreguei apoiada no bumbum, arranhando a pele, batendo o cotovelo, a camisa ganhando um tom mais escuro de verde. A ferida em meu joelho se abriu e o sangue escorreu pelo tornozelo.

Reuben estava sempre alguns passos à frente, olhando para trás para dizer:

— Rápido, rápido, rápido.

Quando havíamos passado por baixo da ponte de tronco, ele correu para a margem e se virou para olhar pelo caminho que havíamos percorrido. Meu pai estava parado no topo do túnel verde, os pés plantados nas pedras ao lado dele. Ele olhou para baixo e me encarou; então, Reuben agarrou minha mão e me puxou para as árvores.

Andamos por um grande círculo através da floresta, quase chegando ao rio, e, sem que eu tivesse dito que havia visto meu pai nos seguindo, nos agachamos entre as samambaias, andando de quatro sobre troncos podres e arbustos que puxavam nossos cabelos e rasgavam nossos rostos, como se a floresta também quisesse que eu ficasse. Quando chegamos às árvores na entrada da clareira, paramos para recuperar o fôlego. Eu não podia ver ninguém atrás de nós, mas tinha certeza de que meu pai estava lá. *Die Hütte* apareceu em meio à luz do sol. Estava perfeita: toras empilhadas em filas contra a parede traseira, os ramos roxos de acelga de prontidão na horta – mas a porta estava entreaberta e o interior, escuro.

– Talvez seja melhor eu entrar sozinha – disse.

– Não, eu vou com você.

A grama estava alta em torno de *die Hütte*, esperando que meu pai trouxesse a foice e a cortasse rente ao chão. Andamos tranquilamente por ela, apesar do meu coração disparado. Quando Reuben chegou à entrada, olhamos para trás para conferir se o proprietário da pequena casa não estava por perto. Com uma das mãos, ele empurrou a porta. Ela resistiu. Ele a empurrou com o ombro e algo pesado do outro lado arranhou o chão. Então, ele pôs a cabeça sob o batente. Dentro da cabana, meus olhos levaram alguns segundos para se ajustarem à escuridão – e nada estava onde deveria. Tudo havia sido revirado, destruído e espalhado. O fogão pendia sob duas pernas, a porta aberta, espalhando cinzas. As prateleiras vazias, minha colcha jogada longe, como se meu pai tivesse pensado que eu podia estar escondida embaixo dela. E a base da minha linda cama estava quebrada em duas. A cama do meu pai havia sido arrancada da parede e o conteúdo da caixa – a comida, as roupas, as ferramentas, os pregos e as sementes – havia sido espalhado pelo cômodo. Peguei meu gorro, grudento de mel. Então me virei para a janela e gritei ao ver o piano. As teclas estavam reviradas, como dentes quebrados, os seixos jogados no chão, machucando meus pés descalços. A tábua tinha sido quase cortada ao meio e o machado estava preso no buraco.

Reuben pegou o cabo e tentou soltá-lo, mas a ferramenta não se moveu. Com os dedos, mexi em algumas das coisas quebradas e coloquei um banquinho de pé. Tinha as mãos em um dos meus sapatos quando a porta foi aberta. Meu pai estava parado ali, uma forma negra contra a manhã branca.

– Você prometeu – disse ele, frio.

Olhei para Reuben atrás da porta aberta. Meu pai entrou na cabana e vi que ele carregava a luneta na mão esquerda. A luz do sol bateu em outra coisa e percebi, sem me surpreender, que ele também trazia a faca.

– Sinto muito, papai – falei. – Eu não posso fazer isso.

Do canto do olho, vi Reuben puxando o cabo do machado. Meu pai se aproximou, mostrando ambas as mãos, como se me pedisse para escolher entre os dois objetos que tinha nelas. Eu ainda segurava o gorro, mas dei um pulo para a frente sem nenhuma intenção clara. Ao mesmo tempo, a mão direita do meu pai se ergueu. A faca bateu na lateral da minha cabeça e, apesar de eu não ter sentido nenhuma dor, quando olhei para baixo as pétalas de uma flor escura haviam começado a crescer e florir a uma velocidade imensa no ombro da minha camisa. Pus a mão na lateral do meu rosto e ela voltou escorregadia de sangue. Cambaleei, fechei os olhos, ouvi um barulho surdo e achei que devia ter caído, mas, quando os abri outra vez, estava de pé sobre meu pai, o corpo virado de lado e a cabeça pousada sobre o tapete.

– Papai? – chamei, ajoelhando ao lado dele.

O sangue pingou do meu rosto no dele. Puxei seu ombro e ele virou de costas. Vi que o resto de sua cabeça estava estranho, faltando. Rolei-o de lado outra vez e fiquei contente por ele parecer tranquilo. Pus um dos nossos travesseiros de palha sob a cabeça dele para deixá-lo mais confortável e pousei minha coberta sobre ele, cobrindo-o até o pescoço.

– Ele está morto – disse Reuben, saindo de trás da porta.

Tinha o machado nas mãos. Deitou-o ao lado de meu pai. Havia manchas de sangue no cabo, e o rosto e a camisa de Reuben estavam ensanguentados.

– Deixe-me ver você – pediu.

Ele se inclinou por sobre meu pai e ergueu meu queixo.

Senti o sangue fresco correndo quando minha cabeça se mexeu.

Reuben pegou uma peça de roupa e a pressionou contra minha têmpora.

– Acho que ele cortou parte de sua orelha.

– E agora? – perguntei pela terceira vez naquele dia.

Eu sabia as palavras que ele diria antes que elas saíssem de sua boca:

– Você tem que vir comigo. Tem que atravessar o rio.

24.

Londres, novembro de 1985

Depois do almoço, enquanto subia a escada, parei e li a crítica do jornal a respeito de Ute, ainda pendurada no corredor – *Apesar da pouca idade, podemos dizer que Bischoff vive no mundo da música há muito tempo. Sua paixão flui a cada nota que toca* –, e percebi pela primeira vez que o texto se referia à apresentação de *La Campanella*, quando ela havia conhecido meu pai.

A crítica estava pendurada ao lado do termostato do aquecimento central. Eu o baixei outra vez. Ute tinha me mandado para o meu quarto para trocar de roupa antes de Becky e Michael chegarem. Em vez disso, espalhei as listas do meu pai sobre a cama, pegando algumas que havia chamado minha atenção e relendo-as. Peguei um caderno e uma caneta da escrivaninha e, no topo da folha em branco, escrevi: *Coisas de que senti falta*. Abaixo do título, anotei:

Manteiga e queijo cheddar
Sal
Apfelkuchen
Pasta de dente
Meias
Poder conhecer meu irmão

Banhos
Espelhos?
Becky
Nove jantares de Natal
Bolo
Namorados (e risquei isso)
Omi

Em meu quarto, o radiador gargarejou quando o aquecimento central foi aumentado.

– Peggy? – chamou Ute do pé da escada. – Está se trocando?

Fiquei sentada entre os pedaços de papel e esperei. Ouvi-a subir a escada e chegar sem fôlego ao meu quarto.

– Ah, Peggy, você nem começou – disse, olhando para o que estava usando. – Vamos, eles vão chegar logo e você vai querer estar bonita, não vai?

Ela se deixou cair na beira da cama e eu comecei a reunir as listas espalhadas sobre o cobertor.

– O que é isso? – perguntou ela, pegando uma lista que descrevia e calculava o tamanho e a quantidade de tábuas necessárias para construir os beliches do abrigo nuclear. Uma ruga se formou entre seus olhos quando ela entendeu o que era. – Meu Deus, onde você encontrou isso? Achei que tinha tirado tudo daqui de casa.

Ela pegou outro pedaço de papel com uma lista de calcinhas, cuecas e outras peças de roupa.

Fiquei olhando enquanto ela lia. Queria que ela soubesse que não seria possível jogar fora todas as provas de que meu pai havia existido, de que não ia ser simples assim. Antes que pudesse impedi-la, Ute pegou a folha que estava em meu colo: a minha lista. Ambas ficamos em silêncio enquanto ela lia.

– Ah, Peggy... – disse. – Fico feliz que, pelo menos, não tenha sentido falta de ter namorados. Tem muito tempo para isso.

"Ela não tem ideia", pensei, enquanto pegava minha lista da sua mão e juntava as outras.

– Onde estão as fotos do papai? – perguntei.

Ela pareceu abalada e pensou na resposta antes de dizê-la.

– Joguei todas fora. A Ângela e eu... A Sra. Cass e eu decidimos que seria melhor, quando descobri o que tinha acontecido.

Pensei na fotografia que ela havia deixado para trás, da qual eu cortara a cabeça do meu pai.

– Não é estranho o Oskar não ter fotos do pai?

Ela deu de ombros.

– Eu acho que ele entende.

– E o bilhete? Sei que você não jogou isso fora. – A frase saiu mais direta do que eu pretendia.

– Que bilhete?

– O Oskar disse que o papai deixou um bilhete. Por favor, não minta.

– Peggy – disse ela –, tem uma coisa...

– Onde está? – falei, interrompendo. – Quero ler.

Ela suspirou. Tinha as mãos no colo, unidas. Enquanto falava, soltou-as e pude ver as meias-luas vermelhas que suas unhas haviam deixado em sua pele.

– Você pode ler – disse ela com uma paciência forçada.
– Vou pegar.
Ela foi até seu quarto e voltou com um pedaço de papel, que me entregou. Era um quadrado de papel dobrado, que havia sido aberto muitas vezes, e trazia a palavra *Ute* escrita em caneta verde. Meu pai havia usado uma folha quadriculada do meu livro de exercícios de matemática. Os grampos o haviam segurado, mas agora rasgavam o papel. Eu abri o bilhete e li.

Acho que vai ser melhor para todo mundo se eu for embora. Vou levar a Peggy comigo. Você pode ficar com o outro. É justo, não é?

E a assinatura de meu pai, rabiscada, como se estivesse com pressa.
– Não foi isso que você contou para o Oskar. Ele acha que o pai dele o amava. Cresceu imaginando que o papai voltaria para buscá-lo. Por que você mentiu? – Balancei o papel diante do rosto de Ute.
Ela balançou a cabeça levemente para longe de mim. Li o bilhete outra vez, de forma mais lenta.
– O outro – falei. – O que ele quis dizer com o outro?
Ute abriu a boca para falar, mas continuei:
– O Oskar! Estava falando do Oskar, não é? Ele sabia que você estava grávida e não queria outro filho. Foi por isso que ele foi embora? – Pude ouvir minha voz se erguer como se tivesse saído de todo o meu corpo. – Mas por que tive que ir com ele? – Minha voz saiu esganiçada. Levantei-me e rasguei o bilhete ao meio várias vezes. – Você sabia que ele

enlouqueceu na floresta? Tentou matar nós dois e não tinha nada que eu pudesse fazer. Ele disse que todo mundo tinha morrido e eu acreditei. – Meu rosto ardia e minha cabeça estava esticada para a frente. – Ele disse que o mundo inteiro tinha sumido, desaparecido em uma nuvem de fumaça.

Joguei o bilhete no ar, e pedaços quadriculados voaram ao nosso redor.

Ute estendeu os braços, tentando me pegar, acalmar-me.
– Peggy – dizia ela. – Peggy.
– O Oskar está certo. São só mentiras. Você devia ter impedido meu pai. Tinha que ter ficado aqui! – Berrei para ela como um demônio.

Ela me deu um tapa, com força, em uma das bochechas. No mesmo instante, ficamos em silêncio. Pedaços de papel ainda farfalhavam. Uma porção de bile subiu para minha garganta.

– Vou vomitar – disse, tapando a boca.
– O banheiro, rápido.

Ute me puxou da cama e para o corredor. Passamos correndo por Oskar, que estava parado contra a parede, no topo da escada, ouvindo. Vi suas bochechas vermelhas e suas mãos fechadas enquanto corríamos pela escada.

Eu não tinha mais os cabelos longos para Ute afastar de meus olhos. Um enfermeiro o raspara enquanto eu estava no hospital. Eu não havia entendido o que ele dissera, apesar de seu tom de voz ser reconfortante, mas, quando ele passou a máquina elétrica entre minha cabeça e meu cabelo, lágrimas se formaram em meus olhos e rolaram por minhas bochechas. Meu cabelo havia se soltado em uma única bola emaranhada. O enfermeiro o carregara como a um gato morto, as mãos cobertas por luvas transparentes, e o jogou na lata de lixo amarela, no canto do meu quarto. Desde aquele dia, meu cabelo começou a crescer novamente e agora estava curto e rente à cabeça. Ute dizia que eu lembrava Mia Farrow, no filme *O Bebê de Rosemary*.

No banheiro, deixei minha cabeça pender sobre a privada enquanto ela acariciava minha testa.

– Calma, calma – repetiu ela, até ouvirmos a campainha.

25.

Na cabana, Reuben envolveu a ferida em minha cabeça com meu macacão e o amarrou com um pedaço de tecido rasgado do vestido de camelo de Ute. Lavou meu rosto com água do único balde que não fora derrubado e me ajudou a procurar o outro sapato. Procuramos em todos os cantos: reviramos as camas quebradas, esvaziamos a caixa de ferramentas, empurramos o fogão, vasculhamos até do lado de fora, mas não conseguimos encontrá-lo. Sentei-me à porta e chorei – meu sapato havia se perdido outra vez.

– Vai precisar de sapatos. Vai ter que pegar o de seu pai – disse Reuben.

Ele se apoiou nas telhas do lado de fora, fumando um cigarro feito com outra página de seu livro. Vi as palavras *todos os dias de minha vida* virarem fumaça. Ele parecia um homem diferente daquele que havia feito coisas tão íntimas comigo antes.

– Mas ele precisa deles – falei, protegendo os olhos para olhar para Reuben.

– Não precisa. Ele morreu.

Voltei para dentro da cabana. Já estava quente ali, abafado. Meu pai ainda descansava, apesar de estar mais pálido. Fiz carinho em seu rosto e ajeitei seu cabelo. Sua cabeça espalhara uma auréola de sangue sobre o travesseiro.

– Sinto muito, papai – disse, tirando a coberta de seus pés. As botas dele estavam gastas, presas com barbantes feitos de plantas. Desfiz os nós e as retirei. Os pés do meu pai estavam magros e brancos, com pelos negros saindo dos dedos. Uma crosta suja havia se formado entre eles e as unhas haviam ficado grossas e amareladas. Os pés dele me deram vontade de chorar. Calcei as botas.

– Pegue algumas coisas – gritou Reuben do lado de fora.
– Roupas, comida, a faca, o que achar que vai precisar.

Peguei minha mochila atrás da porta, muito remendada, mas ainda utilizável, e chutei os destroços espalhados pelo chão, tentando separar os objetos aproveitáveis dos quebrados. Estava zonza, observando uma menina dentro de uma cabana, pegando uma peça ensanguentada após a outra e decidindo sem lógica nenhuma o que iria levar e o que deixaria para trás. Encontrei uma das escovas de dente sem cerdas e a pus na bolsa, o pente sem dentes foi para ela também. Lembrei-me do corpo decapitado de Phyllis sob a tábua solta, mas o fogão agora estava sobre ela e eu não conseguia empurrar a caixa metálica sozinha. O esforço fez minha cabeça girar. Meu anoraque estava no chão, atrás da porta. Fui pegá-lo, mas o larguei quando vi que estava manchado com coágulos de sangue e coisas que eu não sabia o que eram. A faca, o machado e a luneta tinham caído no chão, perto do meu pai, como que posicionados para facilitar minha arrumação. Toquei no machado com a ponta do bota de meu pai, mas não consegui me convencer a pegá-lo. Olhei para a faca, mas achei que talvez meu pai precisasse dela; então, escolhi a luneta, coloquei-a na mochila e saí para o sol.

Reuben e eu estávamos sentados na pedra acima do rio. Eu não conseguia olhar para baixo, apesar de saber que a água estaria calma. Meu coração estava disparado: o dia quente demais, o sol forte demais. Eu não precisava dizer a ele que não conseguiria.

– Quer que eu vá primeiro ou depois? – perguntou, levantando-se, alongando-se e bocejando. – Primeiro! – gritou.

E, antes que eu entendesse o que estava fazendo, ele pulou; em um minuto suas pernas pedalavam na minha frente e, no outro, ele havia desaparecido.

Ele caiu na água fazendo barulho, e eu me arrastei para trás como se a queda repentina dele pudesse me puxar também. Fiquei de bruços e olhei para a água. A cabeça de Reuben, os cabelos escuros nela grudados, já descia pelo rio seguindo para a margem oposta. Tirei a luneta da mochila e, depois de certa análise, concentrando-me nas pedras, vi os ombros dele emergirem da água. Ele andou por ela, revirando o solo lamacento, e, quando chegou à margem, balançou a cabeça como um cachorro, o cabelo lançando gotas de água enquanto voava. Ele foi emoldurado pela janela circular da luneta. Vi-o sorrir para mim, erguer uma das mãos, talvez acenando, talvez me chamando, e entrar nas árvores da outra margem.

Olhei por cima da luneta para ver se podia acompanhá-lo por entre os arbustos, mas não vi movimento algum na margem oposta.

– Reuben! – gritei.

Nenhuma resposta. Não podia acreditar que ele não havia me esperado. O pânico tomou meu peito. Precisava que ele estivesse ali para me dizer que eu devia pular depois dele. Sentei-me, abraçando os joelhos e me balançando, os olhos fechados com força. Se me balançasse por tempo suficiente, quando os abrisse conseguiria ficar de pé, andar de volta pelas árvores até a clareira e ouvir a batida regular do machado do meu pai cortando madeira. Eu gritaria para ele: "Esquilo para o jantar!". E, na tarde seguinte, encontraria Reuben na floresta de pedras. Ele estaria descansando, encostado em uma pedra e fumando um cigarro, e me diria que o cuco põe os ovos à tarde.

Quando parei de me balançar e abri os olhos, nada havia mudado. Ainda segurando o gorro e a luneta, levantei-me e pulei da pedra para o vazio. Caí de lado na água, sentindo um tapa doloroso e uma dor penetrante que me chocou tanto quanto o frio. A queda me levou para o fundo do rio e o movimento me fez girar, deixando-me sem saber qual era o lado de cima. Eu teria ficado feliz se permanecesse ali embaixo, submersa com o peso das botas pesadas do meu pai, sendo levada para a frente e para trás com os seixos e os peixes, mas a corrente me pegou, tirou minha cabeça da água como uma rolha, fazendo-me tossir e engasgar, e me jogou na margem oposta, onde Reuben havia saído. Foi apenas quando já havia torcido o gorro que percebi que pulara sem a mochila. E o rio tinha tirado a luneta de minhas mãos. Imaginei-a girando pelo rio e caindo na Grande Divisa. A ferida em minha orelha se abriu outra vez e, saindo de baixo do macacão, um fio de sangue aguado fluiu pelo meu pescoço. Mas o rio lavara as flores vermelhas da minha camisa. Eu me virei e abri caminho pelas árvores.

Durante todo o resto do dia, caminhei pela floresta da outra margem do rio. Uma ou duas vezes, vi uma árvore ou uma trilha que pensei ter reconhecido de quando havia passado por ali, muito tempo antes, até ver a mesma árvore outra vez e entender que estava andando em círculos. A paisagem do lado em que Reuben morava era mais íngreme e mais cheia de árvores e arbustos emaranhados que a minha. Andei por ela, chamando por ele e procurando vestígios de quem tivesse passado ali antes de mim, mas não vi galhos quebrados, pegadas, nada. No fim da tarde, fui corajosa o bastante para escalar uma árvore e tentar avistar a fumaça de seu acampamento, mas os galhos se tornavam finos demais para sustentar meu peso e tive que voltar para o chão. Minha cabeça doía a cada passo e minha pele estava arranhada e dolorida por causa dos arbustos que tentavam me prender. Andei lentamente pela colina, passando por um bosque de *wintereyes*, pensando o tempo todo que, além da árvore seguinte, Reuben estaria sentado em um tronco, a chaleira assobiando e as botas secando diante de uma fogueira. Ele me beijaria, sorriria e diria:

– Por que demorou tanto?

Andei até a luz sumir do céu e ficar escuro demais para enxergar meus pés. Uma raiz de árvore erguida me levou ao chão. Pus as mãos na frente bem a tempo de evitar que minha cabeça batesse no solo. Assim que me sentei, meu corpo começou a tremer. Lembrar-me das cobertas e do anoraque jogados no chão da cabana foi uma tortura. Tentei pôr o gorro na cabeça, mas o macacão ainda amarrado ali tornava isso difícil e pontadas de dor percorreram a lateral do meu rosto. Então, em vez disso, esfreguei as pernas com a lã úmida. Tirei as botas de meu pai, percebendo que meus dedos estavam sensíveis ao toque, pus os pés dentro do gorro e tentei me encolher sobre o terreno irregular. Não consegui evitar que meus dentes batessem, então voltei a me sentar e descansei a testa sobre os joelhos. Era impossível dormir. Cantarolei algumas estrofes de *La Campanella*, mas elas não me distraíram. Estava alerta a cada barulho que as árvores e os animais escondidos faziam, sobressaltando-me quando uma coruja piava, perguntando-me o que andava pela floresta à noite, mas ainda torcendo para que fosse Reuben tentando me encontrar. Depois de algumas horas, devo ter adormecido, pois vi meu pai saindo do rio com as cobertas molhadas, cobrindo seus ombros. Ele falava comigo, mas o idioma era irreconhecível; deturpada, sua boca se contorcia como se estivesse se movendo sob a água. Ele se virou e vi que um canto de sua cabeça ainda faltava. Acordei com um susto, no meio da floresta.

Foi uma noite longa, mas, quando o dia amanheceu, o céu apenas se iluminou levemente. O sol não surgiu. Quando as plantas à minha volta se tornaram mais nítidas, calcei as botas do meu pai de novo e subi ainda mais a colina, chamando Reuben. Imaginei que, perto do topo, conseguiria ver por cima das árvores e avistar a coluna de fumaça saindo de sua fogueira. Não pensei no que havia do outro lado. Estava com medo da escuridão penetrante da Grande Divisa. Perto do topo, assim como do meu lado do rio, as árvores rareavam e o solo se tornava mais pedregoso, mas não havia um penhasco. Continuei andando até chegar à rocha pura, escalá-la e olhar para trás, para o vale. Uma névoa outonal cobria o rio e suas margens. Havia uma abertura nas árvores – devia ser nossa clareira –, mas o telhado de *die Hütte* estava escondido e não havia fumaça saindo da chaminé. Virei-me para a frente e, de quatro, arrastei-me com os olhos fechados, morrendo de medo de ser sugada. As botas lançavam chuvas de pedra pela colina enquanto eu tentava me equilibrar. Com o coração disparado, abri os olhos, a cabeça girando, antecipando a vertigem. Diante de mim, vi outro vale descendo a colina. *Wintereyes*, faias e mais névoa se estendiam até uma colina distante. Além dela, havia outra. O que vi foi lindo.

Por longo tempo, não entendi. Virei-me para trás para conferir se não estava desorientada, se não olhava para o lugar de onde tinha vindo, mas, mesmo depois de girar o corpo várias vezes, a terra além da montanha continuou existindo. Joguei uma pedra nela, esperando ver ondas, como se uma grande piscina refletisse o mundo de volta para mim, mas a pedra bateu nas rochas e nos arbustos. Meu pai tinha cometido um erro. A Grande Divisa não era uma escuridão infinita, mas uma imagem espelhada do nosso mundo. Dei um passo adiante, da maneira que costumava testar o gelo na praia enlameada do rio, no inverno. O solo segurou meu peso. Mais uma vez, olhei por sobre o ombro, procurando fumaça, um sinal de Reuben, mas não vi nada. Então, segurando o gorro na altura do peito, segui caminho pela terra desconhecida.

Desci a colina usando um graveto para abrir caminho pelos arbustos emaranhados e árvores espinhosas. Conseguia andar apenas um pequeno trecho de cada vez. Depois tinha que parar e descansar. Dentro das botas do meu pai, meus pés descalços escorregavam, os tornozelos batiam no cano e o couro criava bolhas nojentas em meus pés a cada passo. Percebi que, se encontrasse um local coberto de musgo, poderia pôr o gorro sob minha cabeça e me deitar de olhos fechados por alguns instantes, para que minhas têmporas parassem de latejar. Mas algo sempre me fazia levantar outra vez e continuar andando. Quando o sol do meio-dia passou por cima de mim, a terra voltou a subir e cambaleei até o topo de um pequeno declive. Mais colinas cobertas de bosques e outro vale se formaram diante de mim. Escorreguei pelo topo e fui descendo com o bumbum encostado no chão. No fundo do vale havia um riacho parecido com o nosso – um longo túnel, cheio de pedras cobertas de musgo. Por apenas um segundo, pensei que, de alguma maneira, havia andado em círculos e atravessado o rio sem perceber. Depois de descer pela margem, virei uma pedra, como Reuben havia feito, e juntei as mãos para beber a água gelada. Segui o riacho, descendo a colina, pulando de pedra em pedra até o fluxo de água escondido escapar de baixo das rochas e o riacho se tornar cada vez mais forte. Escalando a margem, abri caminho pelas amoreiras e pelo azevinho para andar ao lado da água. Sempre que chegava ao topo de uma pequena elevação ou penetrava por entre os arbustos baixos, com uma expectativa ansiosa, eu esperava ver o fim do mundo.

    Andei durante toda a tarde, concentrando-me no ato de pôr um pé na frente do outro, até que o riacho se alargou e se tornou um rio. Ao tirar os olhos do chão, vi uma área de terra cair em declive a distância e se erguer outra vez. Estava na beira da floresta, observando o vento correr pelo prado e a sombra de nuvens passear pela grama. Foi a floresta, com sua escuridão crescente às minhas costas, que me forçou a avançar e entrar na área aberta. Cortei caminho por uma longa colina até que, ao longe, pude ver torres de palha pontuando a paisagem. Já havia visto torres como aquelas, mas o nome delas não me veio à mente. Antes que a luz do dia tivesse sumido, cheguei à primeira. Tinha duas vezes o meu tamanho e o aroma de feno recém-cortado. Entrei no meio dele e dormi.

De manhã, quando o sol estava nascendo, cambaleei pelo prado. À noite, meus calcanhares feridos haviam secado e começaram a grudar na parte traseira das botas do meu pai. Andar reabria as feridas; por isso, cada passo fazia a dor subir pelas minhas pernas. O macacão ao redor da minha cabeça tinha mudado de posição e pelo meu rosto escorria sangue fresco, o qual empurrei com a palma da mão para longe de meus olhos. Passei por mais torres de palha e o sol ficou mais alto e mais quente. Arrependi-me de ter saído de perto do rio, esqueci a dor na cabeça e nos pés e pensei apenas em como estava com sede. No fim do prado, após o topo de outra pequena colina, olhei para cima e vi as pontas dos telhados vermelhos de casas. Estavam reunidas em torno de uma igreja, cuja torre espiralada branca ultrapassava a copa das árvores. Uma pequena estrada cinzenta saía das casas e corria pela lateral do prado. Quantas pessoas haveria naquele vilarejo?, pensei. Cinquenta? O dobro disso? Então percebi que meu pai devia ter subestimado o número de sobreviventes. Não havia duas pessoas no mundo, nem três, se eu incluísse Reuben. Havia mais de cem. Sem um plano claro, desci a colina, e a estrada ficou mais próxima, larga e cinzenta. O prado seguia direto para ela e apenas uma pequena vala os separava. Saltei-a e fiquei parada no asfalto empoeirado, feito pelo homem. Sua rigidez ressoou em meus joelhos e quadris, enquanto andava, e as lascas soltas nas laterais regulares se prenderam na sola das botas do meu pai.

Na ponta do vilarejo, passei por uma grande casa com muitas janelas e portas. O primeiro andar era pintado de branco e o segundo, coberto por um telhado íngreme, de madeira. Pensei em bater na porta para pedir ao proprietário um copo d'água, mas as janelas estavam fechadas. Um cão latiu duas vezes e ganiu de dentro da propriedade. Após a casa principal, havia um gramado e outra casa, menor que a primeira, mas no mesmo formato e estilo. Depois delas, não havia muito espaço livre, apenas outras construções. Continuei andando até que um homem de bigode e uma criança começaram a se aproximar de mim.

Olhei para a direita e para a esquerda para ver como podia escapar, mas eles andavam rápido e, quando virei para trás, vi que estavam a alguns metros de mim. O homem parou e empurrou a criança para trás de si, como se tivesse medo de que eu fosse atacá-la. A criança, com cachos louros e um rosto que podia ser de um menino ou de uma menina, ficou observando, com os olhos arregalados, por trás da calça do homem.

– Por favor, o senhor tem água? – perguntei ao homem de cabelos encaracolados, parecidos com os da criança, só que mais escuros e finos.

O macacão amarrado à minha cabeça, enrijecido pelo sangue, repuxou minha pele quando falei. O homem disse algo que não pude entender, tocou a lateral do rosto com a mão e andou até mim, com a criança ainda pendurada à sua perna.

26.

Acordei em um quarto em que tudo era branco – a cama, o piso, as paredes. Pessoas uniformizadas entravam e enfiavam agulhas em meus braços, iluminavam meus olhos com lanternas e analisavam o interior da minha boca. Fiquei parada e deixei que me examinassem. Elas me questionavam com vozes gentis, mas eu não entendia o que diziam e também não sabia o que contar a elas.

Às vezes, eu sussurrava:

– A Grande Divisa é aqui?

Mas ninguém respondia. Fiquei impressionada com os vários rostos que os seres humanos podiam ter, com o barulho que faziam – do ranger dos sapatos no piso branco ao tilintar de uma aliança contra um prato de metal. Lembrei-me do kit de médico que Becky tinha, com instrumentos presos a uma pasta. Ela me fazia deitar em sua cama para ouvir as batidas do meu coração com o estetoscópio de plástico. Nunca havíamos entendido o que devíamos fazer com o martelo que também viera incluído; então, eu costumava bater com certo ritmo na cabeceira de sua cama, enquanto, com voz grossa, ela dizia:

– É A1. Você tem um coração A1, senhorita.

No quarto branco, fiquei em estado de dormência. Reuben foi me ver e se sentou na ponta da cama com uma folha presa ao cabelo. Perguntei a ele se já era outono, mas ele não quis me dizer.

Um dia, acordei de verdade. Percebi o formato que meu corpo deixara na cama, os joelhos encostados no peito, as mãos presas sob o queixo. Estiquei os pés para a ponta fria, ergui os lençóis brancos e a camisola branca que me cobriam e olhei para meu corpo nu. Ele nunca tinha estado tão limpo. Saí da cama, pus os pés no chão duro e frio e fiquei parada à janela. Curvando-se à esquerda havia um prédio branco com três andares. O céu, além de seu telhado reto, ainda estava escuro e todas as janelas, iluminadas. Formas e sombras de pessoas passavam por elas, todas ocupadas, indo a algum lugar, fazendo alguma coisa. A construção formava um semicírculo em torno de uma área verde simples, menor do que um quarto da clareira. No meio dela havia um banco sob uma árvore solitária – uma coisa magrinha com folhas que já amarelavam. Mais do que tudo, quis respirar o mesmo ar fresco e frio que a árvore respirava. Não pude achar a tranca para abrir a janela. Tentei empurrá-la para um lado e para o outro, mas ela não se moveu. Pressionei o rosto contra o vidro, deixando uma marca nele, depois dei a volta na cama para chegar a uma pia branca e abri a torneira. A água jorrou. Fechei-a e a água sumiu. Abri, fechei, abri, fechei. Fiquei impressionada. Disse a mim mesma que contaria a Reuben sobre aquilo. Pensar que nunca o encontraria naquele enorme prédio branco me embrulhou o estômago de preocupação. Ainda parada ao lado da pia, ergui o olhar e fiquei chocada ao deparar-me com uma menina me encarando. Seus olhos eram profundos e suas bochechas, encovadas. Tinha a cabeça raspada e coberta por curativos. Seu rosto era uma versão mais velha do meu.

Ouvi uma batida forte e, depois, a porta se abriu e um grupo de pessoas entrou: homens e mulheres de jalecos brancos e uma senhora mais velha de uniforme azul. Virei-me, fechando a abertura da minha camisola nas costas, e o grupo todo começou a falar ao mesmo tempo. Reconheci o som de suas palavras. Como era estranho que falassem alemão, na Grande Divisa, pensei. A mulher de azul veio até mim e, com cuidado, mas com firmeza, me levou de volta para a cama, enquanto outra pessoa fechava a torneira.

– Eu posso fazer isso – falei, enquanto ela puxava os lençóis.

O homem mais velho do grupo veio até mim e todos os outros assumiram suas posições ao redor dele.

– Você é inglesa – disse ele, com certa hesitação entre as palavras.

Eles quis dizer mais alguma coisa, mas desistiu, e falou com as pessoas de jaleco até que um homem ao fundo ergueu a mão e deu um passo para a frente.

– O Dr. Biermann quer saber seu nome – disse o jovem.

Seus cabelos finos estavam penteados para um lado, mas uma mecha havia se soltado.

– Punzel – falei, mais para os lençóis do que para dar uma resposta.

– Rapunzel? – perguntou, e sua mão passou pelo cabelo para ajeitá-lo.

– Só Punzel – respondi.

O homem falou com os outros e disse o nome "Rapunzel" em meio a outras palavras alemãs.

– Você sabe onde está?

Todos ficaram em silêncio, esperando e olhando para mim. Passei a mão pela cabeça, sentindo os fios macios crescendo pelo couro cabeludo, enquanto luzes acima de nós e refletidas nos óculos do Dr. Biermann piscaram um alerta. O brilho dos óculos dele aumentou, espalhando-se como pingos de água sanitária em um papelão, até seus olhos ficarem brancos, seu rosto ficar branco e tudo ficar branco e eu ter a mesma sensação de queda que tivera na estrada da pequena cidade.

O homem com a mecha de cabelo rebelde estava sentado em minha cama quando acordei. Ele balançou o colchão duas vezes, como se testasse sua maciez, e sorriu para mim. Sentado na cadeira em um canto do quarto, um homem mais velho e mais gordo tirou uma caneta e um caderno do bolso do jaleco. Tentei ler o que estava escrito de cabeça para baixo e pensei ter visto as palavras *fique longe da linha*, mas então percebi que ele devia ter escrito em alemão.

– Então você é inglesa – disse o homem ao meu lado.

Fiz que sim com a cabeça.

– Sou Wilhelm, estudante de Medicina do último ano – explicou ele. Depois riu, apesar de não ter dito nada engraçado. – Este é Herr Lang. Ele é policial... – indicou o homem no canto. – É detetive. O Dr. Biermann me pediu que viesse falar com você. Rapunzel, você sabe onde está?

– Na Grande Divisa ou talvez morta, ou talvez as duas coisas – falei.

Wilhelm riu outra vez, uma risada feminina, e eu achei que devia ser verdade. Ele falou com o detetive em alemão e o homem bufou, fazendo barulho pelo nariz.

– Você com certeza não está morta – afirmou Wilhelm, virando-se para mim e sorrindo. – Está em um hospital – ele passou a mão pelos cabelos. – Você machucou a orelha, perdeu muito sangue e estava com muita... – Ele se interrompeu, procurando a palavra – ... sede quando foi encontrada. Acho que talvez esteja um pouco confusa. Gostaríamos de saber mais sobre você. Tudo bem?

Fiz que sim com a cabeça.

– Por exemplo – disse ele –, onde você mora?

– Em *die Hütte* – falei.

O homem atrás de nós se remexeu na cadeira e Wilhelm fez um som gutural de surpresa. Ele me fez uma pergunta em alemão.

– Eu só falo inglês – expliquei.

Depois de uma pausa, ele tentou outra vez:

– Onde fica *die Hütte*?

Seu tom de voz era gentil, mas o gesto de passar a mão pelo cabelo me deixou desconfiada e eu me perguntei se ele estava tentando me pegar. Talvez ele já soubesse onde *die Hütte* ficava, já tivesse estado lá e descoberto meu pai no chão.

– Lá fora.

Acenei em direção à janela e Wilhelm olhou para trás, como se fosse avistar *die Hütte* na outra ponta do gramado.

– Com quem você mora? – perguntou ele.

– Com meu pai.

– Ele ainda está em *die Hütte*?

– E o Reuben. – Pensei, enquanto falava, que era quase verdade.

– Reuben – repetiu Wilhelm. – Ele é seu irmão?

— Não. — Mas eu não sabia o que ele era.

— Seu avô?

— Não.

A mão de Wilhelm se ergueu levemente, mas ele a abaixou. Ele bateu os calcanhares no chão, fazendo-os estalarem, e sorriu outra vez. Perguntei-me se ele achava o barulho engraçado e não irritante, como eu.

O homem do canto falou de forma grosseira e Wilhelm disse:

— Quantos anos você tem, Rapunzel?

— Não tenho certeza — respondi. — Faz tempo que não faço aniversário.

— E qual é o nome do seu pai?

Eu sabia que "papai" não era a resposta que ele queria.

— James.

— Ele tem um sobrenome?

Pensei por alguns segundos.

— Não consigo me lembrar — disse, sincera, mas Wilhelm ergueu as sobrancelhas e traduziu sem se virar.

O homem sentado anotou.

— A gente pode falar com seu pai? Talvez pelo telefone? Ele deve estar preocupado com você.

— Ele está descansando — falei, antes de completar: — O Reuben disse que ele morreu.

O homem no canto tossiu e percebi que ele devia ter me entendido. Minha resposta pareceu surpreender Wilhelm. Sua mão se moveu ainda mais rápido do que antes, ajeitando o cabelo rebelde.

— Ah, eu sinto muito. Como ele morreu?

— O Reuben bateu nele com o machado — respondi.

O detetive fez uma pergunta, mas Wilhelm o ignorou. Em vez disso, inclinou-se para a frente com um olhar preocupado.

— O Reuben bateu em você também? — Ele ergueu a mão para indicar o curativo na lateral da minha cabeça.

— Não, é claro que não.

Estremeci, com medo de ele estar entendendo errado.

O homem no canto começou a falar com mais severidade e Wilhelm traduziu enquanto eu falava.

— O papai fez isso com a faca.

— E a sua mãe? Ela mora em *die Hütte*?

— Ela morreu.

Uma onda de pânico me tomou ao pensar que os dois tinham ido embora, junto com Reuben, e que eu estava sozinha naquela terra branca.

Wilhelm franziu a testa.

— Está tudo bem, Rapunzel.

— Punzel — repeti.

Ele pôs uma das mãos em meu braço.

— O Reuben bateu nela? Você está segura. Pode me contar o que aconteceu.

— Não — falei. — Ela morreu muito tempo atrás. Eu morava com meu pai em *die Hütte*. Ia morar com o Reuben na floresta do outro lado do *Fluss*, mas não consegui encontrá-lo.

— E onde está esse homem da floresta? Onde está o Reuben agora? — perguntou Wilhelm, o rosto na altura do meu.

— Ele atravessou o *Fluss* antes de mim, entrou na floresta e sumiu. — Pus o rosto entre as mãos, dobrando o corpo. — Ele me deixou. — Soluços secos começaram a surgir do meu estômago. — Eu não sabia o que fazer. Achei que ele fosse vir me buscar à noite, fiquei com muito medo, mas ele foi embora. Então, eu vi a Grande Divisa...

Wilhelm se aproximou e pôs o braço branco sobre meus ombros e me puxou para o seu peito. Ouvi arquejos, mas nenhuma lágrima se formou. De perto, sob o cheiro de remédios, senti um aroma floral. Ele me abraçou até aquele choro seco acalmar e eu me afastar dele.

— O que é a Grande Divisa? Não conheço a palavra alemã para isso — disse ele, antes de falar com o detetive.

Dei de ombros. Era coisa demais para explicar. Nós três ficamos em silêncio.

— Sabe que dia é hoje? — perguntou Wilhelm depois de um ou dois minutos.

Balancei a cabeça em negativa.

— É 21 de setembro de 1985 — disse ele. — Nós achamos que você andou até Lügnerberg. Você se lembra se era longe? Quanto tempo levou?

— Nove anos — respondi.

Wilhelm balançou a cabeça.

— Meu inglês não é muito bom. Você ficou andando por nove anos?

— O que é Lügnerberg?

— O vilarejo onde você foi encontrada. Estava cansada, Rapunzel, e seus pés estavam feridos. Deve ter andado muito tempo.

Dei de ombros.

– Você acha que pode desenhar um mapa mostrando de onde veio? A polícia – ele indicou o homem com um aceno de cabeça – vai ter que ajudar seu pai e encontrar o Reuben.

Ele falou outra vez com o detetive, que arrancou uma página do caderno e entregou a ele. Wilhelm tirou uma caneta do bolso da frente do seu jaleco branco e, pousando o papel sobre uma prancheta que estava pendurada na ponta da minha cama, entregou-o a mim. Era a primeira folha de papel em que eu tocava desde que havia segurado a partitura de *La Campanella* antes do incêndio na floresta. Mas aquela estava limpa, a não ser por linhas azuis finas em ambos os lados. Wilhelm me passou a caneta. Olhei para ele e para o papel. Ele pegou a caneta de volta e clicou nela, fazendo a ponta sair do outro lado. Fez que sim com a cabeça – pode começar, parecia estar dizendo. Também pressionei a caneta e a ponta desapareceu. Mais uma vez, e ela surgiu. O detetive havia se levantado para ficar ao lado da cama, observando-me. Seu olhar fez minha mão tremer. Estava preocupada com a possibilidade de ele me dar uma bronca por estar gastando sua folha ou rir do meu desenho. Eu não desenhava nada desde que havia saído da escola, mas pus a caneta no papel.

No meio da folha, desenhei uma pequena casa com uma janela, uma porta e uma chaminé de metal saindo pelo telhado inclinado. Uma nuvem de fumaça voava para o céu de verão.

27.

Na manhã seguinte, uma mulher de pele translúcida entrou em meu quarto de hospital segurando uma sacola de plástico. Ela jogou uma pilha de roupas em minha cama, um caleidoscópio de cores não naturais. As roupas tinham cheiro de pescoço não lavado e cobertor molhado, o aroma de *die Hütte*. Apertei os joelhos contra o peito.

– Esta é bem bonita – disse ela em inglês, pegando uma longa saia quadriculada, parecida com a que ela usava.

Com os olhos, tracei a jornada azul-clara de uma veia da base do rosto dela até a têmpora.

– E deve ficar do seu tamanho, se a gente achar um alfinete. – Ela sorriu e a estendeu, tentando medi-la em meu corpo. – Soube que você foi encontrada na floresta – disse, examinando meu rosto. – Parece que escapou por pouco. – Ela enterrou a mão na pilha de roupas. – Temos aqui uma blusa que vai combinar.

A gola, cheia de babados de náilon branco, tinha um círculo cinzento na parte interna. A mulher tirou do monte de roupas um casaco com faixas vermelhas, verdes e roxas em ziguezague.

– Tem alguma roupa de baixo? – perguntei.

– Um sutiã? Quer dizer calcinhas? Vou falar com as enfermeiras quando for embora. Elas devem ter pelo menos calcinhas de papel. – Os olhos da mulher se encheram de lágrimas, mas ela continuou. – Bom, e sapatos?

– Eu tenho.

Inclinei-me para o lado da cama, procurando as botas de meu pai e lembrei que não as via desde que as havia usado para andar até o vilarejo.

– Disseram que você precisava de sapatos, então é melhor pegar um par. Que tal este?

Ela ergueu um par de sapatos boneca.

A ponta dos sapatos estava gasta, mas gostei deles. Tirei as cobertas de cima das minhas pernas e pus os pés para fora. A mulher deixou escapar um grito breve, mas logo cobriu a boca para abafá-lo. Meus pés estavam inchados e hematomas haviam surgido neles, transmutando-se em pequenas algas verdes quando chegavam aos dedos. Uma enfermeira enrolara meus tornozelos com curativos, onde a pele havia sido arrancada. Pus os pés com cuidado nos sapatos, pressionando o fecho contra um pedaço de tecido peludo e depois o abrindo, fazendo um som de papel rasgado. Fiz isso outra vez.

– É velcro – disse a mulher antes de sair.

Vesti as roupas novas. Eram melhores que a camisola do hospital, mas seu cheiro me deixou preocupada com a saúde dos antigos donos. Brinquei com o velcro e me perguntei se o detetive já havia achado meu pai. Pensei em Reuben e tentei imaginá-lo naquele novo mundo branco, mas seu cabelo era longo demais, sua barba emaranhada demais, seu sorriso natural demais. Ele não se encaixava. Passei o resto da manhã parada à janela, observando o vento soprar as folhas. Soprei no vidro e, com a ponta do dedo, tracei o contorno de uma árvore na janela embaçada. Apenas as visitas das enfermeiras, que vinham fazer suas conferências de rotina, e a chegada da comida interrompiam a monotonia do pequeno quarto branco. Sopa fina, mingau aguado, ovos borrachudos, arroz-doce – tudo maravilhoso.

À tarde, quando Wilhelm apareceu na porta, fiquei feliz em vê-lo.

– Rapunzel, Rapunzel, solte suas... – disse ele, enquanto entrava. Então, ele ruborizou e rápido passou a mão pelos cabelos.

Ele parecia ainda mais jovem do que no dia anterior. Estava andando de forma estranha, com um braço escondendo algo sob o jaleco branco. Torci para que fosse comida, mas, em vez disso, ele sacou um jornal e o jogou na cama.

– Você ficou famosa – disse.

Na primeira página havia o desenho de uma menina com maçãs do rosto altas e uma boca pequena, voltada para baixo. O artista a desenhara grosseiramente: seus olhos eram grandes demais para seu rosto e parte de sua orelha estava faltando. As palavras escritas embaixo do desenho não estavam em inglês, mas, acima do desenho, havia uma manchete que começava com uma palavra que eu conhecia.

– Rapunzel, a menina da floresta – disse Wilhelm. Ele pegou o jornal e traduziu: – A polícia está tentando encontrar a família de uma adolescente anglófona que foi achada vagando em Lügnerberg, um vilarejo da Baviera, trinta quilômetros ao norte de Freyung. A menina, que diz que seu nome é Rapunzel, afirma ter sido criada pelo pai em uma cabana remota na floresta. Depois de... Depois de... – Wilhelm se esforçava para encontrar as palavras – ... luta mortal entre seu pai e um homem da floresta, a menina, que tem cerca de catorze anos, andou...

– Tenho dezessete – falei.

Wilhelm parou de ler e seus olhos se arregalaram.

– Eu fiz as contas.

– Dezessete – repetiu ele.

– Se estamos em 1985...

Wilhelm assobiou e girou a cabeça.

– O que mais? Você se lembrou de alguma outra coisa? – Ele se sentou na cama e ajeitou o cabelo. – Você nasceu em *die Hütte*? E o resto da sua família?

– Todos morreram – falei. – Mas me lembro de Londres. Tínhamos uma casa grande com um belo piano.

Wilhelm se remexeu na cama.

– Você tocava?

– Tinha um cemitério no fundo do jardim.

Wilhelm estava ficando mais animado, mas, quando pensei no jardim, em meu quarto e no jardim de inverno, lembrei que tudo havia sido sugado pela Grande Divisa anos antes.

– O que mais? – perguntou Wilhelm.

Entrei embaixo dos lençóis, vestida, e virei a cabeça para a janela.

Depois de certo tempo, ele foi embora. Fiquei encarando a mesa de cabeceira branca até ela entrar em foco. Uma enfermeira pusera uma jarra de água de plástico ali, além de um copo rosa, uma caixa de lenços e um pequeno brinquedo com rabo de esquilo, focinho de rato e patas de urso. Era um animal ridículo. Olhei para ele por um bom tempo, até o quarto se acinzentar e eu perceber que o velho mundo havia continuado a girar sem mim. Que Becky crescera e entrara no colégio, que ônibus de dois andares ainda passavam pelo restaurante da Archway Road, que meu quarto continuava a ter vista para um jardim e um cemitério ao norte de Londres, que *Omi* ainda nos visitava vindo da Alemanha, que Ute ainda comia *Apfelkuchen* aos domingos e que meu pai havia mentido.

Saí da cama e, segurando a saia na cintura, cambaleei pelo quarto, vasculhando o armário ao lado do leito, a lixeira amarela, a prateleira sobre a pia e a parte de trás das máquinas às quais me ligavam ocasionalmente. Não tinha nenhum plano. No fundo da gaveta da mesa de cabeceira, encontrei um grampo de cabelo. Com os dentes, arranquei as pontas de plástico e dei um peteleco nele. Fui até o banheiro: privada, banheira, toalha, tapete de borracha, outra pia. Sentei-me na privada com a tampa abaixada e examinei o porta-papel higiênico. Com o grampo, retirei um dos parafusos que o segurava na parede: enfiei a ponta de metal na cabeça do parafuso e o forcei até que girasse e eu pudesse retirá-lo com os dedos. Era longo e fino. Havia pó de gesso na rosca. Passei a ponta pelo meu dedo médio, pela palma da mão e pelas veias azul--claras do pulso. Pensei na mulher de pele fina que me trouxera as roupas e me perguntei se seu marido, ou quem quer que se deitasse ao lado dela à noite, podia ver suas pupilas e íris quando ela fechava os olhos e dormia. Havia algo solto dentro de mim, rolando por minha cabeça ou meu estômago.

Meus sapatos soaram como os das enfermeiras e médicos quando andei dolorosamente de volta para o quarto branco. Não achava que seria possível me encaixar naquele novo mundo. Agachei-me no espaço entre a mesa de cabeceira e a parede e, com a ponta do parafuso, entalhei um *R* no gesso branco da parede. O rabo do *R* se curvou, um *e* o seguiu e depois um *u*, um *b*, um *e* e um *n*. Recostei-me para admirar meu trabalho, as letras juntas, cursivas. De um ângulo oblíquo, a palavra ficava clara, salientada pelo sol do fim da tarde. Então escrevi o nome *Punzel* ao lado do dele. Quando me levantei e fiquei parada à janela, a luz havia quase ido embora do jardim. Um homem barbado, de cabelos longos, estava sentado no banco sob a árvore, olhando para minha janela. Ele ergueu uma das mãos em um tipo de aceno, depois a deixou cair.

Por um minuto, ficamos olhando um para o outro. Ele pegou uma bolsa ao seu lado no banco, jogou-a sobre o ombro e andou rápido pela grama na direção do prédio.

– Reuben! – disse, e meu hálito embaçou a janela.

Corri mancando até a porta do meu quarto, abri-a e saí pelo longo corredor branco. À minha direita havia várias portas fechadas que levavam até uma mesa alta atrás da qual vi o chapéu de uma enfermeira que se inclinava sobre uma tabela ou papel escondido. Virei para o outro lado e as portas vaivém se abriram para deixar passar um homem que empurrava um esfregão enfiado em um balde com rodas. Lutando contra a vontade de correr, manquei em torno dele com a cabeça baixa e a orelha ferida voltada para a parede. Ele me deixou passar sem prestar atenção em mim. Ao transpor as portas, entrei em um longo corredor, largo e vazio, a não ser por uma fila de cadeiras de rodas à espera dos próximos pacientes. Fui para a esquerda e saí correndo – sentindo dor nos tornozelos, os sapatos novos já arranhando os calcanhares, a saia solta em torno da cintura. Subi uma rampa, passando por janelas altas que mostravam pedaços da árvore e do banco. Não vi Reuben. Corri, passando por outras portas, e um homem de jaleco branco se virou para me olhar. Ele me chamou, mas continuei correndo. No topo da rampa havia elevadores, as portas fechadas. Apertei a flecha para baixo e esperei. Apertei outra vez. O médico gritou e olhei para trás para vê-lo correndo em minha direção. Empurrei com força as portas entre os elevadores – NOTAUSGANG, dizia a placa. Escadas. Corri mancando por elas, o aroma de ar fresco me atraindo. Outra porta – NOTAUSGANG outra vez. Empurrei a barra horizontal. A porta se abriu para o espaço aberto, o verde e o céu. Atrás de mim, o uivo de uma sirene soou insistente. Procurei por Reuben. O homem barbado correu em minha direção. Ele levou uma câmera ao rosto.

– Rapunzel! – gritou, enquanto o flash se acendia.

Fiquei em meu quarto depois disso, com as cortinas fechadas. O detetive voltou com outro homem que falava inglês. Este se sentou ao lado da minha cama e eu observei seu bigode cinza fazer movimentos circulares enquanto ele perguntava sobre *die Hütte*, Reuben e a floresta. Contei a ele sobre a viagem que fizera até lá com meu pai e o que havia acontecido no dia anterior à sua morte – eu sentada na árvore, ele colhendo cogumelos – e no dia seguinte. Mas, por vergonha, deixei de lado o que Reuben e eu havíamos feito no ninho. Ele tirou minhas impressões digitais, passando cada dedo em uma almofada de tinta e pressionando-os em um cartão que o homem gordo trouxera no bolso do paletó. Ninguém pensou em lavar minhas mãos, muito menos eu; então, quando a enfermeira entrou, ela estalou a língua e bufou ao ver as marcas pretas no travesseiro e no lençol, e me fez sair da cama para trocá-los.

Wilhelm veio me visitar e contou histórias do hospital para tentar me fazer rir ou pelo menos sorrir. Um dia depois, ele trouxe um jornal inglês. Tantas palavras – notícias, ideias, pensamentos, eventos... Mais palavras do que eu podia conceber. A primeira página mostrava uma mulher de cabelo bem penteado e um menininho. O PRÍNCIPE ENTRA NA ESCOLA, dizia a manchete. Wilhelm passou algumas páginas até chegar à minha fotografia – o corte de cabelo rente, a magreza, os olhos arregalados e a porta de emergência aberta atrás de mim. Guardei o jornal sob o travesseiro, junto com meu gorro, e o li quando ele foi embora. A letra era pequena e eu tinha que acompanhar as linhas com o dedo, mas, mesmo assim, as palavras pulavam da página, especialmente as que eu não entendia. A reportagem repetia grande parte da história que Wilhelm havia traduzido do jornal alemão, aumentando a história do homem da floresta e dizendo que havia sido pedido aos moradores de Lügnerberg e dos arredores que ficassem atentos e trancassem as portas à noite.

Na manhã seguinte, os detetives voltaram, desta vez sérios. O gordo se sentou no mesmo canto, enquanto o outro se mantinha de pé, as mãos unidas nas costas.

– Você é Margaret Elizabeth Hillcoat? – perguntou, com sotaque forte, mas o inglês perfeito.

Fiquei chocada ao ouvir meu nome outra vez, ao lembrar meu sobrenome. Mas, antes que tivesse tempo de responder, ouvi gritos do outro lado da porta, vozes alteradas em alemão, e Ute escancarou a porta, seguida por uma enfermeira que segurava a manga de seu casaco. Ute havia engordado, mas era ela. Suas sobrancelhas ainda formavam semicírculos perfeitos, o cabelo escuro ainda estava preso para trás, o batom ainda parecia impecável. Quando me viu, ela parou de gritar e a enfermeira a soltou. Seus olhos me analisaram de cima a baixo, me comparando, supus, com a imagem que ela mantinha em sua lembrança. Coloquei uma das mãos nos cabelos raspados e na orelha ferida. Não tinha certeza se as duas combinariam.

– Peggy? *Mein Gott*, Peggy?

O policial se afastou para deixá-la passar.

– É mesmo ela? – perguntou Ute em inglês, como se eu não estivesse ali.

– Temos mais perguntas – disse ele.

Ute veio até mim e envolveu meu rosto entre as mãos, virando-o para um lado e para o outro – examinando-me como uma mãe faria com seu filho recém-nascido. Ela tocou a cicatriz que atravessava minha sobrancelha, onde os pelos não haviam voltado a nascer. Segurou minhas mãos, virando-as, estalando a língua ao ver os calos, as unhas curtas e rachadas, a pele vermelha – as mãos de uma velha. Ela abriu meus dedos contra os seus e olhou para o detetive.

– A Peggy sempre teve dedos fortes e conseguia abrir bem a mão – disse. – Eu achava que seria uma boa pianista um dia.

O engraçado, pensei, era que nunca tinha ouvido Ute me dizer aquilo. Quando ela se virou para mim, havia lágrimas em seus olhos, mas os meus continuavam secos. Eu estava a um passo da ação, observando tudo se desenrolar diante de mim, curiosa para descobrir o que aconteceria depois.

– Você é Margaret Elizabeth Hillcoat? – repetiu o detetive.

– É claro que é – retrucou Ute. – Você acha que eu não reconheceria minha própria filha?

– Nesse caso – disse ele –, tenho que informar que encontramos o corpo do seu pai no local que descreveu para meu colega. – Ele indicou o homem gordo com a cabeça. – *Frau* Hillcoat – ele usou seu nome de casada – já identificou o corpo.

– Ah, Peggy... – exclamou Ute, sentando-se ao meu lado na cama, empurrando-me para abrir espaço. – O que aconteceu com você?

– E o Reuben? – perguntei ao policial. – Vocês acharam o Reuben?

– Gostaríamos que explicasse de novo o que aconteceu no dia em que seu pai morreu.

– Vocês acharam o acampamento dele?

– *Ja* – disse Ute. – Já acharam o homem selvagem?

– Não é bem assim – expliquei. – Ele não era selvagem.

– Estamos fazendo tudo o que podemos, *Frau* Hillcoat, mas, por enquanto, precisamos que sua filha conte de novo o que aconteceu.

– *Meine Tochter* – disse Ute, impressionada, fazendo carinho em meu rosto.

– Mas eu já falei tudo.
– De novo, por favor – pediu o policial.
Suspirei.
– Reuben me acordou bem cedo.
– Por quê? – perguntou o policial, mexendo o bigode.
– Eu já falei. Era o dia em que meu pai ia matar a gente.
Ute pôs a cabeça entre as mãos.
– *Nein, nein* – disse.
– E o que aconteceu quando Reuben acordou você?
– A gente fugiu pela floresta, para o meu ninho, meu esconderijo, e depois desceu o riacho e cruzou a floresta para voltar para *die Hütte*. Meu pai estava maluco, caçava a gente como se fôssemos animais. Eu estava descalça, tivemos que voltar para pegar meus sapatos. Ele veio com a faca, estava irritado comigo por eu ter fugido. Quis que eu escolhesse entre a faca e a luneta, então me cortou e o Reuben bateu nele com o machado.
– Tem certeza? – pressionou ele.
– Tenho. – Levei a mão à orelha.
– O que aconteceu depois disso?
– Meu pai caiu, é claro! – gritei.
Ute pôs o braço em volta de mim e apertou minha mão.
– O que aconteceu com o machado e a faca? – O tom de voz do detetive não mudou: regular, calmo, irritante.
– O que você acha que aconteceu? Acha que o Reuben saiu cortando tudo? – falei rispidamente, e olhei para a janela, tremendo.
– A cabana tinha sido revirada por alguém.
Voltei a olhar para ele, empurrando a raiva para dentro do estômago.

– Foi meu pai que fez aquilo – expliquei. – Ele tinha destruído tudo antes do Reuben e eu voltarmos.

– Peggy – disse ele, puxando a cadeira que estava ao lado de minha cama e se sentando. – Posso chamar você de Peggy?

Fiz que sim com a cabeça.

– Isso é muito importante. Você tocou no machado ou na faca depois de Reuben ter atingido seu pai?

– O Reuben me mandou voltar e pegar algumas coisas para trazer comigo. Deixei os dois no chão. Peguei as botas do meu pai, a luneta e meu gorro.

– Então, não tocou na faca nem no machado?

– Não – falei.

– Encontramos uma mochila perto do rio com alguns objetos.

– Minha mochila, com minha escova de dente e o pente.

– Então, você pegou outras coisas além das botas e do gorro?

– É. Não, deixei tudo na margem do rio.

– Ela tem que responder a todas essas perguntas agora? – quis saber Ute. – Tenho certeza de que pode fazer isso outra hora.

– É importante. – O detetive falou em alemão com o colega. – Você disse que o Reuben morava com você e seu pai na cabana.

– Não – respondi. – Não na cabana, na floresta.

– Achei que o acampamento do Reuben ficasse do outro lado do rio. Do rio que você atravessou.

– E ficava. Fica.

Ute me abraçou mais forte e lançou um olhar duro para o homem.

– Mas vocês moravam juntos no ninho?

– Eu só quis dizer... que a gente passava um tempo lá – falei, o tom de voz aumentando de novo. – A gente fugiu do meu pai até lá. Vocês mesmos podem ver. Vou desenhar outro mapa. – Virei para o homem gordo no canto. – Preciso de mais papel e da sua caneta – falei, fingindo que estava desenhando com uma das mãos.

O homem se levantou, mas não me entregou o papel.

– O Reuben deixou o gorro lá. O Reuben deixou o gorro para trás. – Eu sabia que estava tagarelando. – A gente estava fugindo do meu pai, pelo amor de Deus. O Reuben salvou minha vida!

– Já chega! – berrou Ute. – Ela precisa descansar.

Os dois detetives estavam de pé e o que havia me feito as perguntas inclinou a cabeça na direção de Ute, concordando.

– Gostaria de levar minha filha para casa – disse Ute –, para Londres.

Os dois homens conversaram em alemão e Ute os interrompeu. Pareciam ter esquecido que ela os entendia. Eles falaram por alguns minutos, discutindo até chegarem a um acordo.

– E o Reuben? – perguntei.

O braço de Ute me apertou com mais força.

– A polícia vai continuar procurando. Eles permitiram que eu leve você para casa, Peggy, para Londres. – A voz dela estava embargada. – Vão ligar se souberem de mais alguma coisa.

O homem gordo tossiu, pigarreando atrás do punho fechado, e todos olhamos para ele. Tinha o rosto largo e vermelho. Estendeu a mão para Ute. O rosto de Ute assumiu um sorriso treinado. Eu havia me esquecido dele, mas, assim que seus lábios se fecharam e se curvaram, vi que era o mesmo que ela abria para seu público e para os fotógrafos, o sorriso dos discos de Londres. Ela me soltou, pôs a mão sobre a dele e ele se abaixou para beijá-la.

– Ute Bischoff – disse ele. – *Enchanté.*

Ela baixou a cabeça.

Enquanto os homens saíam, eu disse:

– Reuben entalhou o nome dele na cabana. Embaixo das prateleiras, ao lado do fogão.

Os dois olharam para mim, mas não responderam.

Quando a porta havia se fechado, Ute se sentou na cadeira ao lado da cama, parecendo adquirir a força do detetive que tinha acabado de sair.

– A *Omi* morreu enquanto você estava fora – disse.

Seu rosto desabou e se enrugou, como uma marionete de meia, espremida por uma mão invisível.

Procurei os lenços na mesinha de cabeceira, mas eles haviam sido retirados dali, junto com o animal estranho. Peguei o gorro azul embaixo do travesseiro e entreguei a ela. Ute o pegou, enterrou o rosto nele e inspirou. Achei que ela estava conferindo se ele ainda tinha o perfume de *Omi*, mas eu poderia ter dito a ela que tinha cheiro de sangue, sujeira e mel.

28.

Londres, novembro de 1985

Em meu quarto, peguei a saia roxa do chão, onde havia caído, amassada e esquecida. Tirei o vestido e o sutiã que cortara ao meio e o enfiei na gaveta de calcinhas sem me preocupar em pegar outro. Vesti a saia. Não consegui puxar o zíper até em cima e, quando me sentei, ele se abriu. O que Becky usaria? Tentei imaginá-la crescida, mas ela continuava teimosamente sendo uma menina sorridente de oito anos, de calça boca de sino e camiseta amarela. Em minhas lembranças, seu rosto parecia rosado e branco, os lábios esticados sobre dentes e gengiva. Eu me lembrava do seu nariz arrebitado, dos cabelos que chegavam quase às sobrancelhas, tão claros que eram quase invisíveis. Mas nenhum desses traços se mantinha por tempo suficiente para formar um rosto. Tirei a saia e coloquei de volta o vestido que estava usando.

No primeiro andar, na sala de estar, Ute estava de pé, de costas para a janela, falando sobre mim.

– ...um período difícil – afirmava ela, antes de se interromper, e todas as cabeças se viraram.

Um homem, alto e bonito levantou-se.

– Mas, Peggy, você não trocou de roupa – disse Ute.

– A saia não cabe em mim. Nada mais cabe em mim – falei, olhando para a menina no sofá.

Seus cabelos eram surpreendentemente castanhos e enrolados. Eu me perguntei se ela havia feito permanente. As pernas, em meias cor da pele, estavam unidas, apesar de os joelhos apontarem para fora, e ela mantinha o corpo ereto na beira do assento. Becky sorriu para mim, dividindo seu rosto ao meio, revelando a cor rosada de suas gengivas. Então, seus lábios se fecharam, como se quisessem impedir que os dentes fugissem. Ajeitando a barra da saia, ela ameaçou levantar, mas pensou melhor e voltou a se sentar.

– É bom ver você de novo, Peggy – disse o homem.

Ele parecia disposto a dar um passo para a frente e apertar minha mão. Puxei o cabelo para cima da orelha e fiquei perto da porta.

– Peggy, este é o Michael – falou Ute. – Você se lembra do Michael? Ele era...

Eu sabia que Ute ia falar "amigo do seu pai", mas ela acabou dizendo "do grupo", baixinho.

– Um sobrevivencialista? – falei, balançando a cabeça.

Não consegui identificá-lo. Tentei imaginá-lo em preto e branco, de barba, mas tive certeza de que não estava na fotografia que havia encontrado naquela manhã.

– Refugiado – disse ele, soltando uma risada envergonhada. – Mas isso foi muito tempo atrás.

– Por favor, sente-se, Michael – pediu Ute. – Oskar, poderia pôr a chaleira no fogão e fazer um chá para a gente?

Ele estava de pé ao lado da escrivaninha, mas ela não olhou para ele quando falou. Ele saiu, pisando duro, da sala. Michael se sentou em uma cadeira diante da janela e Ute se sentou na frente de Becky. Fiquei de pé, pronta para fugir.

– Sua mãe parece muito feliz – disse Michael. – Ela estava contando que voltou a tocar piano.

Ute baixou a cabeça.

– Perguntei se você ou o Oskar tocam.

– Não muito – respondi.

Ficamos todos em silêncio, ouvindo o barulho da chaleira na cozinha. Decidi que era seguro me sentar na outra ponta do sofá onde Becky estava sentada. Queria olhar para ela, absorver sua imagem e substituir a antiga que havia guardado em mim por nove anos.

Por fim, Michael falou:

– Deve ter sido muito estranho voltar e descobrir que você tinha um irmão que não conhecia.

– Estar em casa é estranho – disse. – Achei que vocês estavam todos mortos.

– Ah – exclamou Becky. – A gente achou que *você* tinha morrido.

Então ficamos em silêncio outra vez, enquanto a boca de Becky se tornava branca e vermelha de vergonha.

– Fomos até o cemitério – falei, para preencher o vazio.

– Vão fazer um enterro? – perguntou Michael para Ute.

As palavras pareceram sair mais rápidas e altas do que ele esperava.

Ute olhou para mim tão surpresa quanto Michael.

Ele hesitou e começou e parou uma frase duas vezes antes de dizer:

– Tem uma coisa que eu queria dizer. Tenho vergonha de um dia ter considerado o James um amigo. De todos nós o termos considerado. Para mim, toda aquela coisa de sobrevivencialistas era só falação, bravata, brincadeira de criança...

Michael se interrompeu quando Oskar apareceu com uma bandeja com a melhor chaleira, as xícaras de porcelana, os pratinhos alemães com o desenho de folhas e o *Apfelkuchen* que Ute havia preparado antes. Ele bateu com a bandeja na mesa, fazendo a louça tilintar e o chá pular da chaleira; depois se sentou no chão, de costas para a escrivaninha. Michael estendeu a mão e pegou uma câmera pousada no canto da mesa de centro, enxugando algumas gotas de chá derramado nas calças. A câmera me fez lembrar do homem no jardim do hospital.

– Falando por mim, não sei se conseguiria ir ao enterro do James – continuou ele.

Talvez eu devesse tê-lo interrompido e dito que não quisera dizer que íamos fazer um enterro, mas não fiz nada.

– Os outros, é claro, podem pensar de outra maneira. Não que eu tenha mantido contato com muitos deles.

Ele olhou para a câmera e virou as lentes, fazendo-as se expandirem e se retraírem.

– Oliver Hannington – disse Ute.

As palavras saíram do nada, não eram nem uma pergunta. Michael ergueu o olhar rapidamente.

– Quer dizer, você mantém contato com o Oliver? – perguntou ela, de forma mais suave.

– Faz anos que não sei dele – disse Michael. – Tenho quase certeza de que ele voltou para os Estados Unidos depois que o James desapareceu. Ele não participou da busca pela Peggy e pelo James na França. Tenho uma vaga lembrança dele amarrando uma daquelas fitas amarelas nas árvores do jardim. Deve estar escondido em um *bunker* com uma pilha de armas, apesar de eu sempre ter achado que o Oliver só tinha entrado nessa para chamar a atenção. – Michael levou a câmera até o rosto, concentrando-se no piano, na outra ponta da sala. – Estava brincando como todos nós – disse, e com um movimento rápido e bem ensaiado, virou o corpo e a câmera para mim e clicou.

Estremeci como se ele tivesse me dado um tapa.

– Desculpe – disse Michael, deixando a câmera cair de volta em seu colo.

Entendi então por que ele não estava na fotografia dos sobrevivencialistas.

– Chá – lembrou Ute. – Becky, quer um pouco de chá?

Ela se inclinou para a frente e serviu cinco xícaras.

– A polícia tem alguma novidade sobre o tal homem selvagem? Já pegaram o cara? – perguntou Michael.

Vê-lo tomar um gole de chá com leite revirou meu estômago.

– Eles ficaram de ligar hoje – respondeu Ute.

– Ele não era um homem selvagem – falei ao mesmo tempo.

– Espero que tenham boas notícias, para dormimos mais tranquilos – disse Michael.

– Então, ele está aqui em Highgate? – quis saber Becky, ajeitando as costas.

– Não, não, é claro que não – afirmou Ute.

— Ele não era um homem selvagem — repeti. — Era meu amante.

Todos os movimentos da sala foram interrompidos: Becky ficou com um pedaço de bolo na bochecha, Michael com a xícara a caminho da boca e Ute... Ute ficou olhando diretamente para mim e vi suas sobrancelhas baixarem, sua boca aberta se fechar e seus olhos se voltarem do meu peito e pousarem em minha barriga. Algo mudou em seu rosto — compreensão, empatia — como eu sabia que algo estava mudando no meu.

Todos pareceram ficar imóveis por alguns minutos, mas, por fim, Becky disse:

— Devia comer um pouco de bolo, Peggy. Está ótimo.

— A Peggy está com um pouco de enjoo hoje — afirmou Ute.

Becky olhou para mim enquanto comia outro pedaço de *Apfelkuchen*.

— Vendi outra história, aquela sobre o Rei dos Mariscos; então, teremos bolinhos no chá — disse, com a boca cheia.

Nós duas rimos. Havia pedaços de bolo em seus dentes, mas eu não me importei. Em vez disso, senti uma explosão de esperança, como se talvez, em algum momento do futuro, pudéssemos ser amigas outra vez.

Depois que Michael e Becky foram embora, nós três ficamos sentados lado a lado no sofá, com Ute no meio.

— Quando seu irmão nasceu — disse Ute —, eu estava sozinha. Liguei para o hospital e chamei um táxi. Estava com muito medo. Não sabia o que fazer. O bebê ia nascer a qualquer momento.

— Mãe... — reclamou Oskar, revirando os olhos.

— Abri a janela do quarto e chamei um senhor que andava pela rua. Ele "leva" muito tempo para olhar para trás e descobrir quem estava gritando. "*Ich habe ein Baby!*", gritei, e só quando outra contração passou, "percebo" que estava falando em alemão. Ele finalmente entendeu, mas levou muito tempo para entrar na casa porque todas as portas estavam trancadas por segurança e ele "tem" que quebrar uma janela. Tanto vidro quebrado pela casa. — Ute se recostou no sofá, lembrando. — Quando o homem chegou ao quarto, meu pequeno Oskar já tinha chegado. Sabe por que dei esse nome a ele?

— Era o nome daquele senhor — disse Oskar, como se já tivesse ouvido aquela histórias milhões de vezes.

Ele havia tirado o bilhete de meu pai do bolso — os pedaços colados — e o segurava.

— Não, não é verdade — corrigiu Ute. — Já tivemos mentiras demais. Era o nome do meio do Oliver Hannington.

Meu irmão e eu a encaramos, confusos.

— Eu estava irritada com o James por ele ter ido embora, por ter levado a Peggy, por não ter voltado, por eu estar tendo o bebê sozinha. Então, chamei o bebê de Oskar.

— Por causa do Oliver Hannington? — perguntei, tentando esclarecer as coisas em minha cabeça.

— É, Oliver Oscar Hannington — disse ela. Então se virou para meu irmão: — Ele era amigo do seu pai... — Ela fez uma pausa, escolhendo as palavras com precisão. — E meu também. Quando engravidei, não sabia se o pai era o Oliver ou o James. Contei isso ao seu pai pelo telefone, da Alemanha. Foi por isso que ele foi embora.

Lembrei-me de quantas vezes eu havia pensado que Oliver Hannington era uma influência perigosa para o meu pai, mas então percebi que havia me preocupado com o adulto errado.

– Eu devia ter ficado quieta – continuou Ute. – É claro, assim que você nasceu eu vi que o James era seu pai. Mas então já era tarde demais. Ele já tinha ido embora. E levado a Peggy junto.

Oskar olhou para o bilhete.

– Foi tudo minha culpa – disse Ute.

Ela ia continuar falando, mas o telefone tocou. Eu e ela olhamos uma para a outra; então, ela se levantou do sofá e saiu da sala. Eu a ouvi atendendo ao telefone no corredor.

– Alô.

– O quê? O que foi? – perguntou Oskar, olhando para o meu rosto.

– *Shhh* – pedi, levantando-me e andando até a porta. – Deve ser a polícia.

Ute não falava. Quando olhei para o corredor, ela havia se sentado na banqueta do telefone, a mesma de quando eu era criança. Ela olhou para mim e seu rosto perdeu toda a cor, enquanto ouvia a voz do outro lado.

– Eles acharam o Reuben? – perguntei a ela.

Mas ela ergueu a mão para me calar, ainda ouvindo.

– Não, você não pode estar certo – disse ao telefone. – Isso não é possível.

– Encontraram o Reuben? – sibilei outra vez, mas ela deu as costas para mim.

– E o nome entalhado na cabana? – perguntou ela para o telefone.

– Por que a polícia ligou? – quis saber Oskar, puxando-me pela manga.

Eu me soltei.

– Eles voltaram a *die Hütte*, à cabana, para procurar o Reuben. Disseram que iam ligar hoje.

– É, isso mesmo, mas ela está se tratando há dois meses – dizia Ute. – Certo, está bem. Amanhã.

Ela pousou o fone no gancho com cuidado e se levantou.

– Encontraram o cara? – perguntou Oskar.

Ute voltou para a sala de estar, foi até o piano e se apoiou nele. Sem se virar, disse:

– Quero que você vá para o seu quarto, Oskar. Preciso falar com a Peggy sozinha.

– Por quê? – reclamou ele. – O que eles disseram?

– Por favor, Oskar, agora.

A voz dela me assustou e deve ter assustado meu irmão também, porque, fazendo bico, ele saiu da sala. Ouvi seus pés na escada, apesar de suspeitar que ele tinha marchado sobre o último degrau e ficado escutando ao lado da porta. Precisava ver o rosto de Ute, mas ela não parecia disposta a se virar; então fui até o piano e me sentei no banquinho, diante da tampa fechada.

– Ele morreu, não foi? – perguntei, já preocupada com a criatura dentro de mim.

– Não, Peggy, ele não morreu. – Ela se virou para mim e eu olhei em seus olhos. – Eles disseram que ele nunca existiu.

Os olhos dela se afastaram dos meus e eu abri a tampa e vi a série de dentes polidos outra vez.

– Só encontraram as suas digitais... – Ela fez uma pausa. – No machado.

Em uma decisão silenciosa, pousei meus dedos no teclado para começar a tocar *La Campanella*.

– Eles vasculharam o outro lado do rio, mas não acharam acampamento nenhum. Você entendeu, Peggy?

Suavemente, pressionei as teclas. O piano não fez nenhum barulho. Pensei outra vez no lindo piano silencioso de *die Hütte*, cortado ao meio com o machado que Reuben usara para matar meu pai.

– Eles encontraram seu ninho, mas não acharam o gorro do Reuben. Não havia gorro, Peggy!

Tirei meus dedos das teclas e ouvi o clique abafado dos martelos se movendo.

– Só encontraram luvas azuis, só havia isso lá. – Ute se inclinou para a frente e o tampo côncavo do piano a segurou. – Eles encontraram dois nomes entalhados na madeira. Mas me disseram que, quando limparam seu quarto no hospital, viram que você havia escrito os mesmos nomes na parede. Peggy? – Ela olhou para mim, em busca de respostas, mas eu não tinha nenhuma para dar a ela. – Eles disseram que você inventou o Reuben, mas, se isso aconteceu, então não foi o Reuben que matou o James. E, se o Reuben não é real, isso significa que o bebê...

Ela olhou para minha barriga outra vez e não terminou a frase.

Pressionei as teclas de novo, desta vez com mais força, e deixei meus dedos seguirem o fluxo e o ritmo que sabiam de cor. Tinha consciência de Ute voltada para mim, da respiração que ela prendeu enquanto eu tocava, mas fechei os olhos e segui com a música. E, quando Ute abriu a tampa do piano, toda a sala foi tomada por um som mágico, e eu percebi que a música vinha de algum lugar real e verdadeiro.

Minha mãe estava parada diante da pia da cozinha, descascando batatas. Eu vesti meu casaco e tirei a lanterna de um gancho ao lado da porta do porão.

— Não vou demorar — disse a ela, e saí pela porta dos fundos antes que ela pudesse me impedir.

Apesar de o sol já ter se posto, o gelo havia derretido e o ar estava mais quente. Deixei meus olhos se acostumarem à escuridão e segui a mesma trilha até o fundo do jardim que Oskar e eu havíamos feito mais cedo, até a cerca de correntes. Eu a ergui e passei por baixo dela. O aroma de hera e arbustos no cemitério estava mais forte do que antes. Não acendi a lanterna, mas deixei minha memória me guiar pelas árvores até chegar ao lado de Rosa Carlos. Liguei a luz e a voltei para o rosto do anjo, iluminando a parte de baixo do seu queixo, a preocupação em sua testa, a pequena ruga em seus olhos enquanto ele olhava, triste, para mim. Abaixei-me e vasculhei a mesma terra que havia cavado algumas horas antes e, com a ajuda da lanterna, encontrei o rosto de James, inteiro, apesar de todo aquele tempo no chão. Eu o pus no bolso e apaguei a lanterna, deixando a noite se acomodar à minha volta, e voltei para casa.

— Prepare a água quente, Sra. Viney — disse para minha mãe enquanto passava por ela na cozinha.

Ela soltou uma risada desanimada e continuou preparando o jantar. Fui até a sala de estar e, da gaveta da escrivaninha, peguei a fotografia com o buraco onde o rosto de

James devia estar. No caminho para o quarto de Oskar, baixei o termostato e ouvi o aquecimento desligar.

— Você tem fita adesiva? — perguntei a ele.

Ele estava deitado na cama, lendo um livro sobre nós.

— Na escrivaninha — disse, sem tirar os olhos da página. — Você sabia que os únicos animais capazes de dar nós são o gorila e o tecelão?

Pesquei o rosto de James do canto do bolso do meu casaco e o coloquei sobre um pedaço de fita. Pus a foto por cima para que o rosto de James se encaixasse no espaço que havia deixado antes. Coloquei a foto na escrivaninha de Oskar. Ele não tirou os olhos do livro quando saí do quarto.

No banheiro, enchi a banheira até a metade e tirei a roupa, deixando-a cair no chão. Entrei na água morna, observando o topo da minha barriga emergir da água como uma pequena ilha. Fechei os olhos e me lembrei do sol quente de verão deixando as pontas do cabelo de Reuben alaranjadas.

Agradecimentos

Muito obrigada e muito amor para Tim, que não apenas tolerou o fato de eu passar tanto tempo escrevendo, mas também me incentivou. Sem ele, nossa família teria passado fome e ficado sem roupas limpas. Obrigada também a India, por seu olhar crítico, e a Henry, por suas dicas sobre pesca.

Sou incrivelmente grata a Jane Finigan, por seu entusiasmo e suas orientações, e também a toda a equipe da Lutyens & Rubinstein. A Juliet Annan, por tornar cada página mais forte; a todos na Fig Tree e na Penguin, que se envolveram na publicação deste livro; e a Janie Yoon. por suas sugestões inestimáveis. Obrigada também a Masie Cochran, por sua atenção aos detalhes, e a toda a equipe da Tin House.

Por terem lido o livro e feito críticas, obrigada a Louise Taylor, a Jo Barker Scott, ao restante dos taberneiros, a Heidi Fuller e Steve Fuller. Um agradecimento especial a Ursula Pitcher por sua animação sem limites. Também devo muito a Judy Heneghan por seu apoio incondicional e seus conselhos. Por fim, obrigado a Sam Beam por ter criado uma trilha sonora para minha escrita.

Nossos dias infinitos

Perguntas para o Clube do Livro

1. O que você acha do apego de Peggy por sua boneca Phyllis? É um apego infantil normal ou sinal de alguma outra coisa?

2. Algumas pessoas podem considerar Peggy uma narradora não confiável. Em que ponto você questionou a autenticidade da história dela, caso tenha feito isso?

3. Peggy parece culpar Oliver pelo que aconteceu. Quem você acha que é o grande culpado entre os adultos do romance e por quê?

4. Muitas mentiras são contadas no romance – há personagens que mentem uns para os outros e para si mesmos. Qual você acha que é a maior mentira do romance?

5. Como você se sentiu quando Peggy conheceu Reuben pela primeira vez na floresta?

6. Você concorda com a médica de Peggy, que disse que ela sofria de síndrome de Korsakoff e que a má alimentação teve efeito nocivo sobre sua memória? Ou você acha que é outra coisa?

7. O que achou do final? No que você prefere acreditar?

8. Você acha que sobreviveria na natureza com apenas um machado e uma faca?

Esta obra foi composta pela SGuerra Design em Caslon Pro e impressa em papel Pólen Soft 70g com capa em Ningbo Fold 250g pela RR Donnelley para Editora Morro Branco em novembro de 2016